U0925528

本书荣获
第六届冰心散文奖

春天住在我的村庄

厉彦林 著

山东教育出版社

图书在版编目（CIP）数据

春天住在我的村庄 / 厉彦林著. —2版. —济南：山东教育出版社，2019.1

ISBN 978-7-5701-0195-5

Ⅰ. ①春… Ⅱ. ①厉… Ⅲ. ①散文集－中国－当代 Ⅳ. ①I267

中国版本图书馆CIP数据核字（2018）第048954号

CHUNTIAN ZHU ZAI WO DE CUNZHUANG

春天住在我的村庄 厉彦林 著

主管单位：山东出版传媒股份有限公司

出版发行：山东教育出版社

地址：济南市纬一路321号 邮编：250001

电话：（0531）82092660 网址：www.sjs.com.cn

印 刷：济南龙玺印刷有限公司

版 次：2018年3月第1版 2019年1月第2版

印 次：2019年1月第2次印刷

开 本：710毫米×1000毫米 1/16

印 张：15.5

字 数：198千

定 价：28.00元

（如印装质量有问题，请与印刷厂联系调换）印厂电话：0531-86027518

序——

乡情凝重永恒

亲情刻骨铭心

真情深邃高尚

序——

可贵的是独特而隽永的创作风格

石　英

“春天住在我的村庄”，这是一句多么清新、素朴而内涵深厚的诗。它又是全书精当、简练、画龙点睛的引子；同时，从一定意义上说，又大致能够概括这部散文集的风格。

其实在这以前，我就读过彦林同志的许多散文，应该说是相当熟悉的了。我早有此感觉：他的散文作品几乎从一开始就呈现出鲜明的创作风格。

仅就这一方面而言，就应当说是非常难得的。我本不想在不同路数、不同风格的散文之间进行比较，但在当前庞大的散文产出中看到数量不少的类型化、“公众模式化”作品比比皆是的势头下，我又实在不能不对有特色、风格鲜明的散文作品表示由衷的赞赏。而彦林同志的这些以写乡情生活为主体的散文作品确是当前应当受到欢迎的突出典型之一。

虽然，我们也看到，关注农村（或追忆农村生活）、重于乡情的散文作品现在和以前也并非个别，其中有的也不失为上乘之作，但值得重视的是，彦林的乡情散文确有自己的独特视角、独特感受、独特的表达方式。而且他绝不是以旁观欣赏者的角色出现，更不是那种冷眼搜寻者觅踪猎俗地记录文字，而是对淳朴的乡情、可亲的人物乃至给予祖辈和自己赖以生存的热土抱有爱之不尽的浓浓深情与深深的敬意。作者的这种爱意和深情延及母亲般的土地的一草一木、一山一石乃至整个大自然。给读者的感觉，这一切就是生命之根、水乳之源。更深刻的是，他是以离开乡村在都市生活多年的大地之子的身份，却保有对那片土地不断的根系，这在一定意义上说是重新感受乡亲、重新审视这里的一切，由此便提升至一个更高的人性和美学的层面，并且又主要不是以纯理性的文字而是具象的语言传达出来的。说到彦林散文的语言，我觉得其出色之处在于具象中的诗性，虽生活化而不见杂。他提炼得极好，却不使其干巴得只有筋骨，而是有筋骨又有肌肉，肌肉在外而筋骨在其中。这种本质的把握与调控是很不容易的：它需要作者内在的美学选择、丰富与敏锐的观察、圆润地驾驭语言文字的功底。“无数条小路，蜿蜿蜒蜒地钻进村子。路边是大小不一的田地，茂密的庄稼尽情享受春天的阳光和春风的宠爱。麦秆粗壮，麦叶翠绿，就像擦了一层油，光亮亮的。小麦在风中你推我搡，正忙着蹿个和灌浆，远看似碧绿的波涛、飘动的绿绸缎一般，走近细听仿佛正在窃窃私语，诉说沉睡了一冬的秘密和相互攀结、齐步成长的故事。”（《春天住在我的村庄》）类似的例子在他的散文中可以说是不胜枚举，读起来从无刻意为之的感觉，而是自然天成，这说明作者在观察与感受中已经形成了“内部语言”，只待付诸文字了。不言而喻，这当然取决于一种感情、一种修养、一种功力。

众所周知，彦林同志同时是一位风格独特的诗人，他的散文语言的锤炼功夫无疑与对诗的悟性有很大关系。譬如说，他的散文虽十分具象而不冗长，虽不乏细节但极其俭省，以精当到位为宜，等等。但他的散文仍然是散文，而且最富于散文的特征，极少有将诗的形态直接引入散文的情况。本来，他的诗作中也很善于抒情，而他的散文虽也富有抒情性，却基本上是在对具象生活的描写和感受中“注入”了抒情的意味。这样才能使他的散文具有丰富性与抒情性、生活化与诗质高度和谐之所长，“奥妙”可能就在这里。

还应提到，读彦林的散文，另一个突出的感觉就是它的完整性，显得浓密结实却又疏密相间、错落有致。读罢总的感觉是一个圆，而不是那种拉拉杂杂的东一锄头西一耙，最后的感觉是没有“型”。我们常听到的说法是：散文是一种最自由的文体，有很大的随意性。从一定意义上说，这也许没有错；但这是问题的一面，另一方面也必须清楚地认识到：散文也需要起码的规范，不是可以随意挥写的。从表面上它的确比较自由，但内在的章法还是要有所讲究的。我之所以说彦林的散文都有相当的完整性，读起来是一个“圆”的感觉，就是因为他有意无意地遵循着必要的规范和一定的章法。譬如他的《享受春雨》就是循着一条清晰的思路进入了春雨的情境：“也许是刚经历了冬天太多的郁闷和压抑，也许是寒风、残雪在记忆的底片上留下太多的沧桑与悲凉，万物掐灭生命的色彩，关闭生命的声音，孤独地萧条着，沉默着。一夜微风，唤醒早春三月黎明的呼吸，也吹来了北方第一场春雨……”随后就是几个骤然的“点”：春雨对人心绪的过滤；春雨贵如油；春雨又是会说会笑的精灵，等等。虽也浮想联翩，但均未逸出心灵中春雨的规范。由此可见，散文必要的规范，首先是内在所欲表达的那块生活与灵性的天地，如此才能自如地驱策外在章法的结构。而片面地、不加分析地强调散文的自由和随意性，过度了就是一种误导，势必在初学者中造成散文最容易写、怎么写都是散文之弊端。

最后必须指出的是，彦林的散文既是比较传统的，又具有很新的创新意识。“与时俱进”，用在文学创作上当然也是非常必要的。他的尊重传统，首先是合理地坚持与吸取传统思想、道德乃至风习中的优秀的东西，这也就是他乡情散文的根基所在。再就是正确运用古典的和现当代文学中经过淘滤的精髓与表现手段，来反映他钟爱的生活和思想感情。然而，他绝不一味泥古，也不从众履今，而始终坚持以自己的悟性、自己对生活的理解来采用与之相适应的表现方式。如他的散文既明丽又含蓄，另一方面又分明拒绝晦涩与“灰色”；他当然是视生活细节（尤其是他所钟爱的乡村生活）如珠玑，但他绝不乱摆琐碎的生活杂货摊，更对当前某些所谓写生活散文无意义的“过程化”尽量规避之；他的散文语言中有不少诗性成分乃至通感、转意、借喻等等，增强了语言的活性与张力。但它们确是浑然一体，并无零碎堆砌之感。也就是说，他旨在求新创作，而又避免当下散文中那种以怪为新式、以看不明白为新的倾向。

一个作家清醒的“定力”是非常宝贵的。一种具有鲜明特色、形成独具风格的散文作品在当前铺天盖地的散文产出中尤其可贵。

乡情凝重永恒

乡情，是一坛醇香绵长的陈年老窖，是一缕浓得化不开的魂。山岭，土地，河流，乡亲，叠加记忆的底片，彰显生命本色。童年，少年，青春时光，乡音，乡情，乡味，延续生命的基因和遗传密码。在寒风凛冽的隆冬，在失意消沉的时刻，听听乡音，叙叙乡情，品品乡味，心静如镜，顿感周身温暖……

春天住在我的村庄

世上任何人，无论达官贵人，还是平民百姓，离开家乡久了，都会不知不觉地思故乡、忆故乡。“少小离家老大回，乡音无改鬓毛衰。儿童相见不相识，笑问客从何处来。”每当吟读贺知章这首著名的古诗，朝着家乡的方向，举头凝望家乡时，家乡早已不是记忆中的模样。但闭上眼睛，脑海里总会重现记忆中的那个故乡。那村庄，那炊烟，那庄稼，那黄牛，那杨柳，那晚霞，那一切一切……仿佛是生命的一部分，难割难舍。

我的家乡在古老的沂蒙山区，村庄四周是驼背山、鸡鸣山、柴虎山，三座山自然构成弧形扇面，像几双大手护卫着我的村庄。村落就端坐在三山相倚的一块丘陵之上，土质不肥沃但也不贫瘠。春天来了，村庄沐浴着温暖的阳光，坐在绿荫下，仔细品味庄稼和野花的芳香，像位慈眉善目、安祥知足的老人，宁静淡泊，无忧无虑，细细咀嚼着山乡的沧桑历史，做着甜美的梦。

春天的村庄，隐藏在刚刚冒芽的树木丛中，从远处看不清它的真实面目，只觉得它像一幅淡淡的水粉画，透出几分朦胧、神秘和素雅。房前屋后，那椿树、槐树、杨树、楝树、梧桐树，稀稀疏疏，比赛似的在成长。农家有种树、栽树的习惯，这些树长大了既可以做家具、卖钱，还可以美化、绿化庭院，预示着家庭兴旺。树多了，就自然遮住了村庄。有的树老了，筋骨苍虬，枝干上爬满岁月的伤痕和鸟巢。刚栽的小树纤细柔弱，就躲在大树谦让出的空隙间，努力地伸展自己细长娇嫩的枝叶。大树、小树和和睦睦，相映成趣。

无数条的小路，蜿蜿蜒蜒地钻进村子。路边是大小不一的田地，茂密的庄稼尽情享受春天的阳光和春风的宠爱。麦秆粗壮，麦叶翠绿，就像擦了一层油，光亮亮的，小麦在风中你推我搡，正忙着蹿个和灌浆，远看似碧绿的波涛、飘动的绿绸缎一般，走近细听仿佛正在窃窃私语，诉说沉睡了一冬的秘密和相互攀结、齐步成长的故事。黄色的油菜花，身披暖洋洋的阳光，跳着舞蹈。那辛勤的蜜蜂穿行其间，忙着采花酿蜜，一会儿工夫两个前爪上就沾满了黄嘟嘟的花粉，那抖动的翅膀搅起淡淡清香，沁人心脾，令人如同喝了花蜜一样。那茵茵的青草，就像刚刚舒展开的绿地毯，铺满了河边、田头、路边，一直蔓延到庄稼地边和村头的菜园。田野里一顶顶草帽或苇笠在浮动，乡亲们正忙着间苗或除草。路边的杨树叶子哗啦啦地响着，透出斑驳的光影，这时在树下无论是站着还是坐着，都会感到格外惬意。路旁，那放羊的老人，坐在树下的蓑衣上，嘴里含着一根长长的旱烟袋，哼着吕剧或自编的小曲，眯缝着眼，凝望着天上飘动的浮云和飞翔的布谷鸟，不时用眼角睄着在河滩或荒坡上啃草的羊群，神态自如，悠然自得。

靠近村庄，路两边是大大小小、方方正正的菜园。仔细地瞅瞅，什么黄瓜、青椒、芫荽、韭菜、豆角、香葱、茄子，各种蔬菜应有尽有，青、红、黄、绿、白五颜六色，五彩纷呈，有嫩有老，有圆有长，或密集地长在地上，或稀疏地挂在藤架上。农家种菜使得都是沤过的猪粪、牛粪、鸡粪等农家肥，长了虫子也不打农药，多在清晨用手捉着喂鸡了。因而那菜纯正，无污染，颜色好，味道好，更有营养，称得上是绿色产品。仔细观察，你就会发现一个秘密，各家各户的菜园之间没有篱笆和围墙，那菜长得无忧无虑，常常把枝蔓伸到邻居家的菜地里。谁家来了尊贵的客人，或者是菜接济不上了，只要说一声，就可跑到邻居的菜园里去采摘。谁家的菜被别人家要去得多，说明这家种菜的手艺好，人缘也好。

春雨中的村庄异常美丽。灰蒙蒙的雨雾，隐隐地遮住每一栋房舍，村庄就像一位披着彩纱、含着几分羞涩的村姑。走进村庄，那泥土、青草、庄稼和牛马粪等各种味道混杂在一起，竟让人特别坦然和舒服。村里的路不宽，就是平常的沙土路，本来是平整的，已被来往穿梭的拖拉机、独轮车、三轮车、轿车、自行车碾压得坑坑洼洼。一下雨，路上的人就自然多起来，大人们跑着去田里堵水灌地；放学的孩子顶着书包或披着蓑衣往家跑，不小心一个四仰八叉摔倒在路上，那黄泥汤溅了满屁股，书本也甩了满地。孩子一边哇哇地哭着，一边赶忙收拾散落的书本、橡皮和铅笔。那样子透出几分憨厚与可爱，几分纯朴与拙笨。母亲呼喊孩子的声音，在湿润的空气中回荡，震落树上的水珠。那水珠“咕咚”一声落下，钻入你的脖子，凉凉的，爽爽的，舒服极了。

家家都用青石头或灰砖头垒个院墙，盖个门楼，门上过年贴的对联仍然鲜红，祝福、喜庆的吉祥话依然十分清晰。推开院门，迎面是堂屋，东西两边是侧房。堂屋是主人接待客人和住的地方，侧房多是存放粮食、家具和做饭的地方。多数人家在院子当中留点地皮，刨得深深的，整平，调出畦子，栽种上一些常吃的蔬菜，来客人、下雨天、大忙时都能应急。许多家庭还在院子里栽上一些月季、牡丹、海棠、山杜鹃、栀子花和各种草本、木本的野山花。春天来了，花儿们争相开放，农家小院增添了几道风景和些许的乐趣。庭院里最引人注目的是压水井。各家用水泥和砖头垒砌个水池子，那水有用铁棍手压的，也有用小电机抽的。离水池不远处，大都栽着苹果、山楂、梨、杏等果树，有的栽着笨槐树，或者搭个葡萄架、丝瓜架。用井里刚打上来的凉水泼泼院子，浇浇花和树木，霎时院子里凉爽湿润了许多。到了夏天，山区的太阳毒辣辣的，中午一家人可以坐在树下或丝瓜架下吃饭，晚上这架下格外清凉，就放一张竹床或麦秸编的草苫子，大人们一边谈论着村上老掉牙的奇闻轶事和家长里短的琐碎事，一边摇着蒲扇，为睡着的孩子驱赶蚊子。即使整夜睡在这架下，也不会被露水打湿。根根丝瓜挂在架上，在风中摆动，几天的工夫就长大了。那丝瓜可是一道好菜，用笨鸡蛋一炒，味道十分鲜美。

雨过天晴。到傍晚时分，夕阳的余辉把山岭、田园、村庄涂抹得金灿灿的，水库和塘坝里更是金波荡漾。各家屋顶上早已升起了直直的炊烟，那炊烟不一会儿又自由地散开，弥漫四野，村庄烟蒙蒙一片。煦暖的微风中，一缕缕饭香扑鼻而来，口水自然就流出来了。这时喊孩子的叫声、唤鸡鸭的叫声、牛羊哞哞的叫声，长一声短一声，高一声低一声，响彻村庄的上空。家家的柴门吱吱地响着，锅碗瓢盆合奏着。上了年纪的老人，饭前说啥也得品上二两老烧酒，脸色红润，悠然陶醉。如果坐在土坑上或者坐在庭院子里，扒一碗用菠菜、白菜做的小豆腐或用刚脱皮的小麦熬的粥，你一定会感到胜过世上所有的美味佳肴，顿时胃口大开。等圆月从山嘴上升起，把银色的月光洒满山乡的角角落落，村庄已枕着夜色和湿润润的雾气，沉浸到恬静、安谧的梦乡里去了。

数百口人的村庄，几经风雨沧桑、坎坎坷坷，却看不出忍辱负重、步履凌乱的迹象。村庄是大家的，每个人都是主人，彼此知根知底，十分熟悉。村子小，拐弯抹角也都沾亲带故。就算是个孤儿，也可以吃百家饭，穿百家衣，照样快乐健康地生活着。每个人从出生那天起，就成了村庄的一部分，自己的生命、命运就与村庄紧紧地交融在一起。村庄在生长，但它从不挪地方，它在等待远离这个世界的祖先逢年过节能够回家接受祭拜，等待外出闯荡的每一位游子如期归来。风雨可以冲垮院墙甚至房屋，拔掉大树和庄稼，但依然搬不走村庄。修好院墙，栽上几排树木，养几只鸡，喂条狗，还是原来的家。家乡虽然土地瘠薄，但却是一片知冷知热的土地，村民就是生生不息的庄稼，在一茬一茬、一年一年地生长。走在村中，时常有叔父大爷远远就喊我的乳名。那熟悉和气的乡音，那慈善亲切的笑容，会把你带回一种原始且真诚的记忆中去。那情，那义，那难以言明的惦念和关爱，就像一坛陈年老窖，不喝就醉了。

乡下人远离世俗，日出而作，日落而息，有清风明月，有山光水色，还有粗茶淡饭，自在而快乐，享受现代文明却不追逐时尚，那是一种忘我的近乎原始的生命状态，那是一种美好传统的守护和永恒。比村庄大几百倍的城市，盛产奇迹和欲望，却少了些许乡间的朴拙与宁静。不管游子旅程走多远，无论远离故乡时间多长，生命的根须永远扎在生他养他的故乡。

在春暖花开的季节，一头扎进故乡的怀抱，仔细品味乡村那自然、纯真、素雅的景色，享受山乡那纯洁善良、宽容厚道的人间真情，便捡回豁达、宽容、淡泊的心境和割不断、理还乱的乡村情结。

聆听春天的脚步

2009年的冬天，本来人们担心温室效应，可能会出现暖冬现象，可谁知连渤海湾都百年不遇地结冰了，尚未平息的全球金融危机，更平添了几分过冬的感觉。因而，大家尤其期望春天早点醒来，满足人们寻春、赏春的冲动……

“春打六九头。”又是一年芳草绿，春风十里杏花香。立春第二天，济南下了一场小雪，可谓第一场春雪。春天确实挡也挡不住，走到户外，长长地、深深地吸一口气，异常清爽惬意。在我们不经意之间，春天已仙女般飘然而至，春天的大门已经打开，只要屏气凝神地聆听，自然就能听到春天的脚步声越来越近。不小心，思绪在春天的声音中滑倒，与春娃扭成了一团……

春天是万物生发的季节，每时都有新生命在萌动，每刻都有新希望在诞生。春天的脚步是轻盈的、匆忙的，又是舒缓的、美妙的。济南这座城市春脖子特别短，不几天光景，人们就脱下棉衣换上衬衫了。城里的春天，无非是道路两旁的树木由枯到荣、草坪由黄变绿。城市的季节变换主要集中在视觉上，春天的声音已被烦杂的噪音掩埋，令人难以忘怀的还是乡间的春天。闭上眼睛，脑海里悄然展开这样的画卷：天高，云淡，田野空旷，和风拂面，野草如织，野花似锦。春雨绵绵，春雨声声，一场春雨一场暖。细腻柔婉的春雨过后，几朵白云点缀着蔚蓝的天空，密密匝匝的花草探出尖尖的脑袋，青春的希望陡然钻破残雪覆盖的土层。记得我童年的时候，农家日子紧巴，一下雨河边就齐刷刷地冒出苦菜、灰菜、马齿苋、荠菜、野韭菜、野葱等可以充饥的野菜。河岸柳林含烟，所有的花草都在风中翩然洒脱地舞蹈，一幅北国的早春画卷被春风徐徐展开，透出久违的清韵、旷达与飘逸，还有无尽的淡雅与从容。

暖洋洋的西南风一吹，动物也从酣睡中苏醒了。催春的布谷鸟从田野掠过，我分明看到它的翅膀上写着艰辛与沧桑。小燕子拖着剪刀似的尾巴，衔着春光，呢喃着返回家乡，有的衔泥筑巢，有的嬉戏云间，舞姿翩跹。河上的冰开始消融，在水底下憋了一冬的鱼儿欢快地跃出水面。勤快的鸟儿吵醒花草憋闷一冬的梦。山前屋后，报春花、玉兰花、桃花、杏花、梨花摇曳一树的金黄、粉红、雪白，引来蝶飞蜂舞。蜜蜂嗡嗡地忙碌着，蝴蝶俊美的翅膀扇动出缕缕清香。知名和不知名的昆虫，弹奏此起彼伏、高低宏细的美妙乐章，成为春天开篇的绝唱。鹅妈妈带着一群披着淡黄色绒毛外衣的小鹅在学游泳，小鹅稚嫩的叫声划碎盈荡的水面。

树木新抽的枝条，像一双双挥动着的手臂，在拥抱春天。此时，人们可以静静地坐着或者躺着，尽情沐浴暖洋洋的春光，享受春风的飘逸和轻柔，咀嚼阳光的味道。河岸上的男童，折下几根光滑的嫩柳条，小心翼翼地拧开绿树皮，抽出里面那白花花的枝干，剩下外面绿油油的皮，制作成柳笛、柳哨、柳号，然后再做一顶柳帽。一群穿着红裙子的孩子正在远处的草地上雀跃，“春天在哪里呀，春天在哪里”的童稚歌声悠悠飘来。不远处，头上别着野花的大姑娘小媳妇在畦垄间追逐、嬉闹、采野花、挖野菜，银铃般的笑声萦绕在空旷的田野里。农民开始耕田播种，累了就坐在田头喝碗水、抽根烟，片刻之后，张开喉咙，长吸一口气，吆喝起野味十足的赶牛调，粗犷的山歌如烈性老白干，把田野灌醉了。那清脆的笛声、笑声，哗哗的河水声，粗犷的吆喝声，汇集成和谐优美的乡间协奏曲。

春风在跑，春雨在飘，野草在舞，野花在笑，大自然的春天降临了。寒冬过后是暖春。只要我们用耳朵听，用心听，用生命听，用灵魂听，就必定能倾听到春天的脚步声，烦恼和疲倦顿时烟消云散，在春天里绽放律动的生命和蓬勃的希望。春天从不吝啬春光和春色，春天的脚步正与心灵合弦、与时代合拍，带着我们的梦想，奔向阳光的方向。万物接受着春天的恩泽，点燃刻骨铭心的激情与五彩斑斓的梦想。

春天的脚步，是生命自由舒展的声音，是大自然永恒的心跳和铿锵的脉搏，是春天豪放的歌声和庄严的承诺。

乡村情结

乡村在萎缩，都市在疯长。豪华的都市生活是多数人的追求与向往，在那里有高楼、车流、霓虹灯、歌舞厅和可以随意漫步的公园，有可以展示自己才能和本领的广阔天地，在那里更可能获得一份理想的工作和不薄的收入。好多城里人，包括从农村走出来的城里人，回到阔别已久的故乡，会感到扬眉吐气，本家本族的人眉开眼笑，父母更是感到自豪与骄傲。然而在城里住久了，待烦了，对熟悉的城市也会滋生几分生分感、压抑感，那心头的乡村情结会越缠越乱、越来越重，会时而想起偏远故乡的一些事情，甚至设想自己不进城会是啥样子，突然向往起田间陌上、垄头树下、把酒话桑麻的田园生活和悠然情趣。

岁月酿造记忆的美酒，时间沉淀怀旧的情感。想故乡、盼故乡的这种纯真情感，忆故乡、念故乡的这种乡村情结，好像从骨缝里，从血液里，从灵魂深处，冲出来，窜出来，汹涌澎湃，势不可挡。在城里居住久了，小村的山水风物、世故人情，对故乡的背叛与忠诚、放弃与追逐、责问与赞颂、痛苦与幸福，都成为历史长河中金光闪闪的沙粒，时而在脚下，在眼底，在心窝，是那么鲜活而生动，那么纯真而清晰……

城市没有连绵青翠的群山、亲切的村庄、熟悉的河流、弯曲的小路。正月瑞雪飘舞，五月豌豆花开，六月小麦金黄，九月高粱艳红，十月忙着颗粒归仓。普通的农家小院，青石砌到顶，栅栏门、牵牛花、压水井、老黄牛、弯把犁、八仙桌、老烧酒……让从乡下走进城里，已上了些许年纪的都市人心旷神怡，动情动心。许多城市人心头藏着一个梦想，那就是等积攒些钱，回到故乡或择一处山青水秀、民风淳朴的乡间，盖上几间瓦房，种上半亩菜园，读书，种菜，享受悠闲。如果有知心朋友来访，可以先去挖野菜、摘山果、刨花生、掰玉米、宰山鸡，拉起风箱，炒菜蒸馍，在那几缕炊烟飘过之后，可以邀几缕月光喝酒长叙，直到鸡叫三遍……

20世纪70年代末，我接到那张薄薄的、重重的、预示着改变我命运的录取通知书，真是喜出望外。在我的家人和所有山里人眼里，我拼命读了几年书终于出息了，可以不继续在农村翻山越岭推小车挣工分了，可以远离臭气熏天的猪圈、牛棚，可以不再一日三餐啃煎饼咸菜，可以不在乡下找媳妇，反正能离开乡村，全村老少的梦想在我身上实现了。我把通知书拿回家，我爷爷虽然认识不了多少字，但还是反复地看了几遍，好像那是世间最贵重的宝贝；含辛茹苦的父母异常高兴，父亲在美滋滋地抽烟，母亲抹着眼泪忙着炒菜做饭。离开小山村时，我心里既有对乡村、对乡亲特别是对家人的留恋，又充满了对城市、对未来美好的期待。那几天家里像过年，本家的叔父大爷来了，邻居来了，亲戚来了，毛巾、香皂、脸盆、水笔……礼品竟然收了一堆。母亲更是准备了丰盛的宴席，恨不得让我把好吃的都吃完，该吃的都吃到。从离开乡村那时起，我才真正懂得乡村对我生命的重要性，才发现乡村是这么难割难舍，悄悄把对家乡的留恋、对亲人的惦记一点点深埋心底。

记得去学校报到是在初秋的一天早上，天刚下过小雨，乘坐上村里那台12马力的手扶拖拉机，在高低起伏的乡间公路上奔跑，左拐右拐，爬坡过河，过了多少零落的村舍，多少蜿蜒的小路，多少桥涵，我都睁大眼睛看着，记着，那兴奋劲儿无与伦比。虽然这拖拉机的车斗是敞着的，但我还是有些晕眩了。关于故乡的记忆如同马路两边的一棵棵杨柳树，匆匆闪过，让我抓不住它的影子。

在城市工作，往往把一个很大、很宽泛的地方说成是自己的故乡，譬如我是某某省、某某县人；其实，沂蒙山东部那个其貌不扬的小山庄才是我真正的故乡，它深藏在我灵魂深处，原因在于，我的祖先、我的爹娘、我的兄弟姐妹，都在这里繁衍生息，生活成长。就是这个平凡的村庄，填补了我儿时单纯而丰富的记忆，给了我生存生活的宝贵营养，让我惦念，让我眷顾，让我兴奋，让我忧伤。

我故乡的记忆，更多形成在中学时代。那时农村特别穷，虽然学费不高，但好多孩子仍然上不起学。俗话说，穷人的孩子早当家，不如说家穷的孩子早懂事。当时一家节衣缩食供我上学，我也算懂事，能够体谅家人的难处和艰辛，算得上村里比较刻苦的孩子。白天在学校，我认真听课，把知识当作应当精心收获的庄稼；放学后和节假日，我先帮着大人干活，放牛、挖猪菜、搂柴火；晚上，坐在煤灯下读书、做作业、预习功课。上高中时，农村的日子没有起色，家里依然很穷，一周就是一捆煎饼和一坛自家腌制的咸菜。当时不能住校，也没有自行车，每天就用两只脚奔波于从学校到家的十华里的土路。能够亲身感受茫茫田野一年四季的轮回变化，倒也是一件十分快乐和得意的事情。

如今忙里偷闲回到故乡，站到村头巷尾，那熟知的乡音土语，那终生难忘的土腥味、牛粪味、灶烟味扑面而来。小村并没有太大变化，在外工作久了，我熟悉的人正越来越少，一张张熟悉的面孔在变化，在减少，甚至有我不认识的人在对我指指点点，那分明是在谈论我是谁。我陪着父母下地，经常有人和我的父亲打招呼，又惊奇地加问一句“这是你家的小子？也长了年纪喽”。在我老家有个不成文的规定，谁要是外出工作或者打工回来，说啥也得拿盒烟与老少爷们共享。那些曾看着我长大的邻居长辈，那些与我一起打打闹闹、顽皮长大的同学伙伴，在接过我双手递上的香烟时，也会仔细地打量我一番，亲切地与我交谈，问我夏天济南那个火炉子能受得了吗？听说如今在城里就只剩喘气还不要钱。你抓紧捣鼓点钱把咱村这条路修了吧……听到这些话，我胸口涌起一股暖流，泪水在眼眶里打转，那纯朴的乡情、乡音，蕴涵着多少真切的关心和期待呀。让我左右为难的是，竟然有人不认识我，我也有许多人不认识了。这时我更体会到古诗《游子吟》的深刻内涵，才理解为什么游子双腿走不动了，却还要颤抖地拄着拐杖叶落归根。当踏上久违的故土，发现物是人非，就会情不自禁地低吟："少小离家老大回，乡音无改鬓毛衰。儿童相见不相识，笑问客从何处来。"几滴热泪顺着深深的皱纹和白白的胡须落入尘埃……伤感中也增添了些许沧桑、悲壮、惋惜和失意！

故乡没有机器的噪音和流动的车鸣，是做梦、追梦和圆梦的好地方。太阳没有露出山头，老天爷还阴沉着脸，朦朦胧胧中大公鸡又打了几声清脆的啼鸣。睁眼看看微微发白的窗，天真的放亮了。老梧桐树上的喜鹊，开始唧唧喳喳讨论今天到什么地方飞翔。邻居家响起了挑水的铁桶声。父亲早已坐在南屋里喝茶，娘正忙着点灶火、做早饭。于是我赶紧起床，到水井旁打开水龙头洗把脸，拿起扫帚清扫其实很干净的院子，然后喝一杯父亲已经倒好了的浓茶。我的妻子和儿子没有长期从事繁重体力劳动的经历，对种地、收割保持着一种新鲜感。再说如今地也少了，啥时干啥也都自己说了算，农活也就轻松了许多。我常问父亲今天地里还有什么活，一方面，这是履行作为儿子应该在家承担的责任，一方面也是在寻找久违的乡村生活记忆。地里没什么活做，只好流连于门口的菜园。望着那水灵灵的蔬菜，韭菜、大蒜、豆角、辣椒、小白菜，听着鸡鸣鸭叫，闻着饭菜的清香，自然淡忘了城市的浮华与喧闹，顿感增添了几份悠闲与宁静。

回到村里，我经常细心寻找那淡忘的记忆的痕迹。这里曾是放牛、割草、拾柴的沟汊，这里曾是我们一群混小子打打闹闹、偷着烧队里花生吃的岭坡，这里是我曾经推着独轮车和生产队的男劳力搬送土肥的小路，这里是那年深冬全队人冒风抗雪整修的大寨田，这里是我们那群学生劳动锻炼时唱着革命歌曲填过的水库……前些年，我家老房子被拆前，墙周围还贴满我从小学开始获得的红奖状，虽然它早已褪了颜色，但排在一起仍然很壮观，它记录着我一步步成长的履历。抚摸那些堆放在屋角的旧书，轻轻拂去沉积的灰尘，随手翻阅几页，如同回到了昔日那读书的岁月。童年与少年的往事，似乎越来越遥远。父母偶尔说句“你小时候……”，就把我带回那终生难以忘怀的岁月。童年，少年，青春时光，乡音，乡情，乡味，都已成为生命的基因和遗传密码。听听乡音，叙叙乡情，品品乡味，如饮一杯烈酒，如掬一捧清泉，如沐一缕春风……

回忆与怀旧的界限有时很难分清。怀旧往往是对逝去岁月和事物的追溯和迷恋，回忆往往是对昔日生命轨迹、生活方式的反思和重塑。每一次回故乡探望，每一次在村头驻足回望，那乡村情结就更牢固地盘扎在我的心坎上，那么刻骨铭心，那么荡气回肠，都市人真正渴望的是乡间的自然、安谧与宽厚，铭记的是山民的纯真、朴素与善良。

享受春雨

也许是刚经历了冬天太多的郁闷和压抑，也许是寒风、残雪在记忆的底片上留下太多的沧桑与悲凉，万物掐灭生命的色彩，关闭生命的声音，孤独地萧条着、沉默着。一夜微风，唤醒早春三月黎明的呼吸，也吹来了北方的第一场春雨。山川、河流、乡村、房屋、树林、花草、庄稼、庄稼人，都在期盼春的惠风拂面，享受春雨的滋润，感觉春天那年轻的心跳……

春雨如烟，如雾，如丝，如梦，悄悄落下来，一滴一滴，淅淅沥沥，飘飘洒洒，缠缠绵绵。恰似烟雾迷蒙、若有若无、若即若离的水粉画，朦胧且迷人。春雨婀娜多姿，巧笑倩兮，步履轻盈，委婉含蓄，率性天然，笑声甜美，柔情自然，没有夏雨的暴烈，没有秋雨的忧愁，没有冬雨的冷酷，像位清纯、含蓄的待嫁新娘，充满对生命、对世间万物的爱恋……为了履行前世的约定，春雨悄无声息地把睡梦中的大地山川抚摩一遍，湿润着每一个角落、每一棵小草。令人悄然想起“小楼一夜听春雨，深巷明朝卖杏花”“天街小雨润如酥，草色遥看近却无”的美妙佳句。孩子们真让人羡慕，他们可以任雨打湿凌乱的头发，在旷野中自由地呼喊和追逐。一会儿工夫，雨点越来越大，越来越急，嘻嘻哈哈，打打闹闹，在干燥的土地上留下密密匝匝的雨窝。雨滴的声音，若禅音悠长，涤尽风尘，溅起清香。春雨从不埋怨和选择土地肥沃或贫瘠，总是执著地投入，迅速渗进地下，形不成水流，只让土地守候和感动，让世人留恋和感叹。

走在乡间的小路上，任细细的雨丝自由地落在脸上，痒酥酥的，滑到嘴里，甜丝丝的。此时可以真正感受与大自然亲密接触的惬意与舒畅、纯真与洒脱。我清晰地记得在老家院中赏雨的情景。雨点噼里啪啦掉下来了，洒在头上，落在脸上，说不清道不明的舒服。我忘情地站在雨里，虽然衣服被打湿，可心里高兴，脸上绽放着笑容，享受着那份难能可贵的清凉和惬意。院里的梧桐树耸立雨中，紫红的小芽芽摇曳着甜美的心事。枝杈上被雨淋过的喜鹊窝颜色更加凝重，淘气的小喜鹊躲在老喜鹊的翅膀下，时而从窝里探出小脑袋，新奇地瞥一眼外面的风景，又唧唧喳喳地把头缩回去。树下有一群相互依偎的鸭子，时而用嘴巴梳理着羽毛，呱呱地交流着什么。那鸟叫声、鸭叫声，伴随风声、雨声，滋润，清雅，舒畅，恬淡，宁静……

神奇的春雨过滤了人们的私心和杂念，带走了尘世的喧嚣与尘浮，赐予了万物蓬蓬勃勃的生命形态。恰似仙女那双神奇的手，拂过之处便披上了一层湿润润的薄纱，呈现出一片朦朦胧胧的绿意。山岭沟畔，只要有土的地方，青草就探出尖尖的脑袋，头顶晶莹的雨珠，像个顽皮的孩子在四处凝望。一垄垄小麦在返青，粗壮的麦苗伸出又厚又绿的叶片，像无数手掌，在虔诚地迎接飘然而落的春雨。春雨迅速滑落到麦根，悄然钻进干涸的土层里。雨和风配合默契，像一把神梳，梳理着一垄垄一片片整齐的小麦。或者说那小麦是大地柔顺的头发，被左梳右理，风姿绰约。偶尔能听到布谷鸟、斑鸠在麦墩里的啼鸣。忽然几只叫不出名字的鸟儿，从麦苗间振翅而起，在雨幕中嘻闹盘旋，成为雨雾笼罩的旷野上飘动、跳跃的精灵。含苞待放的桃花，经一夜春雨的洗礼和滋润，便怒放枝头，抿嘴吐芳。长期封闭的心灵窗户也在春雨柔和的韵律中开启了，所有的遐思、憧憬都和着这雨的节拍变得形象而生动。看雨，会萌生一种冲动；

听雨，能回味一种浪漫；品雨，会感受到一种解脱。多少人的灵魂曾和雨声产生过共鸣。那历经千年春雨的舞榭歌台、岸芷汀兰、江船渔火、晓风杨柳、千里莺啼、杏花酒旗、人面桃花……仿佛都潜入到这绵绵的情怀，在雨中醉眠。

春雨贵如油，老天爷也十分小气。雨刚下了一会儿，就停了。雨虽然不大，却滋润着乡间的风光，悄然改变了山乡的颜色，编织出一幅绚丽多姿的图画，点燃了生命的期待与呼唤！草绿了，花开了，土地松软了，生命以最简单、最自然的方式在繁衍、传承、轮回。前两天还光秃秃的山冈，奇迹般地罩上了新绿。真可谓浓妆淡抹总相宜。大地是藏梦、长梦的地方！萌生绿色的地方就舒展生命，就有开花的渴望，就有歌声在酝酿！每人都种植一份鲜嫩的心境，收获一缕成长的愿望。

春雨是会说会笑的精灵，是律动生命的音乐，是天地相互倾诉的天籁之声，是人与自然和谐相处的静雅风景……春雨会跟随着气候的变化呈现不同的姿态、不同的神情，也会随听雨者的心情演绎不同的内涵。或嫣然，或惆怅，或温柔，或冷寂，或清丽，或婉约……可谓千种心情，万种雨境。乡村分娩的城市正在快速发育。乡村一边供养着城市和城市人，一边坚守自己田园牧歌式的风光。站在故乡的土地上，望着这淅淅沥沥的春雨，听着春雨敲打窗户和树木的声音，静心享受春天那份独特的空灵、清逸、洒脱和超然，独享春雨赐予的那份清爽、那份亮丽和那份希望。

夏雨中的山村

夏天，老天爷的脸说变就变。刚才还晴空万里，艳阳高照，突然间西面的乌云就凝聚起来，低低的，黑白相间，翻腾着，滚动着，向山村扑来。那云厚得好像能拧出水来。天空越来越暗，远处的山、田野和树木纷纷隐藏进薄薄的云雾里。群山变得模模糊糊，朦朦胧胧，如同披着婚纱、羞答答准备出嫁的姑娘，透出几分神秘和凝重。

夏天的雨脾气急，说来就来。鼻尖上刚有点湿湿的东西，眨眼间，头发上、衣服上就落满了雨水。

雨中，弯弯曲曲的山路，像刚从梦中醒来的蛇，在大山的背上爬行。豆大的雨点打在山路上，先是悄悄融入沙土，不见了踪影，随着雨点越下越大、时间越来越长，山路上形成了细密的溪流，路面开始泥泞了。

斑驳的树叶被风吹落，纷纷飘落到农家院子里，飘落到石板路上，飘落到溪水里。成排的石砌的房舍薄雾蒸腾，雨水顺着屋檐上的瓦角凝结成一排排的水流，哗哗落到地上。一颗又一颗、密匝匝的雨滴飘忽而至，来了又散，散了又聚，嘻嘻哈哈、打打闹闹地漂逝。屋前屋后的槐树、椿树和杨树周身淋漓，每一棵树都在摇晃着头颅，甜甜地吮吸着雨露，默默地生长。搭建在枝杈上的鸟窝被雨围住，老鸟站在鸟窝之上，不时地甩动被雨淋湿的翅膀，守护着自己精心编织的家园和幼小的儿女。淘气的幼鸟，偶尔从母亲的翅膀底下探出头来，飞快地瞥一眼外面的风景，又胆战心惊地缩回头去。淘气的麻雀仍不消停，叽叽喳喳地在树杈间跳动，像在寻找什么，又像在磨砺承受灾害的能力。那被栓在树脚下的老水牛，眼睛微闭，享受着这漫天大雨的淋浴，细心咀嚼着往事，不时地摇摇尾巴，昂头“哞哞”叫几声，又沉浸到甜美的梦境和凉爽的感觉里。

街面上很快形成了条条溪流，驮着草屑、树叶、果皮和垃圾，熙熙攘攘、你追我赶地汇集到村头的池塘里。那池塘的入口处，几块青石头被摩挲得光滑清韵，还长出短青苔。池塘里的水草，伴随雨滴的飘落在摇摆，草鱼、鲤鱼、鲫鱼在水中追逐嘻闹，有的竟然耐不住性子跳出水面，眺望池溏外面的景色。那蛙声或远或近，或高或低，若即若离，弹唱着至真至纯的天籁之音。仔细回味，有欢乐，有忧伤，有相聚，有别离。虽然单调却多情，繁杂却清晰。

放羊的山娃，头戴一顶破苇笠，挥舞着牧羊鞭，驱赶着羊群往家走。老羊咩咩地叫唤着，而贪嘴的羊羔全然不顾雨水和羊娃的驱赶，依然把嘴唇伸得很长，去啃刚刚被雨水冲洗过的嫩嫩的山草。那小羊羔一会儿惊奇地四处凝望，一会儿又跑到羊群的最前面，蹦到路边的崖石上，伸长脖子，咩咩地叫几声。年迈的羊妈妈，抬起一双欣慰的眼睛，洋洋得意、漫不经心地应和两声，悠然自乐。

顽皮的孩子冒着雨，提着竹篮，光着小脚丫，在青草棵子里捉蚂蚱、逮“水牛”、采蘑菇，在水沟旁追螃蟹、抓泥鳅。童真的笑声响彻林间，荡漾在旷野。好像雨中的山村到处都有一些新奇的东西，等着童稚的心灵去发现、去探索、去收获……

刚刚还在劳作的老农，这时都有了最得意的事情。有的披着草蓑衣，戴顶竹苇笠，索性坐在地头上，嘴里叼着旱烟袋，眯缝着眼睛，细心回味着雨打庄稼的声音，如同欣赏美妙的田园协奏曲。有的脱掉凉鞋，挽起裤脚，站在田头或地埂上，用铁锨挖着排水沟，避免雨水淹没了心爱的庄稼。有的干脆扛着农具，哼着小曲乐哈哈地回家，盼着早一会儿端起烈性的酒杯，解除劳动的疲乏。

隔着雨声，隐隐约约能听到孩子们的读书声。村头那几排灰红的砖瓦房，是培养山村希望和未来的学校。那高高的旗杆上，鲜艳的五星红旗仍然在风雨中飘扬。下课的钟声刚响了几下，孩子们便呼啦一声，像一群山间的小鸟，一个个小脑袋从教室的门口挤着钻出来，然后有的撑着雨伞，有的披着雨衣，有的披块塑料纸，冲出教室，急匆匆地往回跑。有些孩子的雨衣太短了，被风一吹，裤腿还露在外面。孩子们的叫喊声一时淹没了雨声。老师“一路小心”的叮咛，混着“老师再见”的童音，穿过雨声在山路上一阵阵飘起。孩子们的身影逐渐模糊了，而老师还静静地伫立在学校门前，凝视远方……

林间的雾气越发浓重，沉沉地压在树林上，那高耸入云的大树和林间的花草灌木挤在一起。草木你推我搡，凑在一起说着悄悄话，比着赛着长个。几只野兔从林间匆忙穿过，熟悉地跑回躲在密林深处的巢穴。慈眉善目的看林老人静静地坐在门口，等待有飞鸟进入撑在门前树上的旧鱼网，盘算着自己有一顿美味佳肴。门口堆着一些农具和刚铲下的树枝，旁边是古朴的瓷水缸和葫芦瓢，火炉上铁壶里的水早已经开了，热气溢满了屋子。老人脸上时常露出笑容，沉醉在往日美好的回忆里。

在这样的天气里，独步山野，欣赏不尽山村千姿百态的风光，滋长着无数穿越时空的遐想。山乡的一切树木、庄稼，一草一木都异常兴奋，在雨中拼命地生长，展示自己的风姿。山川、河流、屋舍、田野，都获得了新的灵气，增添了许多神秘。山村的人们，与周围朝夕相处的一切融为一体，一片空灵，一派生机。

夏雨的节奏和旋律，随着山乡人宁静、淡泊、安详的心境，蓬勃着生命与自然的力量，不留痕迹，意味绵长。

乡间秋雨

真盼着这场秋雨早点到来，好缓解家乡日渐严重的旱情。让辛勤劳作的庄稼人冲掉周身的疲倦，给夜晚忙着成长的地瓜、苞米等庄稼提供滋润。那是老天爷对山民的体谅和关爱，对这片土地的眷顾和倾心。

刚才还晴空万里，转眼云雾越来越浓了，像飘动的玉带缠绕在山腰间。顷刻间，乌云漫过山头，像一块黑布飘飞而至，罩住所有的田地和房舍。风越来越急，天地一片昏暗，空气也凉了。

秋雨没有夏雨来得那么急。起初感觉有雨丝细细密密、轻轻柔柔地落下，像轻声低语的热恋情人，轻轻地诉说着什么秘密。秋雨慢慢地变成点点滴滴，悄悄地，树叶、花草和路面都湿润了。秋雨温柔、缠绵，像丝像缕，如烟似雾，若酒如醇……袅袅娜娜的柳枝挂着晶莹的雨滴，拂过来又拂过去，像群荡秋千的山妮子；粗壮的杨树伸着绿色的手掌，承接着潇潇秋雨，保持着男子汉的风格，静默不语；柔弱的小草叶片泛黄，在雨中低着头、瑟缩着，像刚做错了事的孩子。风和雨像一对孪生姐妹，拂动和滋润着你的头发，柔软，顺滑，让人格外舒服。

潺潺秋雨，阑珊秋雨，已伴着凋零的花瓣和树叶渗入泥土中。雨点儿敲打着瓦片，散出一层薄薄的烟雾，檐上的雨滴往下滑，晶莹的雨滴打在石阶上，跳动的影子清晰地映入眼帘。一种寒气从远到近、从头到脚升起，我不禁打了个激灵，周身的倦怠悄悄远离，让人格外清醒。秋雨没有云雾舒卷的曼妙，没有清水芙蓉的清高，没有雨打芭蕉的幽雅，也没有和风抚柳的韵致。但在这蒙蒙秋雨中，可以期待秋收的喜悦，咀嚼寂寞的快乐，回味忧伤的甜蜜。我不慌不忙，坦荡地迎接着这场秋雨，呼吸着清新的空气，时而扬起头感受一下秋雨的清凉，任雨从头到脚把自己淋湿……

在乡间等秋雨，听秋雨，看秋雨，最好是在老式的旧房子中。那青石砌到顶的墙，堂屋正面朝南，院子里是黄黄的沙土和葱郁的花草树木，檐下潮湿的地方和屋后的墙脚长满低矮青翠、走上去很滑的青苔。那木格的窗子贴着泛黄的墙纸和红色剪纸的公鸡、荷花，被溅上来的雨水浸润后显得更加朦胧。偶尔打开窗户，任斜风细雨亲吻我的脸庞，然后轻轻地划落我的衣襟。一阵秋风吹过，你可以听到窗外那落叶落地的声音，与秋雨一起合奏出一曲美妙的交响曲。推开门，阵阵凉气扑进屋里，偶尔有黄黄的树叶被吹进屋里，捡起来拂去水迹，轻吻一下，又扔出门外，一丝悲凉留存心中。这个时候只要闭上眼睛静静地听，属于秋的一切就点点滴滴地进入灵魂！在秋季的雨夜，一个人凭窗用心去聆听那秋风和秋雨的呢喃！快乐的时候，欢笑着敞开自己的心房，把所有属于秋的快乐、秋的风姿、秋的收获全揽入自己的胸怀！伤心的时候，分不清那是泪水还是雨滴！

喜欢在秋雨天中行走的感觉。看那落叶随风飘飘洒洒，轻舞飞扬，而后轻轻地落在地上，以它满腔的热情投入母亲的怀抱，从此化作花肥，回归自然。踩在水里，凉凉的意趣自肌肤一点点渗透至心间，那种恬淡的喜悦会急急扑入我的怀抱。

村东原有一座水库，落了雨，浑浊的水就涨起来，泡沫卷着树叶旋转，满目灰黄的颜色。孩童们瞒了家人，戴顶麦秸编织的草帽，在雨地里跑着，伸手去捉在青草间跳动的青蛙，捉了又放。夏日的黄昏，坐在庭院中歇凉，总会听到它们呱呱的鸣声，悠远的，却又仿佛很亲近。如今住在城市的高楼中，我就很少听到这熟悉的乡音了。

“少年听雨歌楼上，红烛昏罗帐。壮年听雨客舟中，江阔云低，断雁叫西风。”随着年龄的增长，大家对雨的感受也有所不同，有了不同的心境。喜欢秋，喜欢秋季里那层薄薄的雾气，喜欢秋天里霜染的红叶，喜欢秋天里的风声过耳，更喜欢不期而遇的阵阵秋雨……一种淡然和豁达从秋雨中体现出来。也就是从这里我感到生命的细弱与短暂，也同样感受到人生的坎坷与挫折。

故乡那条弯弯的小河

或许是受到《谁不说咱家乡好》这首歌曲的激励，或许是我灵魂深处思乡情结的提醒，或许是水这人类生存之母的昭示，我对故乡那条弯弯的小河终生难忘。那条小河没有名字，在任何地图上都找不到它，它却一直在故乡的村边默默流淌，日夜浇灌着庄稼和我的心田……

古老而神奇的沂蒙山区，山多，岭多，川多，河流也自然就多。故乡那条小河在村庄后面、柴虎山东南，弯弯曲曲，欢欢乐乐、蹦蹦跳跳地奔向遥远的黄海。它吸取了众山脉和花草树木的灵气，清澈，俊秀，活泼，灿烂，充满蓬勃的青春气息和清纯高雅的气质。两岸生长着茂盛的草木，河水不深，清澈见底，流淌着我对故乡那洁净、宁静、幽远、纯粹的永恒记忆。

多少个夜晚我来到河边，享受那新鲜、湿润的空气。清澈的小河像一面波光粼粼的镜子，又宛若华丽的绿绸缎，月亮在河水中荡漾，在波浪上跳动。如果用双手掬起那清冽的河水，嗅一嗅，洗把脸，睡意和疲倦立刻荡然无存。那沙土被河水冲刷得十分干净，又软又细，伸手抓一把，沙土在指间缓缓滑落。脱掉捆绑着双脚的鞋，赤脚走进河中央，河水轻轻从脚丫间流过，那种久违的、轻松的感觉就从脚底悄然直逼心底。此时四周的远山藏起峻峭的身影，只留下朦胧的轮廓。天上密密麻麻的星星正顽皮地眨着眼睛。夜风轻轻吹来，河畔响起此起彼伏的虫鸣和跳动的萤火虫影，透出一股神秘、幽静和空灵的感觉。

春天。河边一夜冒出密密匝匝的野草嫩芽，小伙伴们像发现了天大的秘密，便扔掉棉衣，又蹦又跳地奔走相告。岸边的柳树还挂着冰碴儿，就吐出麻雀嘴般的黄嫩芽，伸直懒腰，打着呵欠，舒展细长的手臂，尽情享受春风的爱抚。有些低垂的长柳条伸到河水里，被溪水轻轻梳理着。河边开放着红、黄、紫、白各种颜色的野花，轻轻地伏下身闻一闻，那淡淡的清香沁人心脾。喜鹊、黄鹂、鹌鹑和叫不出名字的鸟，在林间溪边嘻闹翻飞着，自由忘情地鸣唱着。我们跑到岸边，折下几根最光滑的嫩柳条，小心翼翼地拧开绿树皮，抽出里面那白花花的枝干，剩下外面绿油油的皮，做成柳笛、柳哨、柳号，然后再做一顶柳帽。那清脆的笑声、笛声，悦耳的鸟声，哗哗的水声，交汇成和谐优美的乡间奏鸣曲，在空旷的田野间来回飘荡。20世纪六七十年代，农家日子紧巴巴的，河边湿润，野菜发芽早、长得肥，挖野菜也成了农家孩子的重要任务。什么苦菜、灰菜、马齿苋、荠菜、野韭菜、野葱……都一一从菜篮子走上了餐桌。就说那榆钱吧，那可是上等的好菜。我们用大柳条筐带回家，母亲用热水烫一遍，掺上些玉米面、地瓜面，加上些盐和葱花，攥成窝窝头，蒸熟或贴熟，颜色黄黄的，香喷喷的味道飘满院子。就着自家腌制的咸萝卜条，吃上几块榆钱窝窝头，在那个贫困的年代，真是一种奢望。有时，我们也会用旧蚊帐布和两根木棍制作简易的鱼网，从小河沟汊这头推到那头，捉那些活蹦乱跳的小虾。那些小虾从头到尾几乎透明，一蹦半人高。当把洗净的小虾倒进热油锅，只听一阵尖叫，小虾迅速变成了红色，再放上几片青青的辣椒，那可是乡间难得的美味。这样的好菜，我们大都没有口福，多让家长招待了尊贵客人啦，我们只好站在一边羡慕地流口水。

夏天。“黄梅时节家家雨，青草池塘处处蛙。”“明月别枝惊鹊，清风半夜鸣蝉。稻花香里说丰年，听取蛙声一片。”早春河面上到处漂浮着的青蛙卵，到了这个季节变成了到处跳动的幼蛙。小河旁长满数不清、叫不出名字的青草和树木，郁郁葱葱，蓬蓬勃勃，把整条河都严严实实地罩了起来。天气燥热时，走到河边柳树荫下，会感到格外凉爽怡人。河边那几棵大柳树像一把把遮阳伞，大妈大婶们在树下纳鞋底、做针线活、谈笑风生，树上蝉鸣鸟叫，河边蛙声此起彼伏。坐在松软的草地上，让人无比快乐和兴奋。我们这些顽皮的男孩子几乎每天都泡在小河里，游泳、摸鱼、打水仗。有时安静地站在水里，任河水轻柔地抚摸脚背，让小鱼往脚底钻，弄得脚心痒痒的，舒服极了。蝉就藏在大树的枝叶间，不知疲倦地歌唱。孩子们拿自制的工具，在长竹竿或木棍的顶端放上用新小麦咀出的黏剂，寻着声音，悄悄向蝉靠拢，待靠近了，快速一贴，蝉就成了战利品。麦收季节，庄稼人割麦、打麦、扬麦，满身都是麦芒、草屑、尘土和汗水。男劳力休息时，把镰刀、扁担和脏兮兮的衣服一扔，一头扎进河水里，痛痛快快地洗澡。累了，平躺在水面上，让河流冲着往下流；渴了，掬一捧清清的河水，微甜甘洌。男孩子们三五成群地在河水中扭成一团，有的偷偷潜到水里摸到别人的脚，突然把对方的脚倒提起来，会游泳的顺势在水里游动，不会的竟会喝上大口河水，当再次浮出水面时，便一边抹眼泪一边骂起人来，周围响起一片笑声。

秋天。田野里的庄稼进入收获期，小河也到了最漂亮、最多彩的时节。草地碧绿，野花紫红，芦苇花白，柳丝垂拂，彩蝶飞舞，轻风徐徐……一幅清悠宁静的水粉画，一首空阔悠扬的牧歌。河畔的青草又肥又壮，是放牧水牛和山羊的好地方。小牛犊、小羊羔贪婪地啃食绿油油的嫩草，偶尔还投入妈妈怀里吸上几口奶，吃饱了，饮几口河水，就卧在树荫底下眯着眼，悠闲地咀嚼甜美的生活。傍晚时分，残阳如血，一群摆成“人字形”、呱呱叫着往南飞的大雁竟然也迷恋这条小河，或在河里啄食小鱼，或在草丛中捡拾草籽，稍作休息，第二天清早又踏上漫长的旅途，奔回它们美丽的故乡。当夜幕降临，河面一片寂静，我和伙伴们曾经手提铁水桶，用马灯或手电筒沿着河岸照河蟹。河里的蟹子见到灯光会慢慢爬上岸，在河边的蟹见到灯光会迅速往草棵子里藏。有人负责照，有人负责捉，一夜竟能捉上几十只。那河蟹小巧干瘦，但味道鲜美。把活河蟹、鲜辣椒放在一起腌制，真是美味佳肴。

冬天。季节不等人，冬天说来就来了。先是刮风下雪，不几天小河就结出了薄薄的冰。雪花落到树上，树就穿起银白的素装，落到河边就堆集起来，落到河水里就化了，到了深冬河面上就全结了冰。我们上学、放学的途中，总要拐个弯到小河上过把溜冰瘾。那惊叫和欢笑声，回响在河畔，震落树上的雪团或冰凌。有时我们在冰上打“陀螺”，一鞭子下去，“陀螺”竟能转半天。一次，我在冰上跑，只听“喀嚓”一声，就掉进河水里。我连滚带爬跳出河水，衣服已经湿漉漉的了，我在寒风中浑身冻得发抖。我赤着脚提着棉鞋回家，妈妈大声唠叨着，赶忙把我的衣服放在火炉上烘烤，棉衣冒着白色的热气……

故乡的那条河，曾经滋润着绿色山乡，孕育着金色四季，满载着童年梦境，净化我的灵魂。如今农村发生了巨大变化，可那令我魂牵梦萦的小河也消失得无影无踪。伫立村头，望着已经光秃秃的河滩，一股酸涩和无奈的感觉涌上心头，顿时模糊了视线。故乡的小河，你真的与我美好的童年一道远逝了吗？真的连同伙伴们那熟悉的音容笑貌一道飘散了吗？那份纯真，那份宁静，那份清雅，那份豁达，那份无瑕……时刻从记忆深处跳出来，感动和激励着我，鼓舞和警示着我，让我保持着难割难舍、晶莹宝贵的童年情怀和至醇乡情。

乡村货郎

如今，现代商业发达，农村的社区服务中心、商品超市也如雨后春笋般地冒出来，我突然写下“货郎”这个在乡村生活中已经销声匿迹多年的名字，让没见过、没听说过的年轻人也摸不着头脑。可“货郎”作为一种历史存在，在20世纪那段艰苦岁月的脊背上留下了难以忘怀的记忆和特殊的历史符号。

无从考证从何年何月起，那摇着手鼓、挑着货担的货郎出现在乡村。该是20世纪六七十年代吧，农村还没实行家庭联产承包责任制，农民刚刚“忙时吃干，闲时吃湿”“半干半湿”地填饱肚子，城市的物品渐渐丰富起来，乡村日常生活用品却依然比较贫乏，货郎也就逐渐活跃起来。在那个商品短缺的年代，货郎是一个极有诱惑力的名字。货担是一座流动的商店，它带给山乡人们满担的新鲜与希望。对于孩子来说，那更是一个充满诱惑的地方。时间久了还听不见这鼓声，姑娘、媳妇们就问：“这卖小货的怎么还不来，我的锥子都用坏了。”那个接着说：“我的绣花线也早没了，鞋面的荷花叶还没绣完哪。”

其实，各个村庄尤其是偏远的村庄每隔几天就会听到货郎摇着手鼓，大声地吆喝着“拿头发换针呃”。古铜声的破嗓子，还伴随着些许的颤抖，那清亮浑厚的声音搅得村子一片沸腾。货郎把货郎鼓摇得特别富有节奏，玩兴正浓的孩子丢下手上的砖头、土块、木棍子，飞快地向货郎聚拢而去，或走或停，嘻笑声、喧哗声引来购物的大人。姑娘、媳妇们就从屋里、村头、地头三三两两跑来，互相招呼着："货郎来了，货郎来了……"上了年纪的婆婆也拿出了几分威严，扯开嗓子喊着："卖小货的！快到这边来，我也看看！"远处的货郎，引起墙脚抽烟汉子的几份羡慕与嫉妒。

货郎挑的木制红漆的货架像个四方的抽屉，上面是玻璃面，能翻上翻下，中间用搭扣锁上。那扁担也很有特色，中间稍粗，两头稍细并微微翘起，挑起来上下颤悠，能减少压力。透过玻璃可以看见里面分门别类地挂着一些惹人眼红的小玩艺儿，什么剪刀、纽扣、卷尺、铜锁、顶针、铁丝、铁钉、烟嘴、火石、油灯、橡皮筋、彩线、二胡弦、老鼠药等，真是琳琅满目，应有尽有。货郎不仅卖东西，还帮助代购紧缺物品和收购废旧物品。箩筐之下还有大袋储备商品，一头是帮熟人到城里买的稀奇东西，一头装着收购上来的或者换来的鸭毛、旧塑料、头发、铁皮等可以带回城里卖的废旧物品。货郎的手鼓有长长的手柄，鼓面是羊皮做的，乳白色。鼓边漆成紫红色，上面固定着一圈金黄色的圆钉。鼓两侧各有一根短线系着个硬豆豆，摇起来两个豆豆就敲打着鼓面，发出悦耳响亮的"咚咚"声。货郎一边摇着手鼓，一边拉着长腔喊："拿头发来换针呃，拿头发来换针呃……"孩子们一边学着，拖着慢腔吆喝"拿头发换针呃……"，一边簇拥着货郎和货担，从这条胡同跟到那条胡同，满街乱窜。

货郎放下手鼓，把担子放下来，一会儿工夫，周围就聚满了人。大娘、大婶们有的攥一把梳下或理下的头发，有的拿着破铜烂铁或旧塑料布、破塑料鞋递给货郎过称，换回一些针、线、锥子、纽扣、发髻网等物品。姑娘、小媳妇们叽叽喳喳地挑着针头线脑，还有扎辫子的头绳、丝带或绒花。那时不兴讨价还价，只是翻来覆去地挑，比一比哪把剪刀长出半个手指甲，哪把锁的弹簧跳劲儿大，有时还将清凉油的盖也打开，眯缝着眼量分量。小孩子也眼睛放光，抚摸着自己喜欢的五色糖豆和插在货架上的动物形状的糖块，拽着大人的衣角乞求着："我听话啦，咱买吧，买糖吧！"

货郎大都为人和气，好似不斤斤计较，还在木箱的沿上刻好了尺寸，大姑娘、小媳妇要买的红头绳、松紧带，小伙子们要买的钓鱼线，都是在这儿丈量的。每当这个时候，他总是在大姑娘、小媳妇、小伙子们的嘻嘻哈哈、拉拉扯扯中，一边嘴里嚷着"不够本了，不够本了"，一边把手中的线绳又往外放出几寸来。当所有人脸上洋溢着笑容，货郎也挂满了一脸的笑容摇着货郎鼓走了，心中暗暗盘算着挣了多少钱。

听老人介绍，货郎大都来自江苏、浙江。传说那些地方有个传统，当男孩子长到十多岁，家里就给置办上货郎的家什和零杂用品，让孩子腰里别个货郎鼓，挑起担子，去北方闯荡经营。小货郎每到一个村头，就把挑子放在胡同口，从腰里拿出货郎鼓，边摇边吆喝，招引顾客。货郎云游四方，走到哪卖到哪，也就吃到哪住到哪。货郎喜欢走同一路线，借住农家次数多了，自然与农家人熟了，就会谈些他们家乡的事情。据说那地方，水多，人穷，"半年庄稼半年跑，半年不跑吃不饱"，只好"出门跑外一担货，回家挑来一担粮"。一根扁担挑着货担走四方，挑着一家人的开销和希望。

货郎从小到大，逐渐学会了自谋生路，等攒了足够的钱，再回老家娶媳妇成家，成家后，大部分也就终止了游走四方的货郎生涯。有些虽然成了家、年纪也大了，但家境不好，又得重新挑起货担，再回北方当货郎，大家称其为老货郎。也有一些轻松地挑着担子晃晃悠悠地走在乡间的货郎，因为见多识广、为人实在、挣钱有门路，被乡下姑娘看好，在当地结婚生子，在这里的乡村扎下了根，不再回南方了。

大人们总是吓唬不听话的小孩："货郎马上来了，不听话就让他把你担去卖了！”果然不多久，货郎鼓就在村头响起来了。孩子赶忙躲到柴草垛里，甚至被吓出一身汗。那时候的小孩们没有零花钱，大都用“鸡胗皮”换糖吃。就是杀鸡后，把鸡胃剖开取出里边的胃皮，将那胃皮洗净晒干便是“鸡胗皮”。货郎小货盒里最撩孩子目光的，是那些五颜六色的泥哨。新泥哨涂着红红绿绿的颜色，刚吹时嘴唇上会被染得红红绿绿的，放在嘴里一吹“吱吱吱”地震天响。用舌头一舔，还有股酸苦味。每次货郎来时，围观的几十个小伙伴中总有一两个央求着父母给换个哨子吹。而那些没有哨子的小伙伴们，总是围在吹哨子的伙伴身边，苦苦哀求着借过哨子吹上几声过过瘾。泥哨吹得时间长了，哨嘴就会被唾沫沾湿，在嘴里化成黑泥，让小伙伴们后悔莫及。

当我们频繁出入现代超市的时候，无论如何也不会想起“货郎”的那段历史。但有一些东西会在我们记忆深处的隐秘角落，盛放着，尘封着，不知道在什么时候就会轻轻地打开门，鲜活地走出来。货郎的影子和亲切的货郎鼓声，已经刻进了乡村那段物质短缺、生活单调的历史，婉约而又略带伤感。

旱烟袋

我对山村老人的印象是从旱烟袋开始的。在许多反映农村生活的电影、电视剧及一些摄影图片中，往往都有手握旱烟袋、胡须花白的老人。旱烟袋成了农村老人的象征，也是一段历史的道具与见证。

飞扬的烟灰，盘旋的烟圈，弹指间的潇洒。有时只是点着，看袅袅青烟悠然摇摆，解除无聊和烦恼。常言道：烟酒不分家。曾几何时不管什么地方、什么场合，敬人抽烟成了基本礼节，而且不能落下在场的每一个人，否则会得罪人。在某些场合，劝“烟”和劝“酒”同等重要，甚至大有不达目的势不罢休的劲头。

在我记忆中，在农村上了年纪的老人，无论是下地还是串门，都习惯把一支长长的旱烟袋用手握着或别在腰上。累了或休息的间隙，便坐在田间地头的苇笠蓑衣上，也可选择一处干净石头或草地，甚至也可干脆把锄头、镢头、犁耙等农具放倒，坐在它们光亮的木柄上。然后从腰间拿起烟袋，在身边石头上或者鞋底敲掉烟袋锅里残留的烟渣，再把烟袋锅插到烟包里麻利地按上一小撮旱烟丝，用布满岁月老茧的手指匀称地抚平，仔细端详一阵，慢悠悠地划着火柴把烟点燃。然后狠狠吸两口，一是把烟袋里的烟烧旺，二是能够真实而迅速地过把烟瘾。接下来，便可在吞云吐雾的过程中尽情地品尝烟的滋味。如果在家里，老人不会轻易用火柴点烟，而是直接把烟袋杆伸到灶底或者炉上将烟袋点燃，其他在座的同龄人便把烟袋挤到一起，相互借火。

我爷爷一生秉性耿直、重情重义，乡里乡亲都很敬重他。无论是搞合作社还是整修水库，爷爷一直认真细致、公道实在，后来担任了十多年的大队保管。大队的仓库就在村前，仓库里来人少，爷爷忙碌完就用嘴衔着那根旱烟袋，狠劲儿地抽几口，因而抽烟也自然成了习惯。无论赶路还是做农活，那旱烟袋总不离身，大都别在腰后面。有时烟袋里没有烟丝了，还依然十分专注地吸上几口。碰到烦心事，也吸着烟，紧锁眉头，缓慢地吐着烟圈。有时，很长时间也不吸一口，只让烟袋熄后又燃，燃后又熄，以这种沉默无奈的姿势驱逐心里的忧愁。"吧嗒、吧嗒"的声响与腾起的烟雾配合得很默契，扑闪扑闪的烟袋在眼前极有规律地跳跃。我参加工作后，曾给爷爷买了个玉石的烟袋嘴，爷爷一边夸着，一边拧到了烟袋上，擦试一番，又美滋滋地抽了一袋烟。有时我递上烟卷，爷爷总是说："这烟又贵，又没味。"有时，还会把烟纸撕开，把烟丝再装入光亮的烟袋锅里。有一次，爷爷把旱烟袋给我，让我吸一口。我把烟嘴放在嘴里猛吸一口，烈烈的烟味呛得我直咳嗽，心里直呼上当了。爷爷见状，嘿嘿地笑了，又接过烟袋吧嗒吧嗒地抽开了。

烟袋对于村里的老人来讲，那是形影不离、相伴四季的伙伴。长长的旱烟袋既是身份、年龄和资历的象征，又承载着老人一生的沧桑和许多老掉牙的故事。烟袋升腾的浓浓烟雾里，有春耕秋收的辛劳与惬意，有谈天说地的沉思与感悟，有家庭和睦、子孙绕膝的幸福与满足，也有琐事扰心的愁怨，更有对于生活、生命和风烛残年等字眼的真切感慨。

随着经济社会的发展和人们生活质量的提高，"吸烟有害健康"已成为大家的共识。当下不抽烟的人越来越多，抽烟的人越来越少，戒烟成为一种新时尚。越来越多的人不再吞云吐雾，而是主动锻炼身体，享受健康快乐的人生。

沙土路

每当我从宽畅、快捷的铁路、公路、高速路上飞驰而过，我的思绪便不由飞越时空的千山万水，飞回那曾经的乐土——童年走过的那条蜿蜒的沙土路。在那坑坑洼洼与泥泞里，曾经留下我多少充满童趣和希望的时光！在我眼里，它已不再是现实生活中承载着人们为生活、为爱情、为事业来回奔波，时高时低、时平坦时泥泞的路了。它给予了我对路最原始、最质朴的认识与理解，而它再也不是没有生命的、空洞的概念，而是具有深厚情感的鲜活生命，伴随着我一起成长……

那缠绕在乡间的沙土路就像一根红丝线，牢牢牵系着游子的心，无论走得再远，无论何时何地。

记得我们村那条沙土路一直通往当年的人民公社。这路是什么时间修的已经无法考究，只记得走出很远还能看见老家院里的那棵老槐树。村民们赶集上店、走亲访友、下地干活，一茬一茬、一辈一辈的人都踩踏着它。有很多人从蹒跚学路就开始走，小路上有几座小桥、哪里上坡下坡、哪里容易泥泞都一清二楚，在一步一步丈量小路长大中，不知不觉就走了一辈子。故乡的沙土路，它实在不起眼，就是用沙土铺出的比较平坦的路面，路上简直是杂草、庄稼秸、荆棘、牛粪的集合体，两边灌木和杂草丛生，绿茵茵的草厚厚地铺在上面，草丛里开满了各种各样的野花，火红的、金黄的、雪白的、靛蓝的……诠释着乡下人生活的艰辛与刚毅。它是那么熟悉，具有深厚情感和鲜活生命，在乡间生活久了的人，闭着眼也会踏着它回家，承载着家乡人祖祖辈辈几代人的悲欢离合、生离死别。它是那么窄小，有的路段单个人走都要小心翼翼、避免滑到路下去，但在村民心里沙土路依然那么宽敞、厚重。雨后，孩子们可以光着脚丫在柔软的沙土路上跑来跑去，到路边的青草丛中捉蚂蚱，从路边的河沟里抠螃蟹、摸泥鳅……

家乡的沙土路给我的青少年时代留下了无限欢笑，但也有丝丝苦恼和无奈，成了我人生中无法抹去的记忆。记得分田到户的初期，所有的农田全部分到各家各户种植，这个政策使我们家里的条件也逐步好转，尤其是我们家人口多，粮食年年不够吃，分田到户后，我们家首次有了余粮，而且每年还能卖上千把斤，上学的学杂费不用犯愁了。有一年秋天，父亲为了筹足我的学费，用小板车推上几袋粮食去公社卖，半路上，一场大雨瓢泼而下，小路成了被搅拌的泥浆，等磕磕绊绊地回到家，几袋粮食已经淋透了。当时，我就渴望家乡能早日修条宽敞平坦的沙土路。

沙土路没有水泥路结实的体魄，没有柏油路华丽的外表，但却透露出一股乡情、一份自然、一片温馨。沙土路是丰收的小路。深秋季节，金黄的玉米、金黄的谷子、金黄的豆子，睡在奔波于小路的手推车上，开心地蹦来跳去，小路便也被渲染成了金黄的。看看近处，挺拔的玉米秆在秋风的吹拂下向着忙碌的人们招手，告诉人们丰收的消息。举目远眺，一辆辆运粮车在小路上你追我赶，“哧哧”地冒着黑烟，向着丰收的村庄跑去，溅起几缕尘土，撒落些许金黄的谷粒。谷粒镶嵌在乡路上，点缀出沙土路的荣华与尊贵。

冬季走在沙土路上，倾听着寒风狂放的歌声，顿感一丝寒意。路边的花草早已失去昔日的美丽，只剩下“人比黄花瘦”的容颜。西北风继续吹着，将凛冽的寒气带上乡间小路。小路，咬紧牙关忍受着，更显得精神、健壮。举目四望，白茫茫一片，盖住了喧嚣，盖住了污垢，一切的一切都是那么清净、那么洁白。

人们大都留恋出生地，因为那里有生命的根和生命的圆舞曲。走在这熟悉而又陌生的沙土路上，看着田地里忙碌的人群，感受着这拂面而来的田野微风，听着那久违的乡音，心里自然充满感动。沧海桑田，世界巨变。道路更是以惊人的速度变化着，眼下不仅有汽车高速公路，而且还有信息高速公路。让你感受到的是应接不暇的变化和飞驰的快感。我住在繁华的都市里，脑海中却时常浮现出伴我走出大山的那条沙土路，是它给了我许多难忘的美好的回忆！现在无论城市人还是乡下人，车行路上似飞若翔，心旷神怡。道路真是越走越多，越走越宽，越走越长，越走越远……

清淡的槐花香

“忽如一夜春风来，千树万树‘槐花’开”，这是乡村五月生动的写照。你看，房舍旁、道路边、山岗上、水沟边、荒地里……高低粗细的刺槐树，绿叶间挂满白色花冠，晶莹、粉嘟嘟的槐花一穗穗地垂在枝头。房舍、田地、道路和庄稼人，全都沉浸在槐花的清香里，甜甜的，淡淡的。

在20世纪的六七十年代，乡下有句口头禅：“花草粮半年。”榆钱、槐花、灰菜、苦菜、野苋菜，都是家家户户饭桌上可口的饭菜。

春天闹粮荒，家家缺粮。秋天收获的粮食和在地窖里冬藏的地瓜、白菜、萝卜，一冬下来都吃得差不多了。一开春，农活也多了、重了，人们干活后胃口特别好，粮食就自然成了大问题。那时庄户人肚里没油水，大人、孩子的饭量都大。春天姗姗来迟，刺槐树终于冒芽了，农家的餐桌和庄稼人的肚子也就有了盼头。槐花开了，孩子们放学之后就挎上竹篮或柳条筐，拿上前头系着铁勾子的长竹杆去摘槐花。或站在树下，或站到和树差不多高的岩石上，或爬到别的树上，用铁钩勾住槐树那长长的、柔软的枝条，用力一勾，脸轻轻避开槐树条上那长长的、尖尖的刺，那一串串洁白的槐花骨朵儿就到了眼前，那甜甜的清香迎面扑来，让人兴奋和陶醉。先轻轻采下一串，挑几粒快开了的，剥开花瓣，将细细的、白白的、嫩嫩的花茎放到嘴里，慢慢地嚼，细细地品，甜津津的，略有一丝苦涩。然后我们就小心翼翼地捋槐花，或直接扔到篮子里，或扔到树下的石板上，一会儿的工夫，那粉嫩的花朵就堆成了小山包。村庄附近的槐花采摘光了，就到村外甚至山上去采。我的村和邻县只有一华里，有时还“越境”去采，结识了外县的小伙伴。老人们反复嘱咐孩子，千万别采槐树顶上的槐花。如果折断了树头，槐树就不长了，来年开花就少了。因而常常看到槐树枝干中下部的槐花被采得干干净净，而树冠上槐花怒放。这些槐树远远望去，往往上白下绿，像只打扮得漂漂亮亮的、展示美丽羽毛的孔雀，又像穿着绿裙子、头上别着白翎毛的高傲公主。

家家采这么多槐花，首先是当口粮。那个年代，虽然以生产队为单位分粮食和蔬菜，上级也号召“忙时吃干，闲时吃稀”，可是各家各户干稀都填不饱肚皮。槐花开了，各家都要做上几顿槐花吃。做槐花菜时，先在锅中炸点花生油或棉籽油，放上葱花，将洗干净的槐花倒入，用铲子翻上几次，散上点盐，盖上锅盖闷一会儿就成了。条件好的话，放上几片薄薄的肥猪肉，那就香上加香了。槐花采摘多了，还能搅拌上野草，喂猪、喂羊、喂鸡。这个季节走到村子里，到处都飘动着槐花的清香，即使村中的路上也常见散落的槐花。

槐花盛开的时候，也是南方的养蜂人最忙碌的季节。当时真不理解南方的人怎么那么有钱，竟然能雇上解放牌大汽车拉着蜂箱到这山套里来采蜜。南风一吹，山乡就暖洋洋的。养蜂人早早就在山路旁把蜂箱摆开，自个儿在朝阳的地方搭个简易帐篷，用从山坡上捡来的干树枝烧火做饭，维持生计。天刚放亮，养蜂人就打开蜂箱的门，那蜜蜂就争先恐后地飞向远处的槐花林。蜜蜂们从这一串槐花飞向另一串槐花，匆匆忙忙，一会儿工夫前爪就沾满了花粉，粉嘟嘟的，黄黄的。采蜜返回的蜜蜂在蜂箱门前头簇拥着，抖动着翅膀，嗡嗡地叫着互相鼓励着，争先恐后地往蜂箱里钻。富裕一些的人家，或者刚刚喜添了孩子的家庭，就想法买或者用食物换瓶槐花蜜。槐花谢了，养蜂人拉着一桶桶金黄的蜂蜜和蜂箱，带着沉甸甸的希望和满脸的微笑走了，把沉静还给了槐树林。

乡村这个季节多雨。下雨时，站在屋檐下，能看见房前屋后的槐花，先是在雨中顽强地站着，然后垂着脑袋。雨越下越大，有的槐花被风扭断脖子，依次坠落下来，落入黄泥水中。黄黄的河水中，时常有槐花探出头颅，恋恋不舍地凝望成片的槐树和古老的村庄。大雨过后，山冈沟底和土路上，槐花和绿叶、嫩草与溪流纠缠在一起，融入了焦黄的泥土。泥土也染上了清淡的槐花香！

也就半个月的工夫，树上的槐花就憔悴了，槐树可以集中精力伸枝吐叶了。槐花曾给乡下人带来生活的希望和感激，让疲惫的身心沉浸在洁白无瑕、无处不在的淡淡清香里。

山林记趣

记得童年的时候，村里村外、房前屋后的花草树木非常多，开花时节到处一片芳香，蜜蜂成群结对“嗡嗡”地飞来飞去。从春到秋，村庄就像飘浮在绿色海洋之上的一叶扁舟。

春天的清晨，山村刚从梦中醒来，一缕朝霞像画师将彩墨泼上山峦，绿树间薄薄的雾气和青蓝的炊烟缠绕在一起。傍晚，夕阳把山林和农舍涂得金黄，还透出一丝丝的红润。那牵着牛羊、扛着犁具回家的农夫，蹦蹦跳跳回家的孩童，还有唤鸡狗鹅鸭和喊叫孩子的女人们，构成了一幅质朴温馨的晚归图。

那年月，农家日子都挺紧巴巴的。有时树叶、野菜都能充饥，我记得最清晰的是吃榆钱和榆树皮。春天姗姗来迟，给庄户人带来了生存的希望。小草绿了，山花开了，榆钱也由绿变微黄了。我们就跟着老人，背着个蜡条筐或竹篮，到比较幼小的榆树上撸榆钱。那榆钱厚厚的、软软的，撸上几把手都被染绿了。将那榆钱用山溪的水冲洗上几遍，然后搅拌上一些玉米面或者地瓜面，就神奇地烙成了焦黄、柔软、喷香的榆钱饼。那榆钱饼吃起来很可口，有一丝的黏、一丝的甜、一丝的香，当然也还有一丝的涩……有时还把榆树的外皮割开，把里边新长的内皮、嫩肉刮下来，在石头上晒干，用碓或者石磨碾成粉，加上少许的面粉，还能烙出焦黄、喷香的榆面饼。

那沟底溪旁成片的榆树，那成串的榆钱，既能充饥，还寄托着山里人的许多梦想。老人们讲，传说有一户人家，家庭贫寒，就几间茅舍，老人生病了，衣不遮体，饭无一口，挖野菜也填不饱肚皮。孝顺的儿子愁得彻夜难眠，常常饭没吃一口，就坐在院子里的榆树底下，望着明月长叹，眼角挂着晶莹的泪滴。榆树受了感动，那满树榆钱就突然变成了铜钱散落了满院子。从此这一家老小改变了命运，老人的病治好了，吃穿都有了保障。这户人家没有忘记老榆树的恩情，于是每逢节日总要烧香敬这棵“摇钱树”。街房邻居听说了这个秘密，家家都栽榆树，期盼那榆钱真的变成铜钱或纸币纷纷落下……老人看病不愁没钱，不用鸡蛋换盐，孩子上学有学杂费，逢年过节也不用太寒酸。

那树林中不仅有吃的，还有能换花的。林中有许多中草药，什么桔梗、黄芪等。学校里搞勤工俭学，经常发动学生们去刨，晒干卖掉了，可以顶学费。树多那草自然也长得茁壮，许多人家为了增加进钱的门路，都养了牛羊等食草的家畜。放牛放羊是件既轻松又快活的差事。清早起来，“啪啪”甩几声鞭子，从圈里赶出牛羊，也把草尖和树叶上沉睡的露珠摇醒，有的落到身上，有的羞得藏进草丛里，不见踪影；中午，烈日当空，整个大地像蒸笼一样，牛羊昏昏欲睡，牧人自在地坐在树荫下，有些凉意的风吹在脸上异常惬意，甚至可以躺在草地，伴随着蝉鸣声睡个午觉；太阳落山时，透过林子，静静地欣赏一抹夕阳映照下的狗尾草，那耀眼透明的身姿在晚风里摇曳，是如此的美丽。高兴了，可以哼个小曲儿，有时干脆直着嗓子喊几声。愉快的夏天过去了，牛羊也长壮了、长肥了，到集市上定能换个好价钱。那生活、那日子，虽然清贫、单调，但却古典、宁静、朴实、安谧。

如今山乡的日子越来越好了，树却越来越少了。即使栽上一片树，刚成材就伐了卖钱了。有青翠的嫩草、盛开的山花、茂密的树木，人与大自然，包括各种植物、动物，和谐相处，生活才丰富、凝重和久远……

院中那棵老槐树

我家院里那棵老槐树，已经离开我们二十多个年头了，但它依然站在我记忆的深处，绿荫如盖，风姿绰约。

那还是20世纪60年代末期，我家还住在村东岭的东侧。就几间青石垒砌到顶的草房子，但院中的那棵老槐树却在方圆几十里独一无二。那粗壮的干，虬劲的枝，茂密的叶，远远望去，像在山村里冒出的一朵墨绿色的蘑菇云，成为偏远山区一道难得的风景。这树虽然有些老态龙钟，但长得却十分茂盛。主干不是很高，也就是三米多，还有些弯曲，身上长着几个大伤疤，像一位饱经沧桑的老人，成熟，稳健，带着几份威严。细细的树枝和密匝匝的叶，在微风吹拂下婆娑多姿。夏天和秋天，树冠特别大，不但院子里全是绿荫，就连房子周围也在树冠的遮蔽之下。据老人讲，这棵树还是祖辈上从山西洪洞县老槐树下迁徙时带的树种。当年祖先挑着锅碗瓢盆逃荒到此，看到一眼清冽的山泉，就定居下来，开荒种地，一代代地生存繁衍下来。老槐树的种子在此生根发芽，代代繁衍，成为山西老槐树名副其实的后裔。

春雪融化，万物萌动。老槐树虽然同样享受春风的吹拂和春雨的滋润，但比别的树木明显反应迟钝，那芽尖要比别的树晚冒上十几天。当绿草如毯，山花开放，蜜蜂、蝴蝶飞舞的时候，枝干上一夜间就会冒出密密匝匝的新芽。清晨，树冠的细枝间迷漫着一层淡淡的雾气，那雾随着微风向四处飘散，荡漾着一种神韵和灵气。那芽开始是白绒绒的，继而是绿茸茸的，不久便吐出一串串绿绿的花穗，一夜间就开出细小白净的白花。每到这个时候，树四周就弥漫着清幽幽的香气，远远地就能闻到那淡淡的沁人心脾的清香。这槐树像一位母亲，宽容，慈祥。枝桠上托着许多的鸟巢，鸟儿们得意地安家落户，争吵嘻闹。槐树成了鸟类家族团聚的天然大伞。小雨后，树下的地皮都湿不了。如遇到大的风雨，槐树下时常有羽翼未丰的幼鸟跌落。大雨过后，老槐树的枝干湿润润的，树叶显得更加翠绿、滑润。

那时孩子们的生活单调乏味，每当我们放学归来，不自觉地跑到那棵老槐树下相聚，那里是我们的乐园，也是我们的避风港。炎热的夏天，无论太阳的光芒多么毒，经过槐树密密地过滤以后，总带上几分凉意和温柔。这时，全家人一天三顿饭都在树下吃，晚上邻居们带上板凳，拎个蒲团，摇着芭蕉扇，在树下乘凉。看着宝石蓝的天空，望着弯弯的扁月和闪烁的繁星，听着蛐蛐的低鸣，那些鬼怪故事、那些家长里短和乡间的新鲜事，在树下扩散。

那年月，在生产队里出一个工只挣几分钱，日子都过得紧巴巴的。当时全国上下“备战备荒为人民”，尤其是“文革”期间谁能穿上一身绿军装，谁就高人一等，那气派，那劲头，无与伦比。这槐树的米是染绿军装的上等材料，也就贵重起来了。这槐树除了能给家人挡风遮雨，每年的槐米收入也列入了家庭年度预算。等到槐花刚张嘴露白，正是采摘槐米的好时候。有些槐花是可以爬到树上采摘的，有的要用一个大竹竿捆上个铁钩才能勾得到。槐米采摘下来放在席上或石板上晒两三天就干透了，就变成金黄色，然后用簸箕掂几掂，就分出了一二三等，到公社、供销社保准卖上个好价钱。有时竟然能卖十几块钱。在那个年头，这可是一笔很大的收入，能够接济家里办好多事情。

天气凉了，秋天到了，其他树木的叶子耐不住寒冷早早地落了，而老槐树的叶却凋落得晚许多时辰。槐树落叶很漂亮，秋风吹过，焦黄的树叶稀里哗啦地垂落，如千万只金蝴蝶在空中飞舞，院子里就像铺上了黄色地毯，踩在上面软绵绵的。老槐树落完叶子，显得更加干练和刚毅。寒风凛冽的雪天，枝头上挂着绒绒的雪团或长长的冰凌，整个院子显得十分纯洁、恬静和幽雅。树下经常有鸡和麻雀在刨雪觅食，这倒也给院落增添了几分生气和情趣。

槐树历经岁月沧桑，从不言语，像一位慈祥的老人，安静而沉稳，宽容一切。逢年过节，我爷爷总要在树下摆上几个菜，点上三叠草纸，十分虔诚地敬天、敬地、敬这棵老槐树。这棵老槐树成了一种精神的象征和感情的依托。家人每当孤寂、忧愁、郁闷或者有不顺心的时候，望望那棵老槐树，就什么都烟消云散了。

可惜这棵老槐树在一个夏天被雷击中，走到了生命尽头。这棵既有几份神秘和威严，更有凝聚着我们全家的期望和感激的老槐树，永远地活在我的心中。后来，我到过一些旅游景点，也到过一些村庄，见过各种千姿百态的大树、名树，但它们与我家那棵老槐树相比，无论姿态、形状、气度都差了一截。

无论是花草树木，还是动物昆虫，只要奉献了什么，只要与人和平相处，彼此有了感情，就永远不会从记忆中抹除。

我家那棵百岁老槐树，依然在我的心灵的田野里，生长，摇曳。

煤油灯

煤油灯似乎离我们的生活已经很久远了，许多孩子只有到博物馆、纪念馆才能见到这近乎原始的照明工具。无论城市还是乡村，偶尔停电，大家也是暂时用蜡烛替代电灯照明。在记忆深处，那如豆的煤油灯光，依然跳跃在乡村那漆黑的夜晚，远逝的岁月也都深藏在那桔黄色的单调却不失温暖的灯光之中。

我的小山村就挂在沂蒙山系东部的一座山前的斜坡上，房子无规则地散落着。岁月如歌，人间沧桑。记忆中的小山村，白天有刺眼的阳光，傍晚有燃烧的夕阳，晚上有亮晶晶的月亮，黑夜有跳动的磷火、飞舞的流萤，感觉并不缺光。20世纪70年代，山村没有电，那时祖传的照明工具就是煤油灯，煤油灯是乡村必需的生活用品，煤油灯的光芒给我留下了深刻的印象。煤油灯跳动着的微弱的光芒，给遥远而亲切的山村和山民涂抹上昏黄而神秘的色彩，给我的童年升起了一道生命的五彩霞光。在那远逝的年代，那盏普普通通的煤油灯依然亮着，依然跳动着，是那么明亮，那么温暖，想起来竟然让我十分激动和兴奋！我心灵保险柜里的那盏煤油灯，至今仍散发着无与伦比的圣光。它是珍藏于我心中的太阳，它是伴我人生路程的神灯。

家境好的用成品罩子灯，多数家庭用自造的煤油灯。用一个装过西药的小玻璃瓶或者墨水瓶，找个铁瓶盖或薄铁片，在中心打一个小圆孔，然后穿上一根用铁皮卷的小筒，再用纸或棉布或棉花搓成的细捻穿透其中，上端露出少许，下端留上较长的一段供吸油用，倒上煤油，把盖拧紧，煤油灯就算做成了。待煤油顺着细捻慢慢吸上来，用火柴或火石点着，灯芯就跳出扁长的微红的火苗，还散发出淡淡的煤油香味……

煤油灯可以随便放在很多地方，譬如书桌上、窗台上，也可挂在墙上、门框上。煤油灯的光线很微弱，甚至有些昏暗。由于煤油紧缺且价钱贵，点灯用油讲究节约。天黑透了，各家才陆续点起煤油灯。为了节省，灯芯拨得很小，灯发出如豆的光芒，灯光星星点点，连灯下的人也都模模糊糊。忙碌奔波了一天的庄稼人，望见从家中门窗里透出来的煤油灯光，疲倦与辛苦荡然无存，周身滋生出无尽的温馨。

当时农家日子都紧巴巴的，生产队的工分也不值钱，家家只好养上几只老母鸡，靠鸡蛋换煤油和针头线脑等基本生活用品。五六个鸡蛋就能换一斤煤油。鸡蛋是家庭生活用品开支的主要来源，也是带来光明的“金蛋”。我记得家里有只老芦花母鸡最能下蛋，基本上一天一个，所以它在家中的地位也明显提高，一家老小都迁就它几分，不大声赶它，更不敢打它，剩饭剩菜也让它优先享用。院子的西南角有个麦秸垛，多年未用，麦秸都有些陈腐了。它自已用嘴和爪掏个下蛋的窝，等到它响起“咯咯嗒、咯咯嗒”的叫声，定能捡到温热的红皮鸡蛋。我经常挎上鸡蛋，提上个旧白酒瓶子，跟着家长去供销社设在村里的代销点换煤油，表现得好偶尔还能吃上水果糖块。那糖便宜，一分钱买两块，特别甜。经常把糖块一咬两半，一半含在嘴里，另一半细心地用糖纸包好，悄悄藏在衣兜里，让小伙伴们眼馋。回家时，家长一再嘱咐“小心点，可别把油洒了”。于是我不敢快走，更不敢跑，小心翼翼、轻松愉快地回家。

晚饭以后，屋里光线已经暗了，娘就忙着点起煤油灯，我便开始在灯下做作业。那时我却感觉煤油灯很亮，照在脸上红红的，暖暖的，让人兴奋，让人愉悦。有时我也利用灯光的影子，将五个手指作出喜鹊张嘴、大雁展翅的形状照在土墙上，哈哈乐上一阵子。母亲总是坐在我身旁，忙活针线活，缝衣裳，纳鞋底，一言不发地陪着我。母亲那时眼睛好使，尽管在昏黄的油灯下且离得较远，但母亲总能把鞋底上的针线排列得比我书写的文字还要整齐。春夏秋冬，二十四节气，娘一直在忙着纺呀、织呀、纳呀，把汗水、辛苦、疲倦纺进、织进、纳进娘的额头、眼角、脊背。漫长的冬夜，窗外北风呼啸，伴随油灯捻子的噼啪声，娘在用自己的黑发和银丝缝制希望，把幸福、喜悦一缕缕纳成对子女的期待。灯芯燃烧时能在灯火的中心形成灯花，大人都说灯花能预示吉凶祸福。如果是圆的，就预示着吉利；如果有缺口，就可能不吉利或者遇到不顺心的事。因此，娘总是时常用剪刀把灯芯剪平，默默丢到门外，并说上几句祈祷的话，因而灯光始终是圆圆的、旺旺的。为了能让我看得清楚，娘常常悄悄把灯芯调大，让那灯光把书桌和屋子照得透亮。有时我正做着作业却进入了梦乡，醒来时却发现柔和昏黄的灯光映着母亲慈祥的面容，识不了几个字的母亲正在灯下翻阅我的作业本，双眼分明噙满了晶莹的泪花。

我高中毕业以后，公社下设的管理区开始办高中，我有幸担任了县教育局备案的民办教师，每月8元钱的补助，队里还要记吃平均口粮的工分。这在当时的乡下，是一份让多少人眼馋眼热的好工作。我直接教了我们管理区第一届也是最后一届的高中班，教语文、政治，还当着班主任。在这段过程中，国家恢复了高考制度，我既要把课教好，让学生学有所获，自己又重新拿起上高中时忙着学习农机、整大寨田而没有认真学习的高中数理化，复习准备高考。那盏煤油灯伴随我度过了多少个深夜。批改完作业、备完课，我便摊开十分生疏的课本自己复习。煤油灯的烟大，时间长了往往把鼻孔也熏黑了。困了，头常常不知不觉地凑到煤油灯前，当闻到焦煳味时，头发梢已被烧去了半截。不仅是头发，有时眉毛也会被烤黄，一根根地卷了起来。经常遇到难题，反复解不开，心情焦急，不自觉地拽前额的头发，时间一长，前额的头发竟然没了。有一天，娘突然摸着我的额头问："你这里怎么了？"我赶忙说："没事，没事！"多少次，煤油灯特有的橘黄色，暖暖地、渐渐地和朝霞融为了一体……

煤油灯，普通、平常又让我难以忘怀的煤油灯。亲人的眼睛被这灯光一照，是那么明亮；这灯光在亲人的眼睛里获得了生命，在跳动，在闪耀。童年难以忘怀的记忆，幸福与艰辛，欢乐与苦涩，甜美与痛苦，都与煤油灯有着直接的联系。在煤油灯下，我懵懵懂懂地学到了知识，体会到了长辈的辛苦，更多的是品尝到了亲情的温暖。煤油灯一次次地感动了我，一次次驱散我的劳累，一次次点燃我的希望。

煤油灯时代一去不复返。现在的孩子，生活在楼上楼下、电灯电话、电视电脑的好日子里，根本不知道煤油灯是什么东西，更没见过那小如萤火的灯光。煤油灯很普通，也很淡泊。虽然柔弱，却很执著；虽然昏暗，却很璀璨；虽然娇小，却很持久。我在充满艰辛的人生旅途中真切地感受到乡村的亲情、父母的关爱，就像煤油灯给我的感觉，温暖、柔和、永恒。我把那盏煤油灯永远地珍藏起来，成为永不磨灭的记忆。

煤油灯那橘黄的灯光，在灵魂深处依然闪耀着……

沂蒙地瓜

那是初冬的夜晚，我和夫人在济南高新区的大街上散步。当走到北街口，正冻得浑身打颤、犹豫彷徨时，从远处飘来一缕缕的芳香，带着丝丝的香甜。穿过人行道的拐角，在小吃店的旁边，那香气就更加真切地传来，让人心里直痒痒，顿时精神一振。然后顺着芳香就听见摊主嘶哑的叫卖声："地瓜来，烤地瓜，甜甜的烤地瓜……"走向前，呈现在眼前的是黄澄澄的地瓜，软绵绵的，丝丝缕缕的香气直面扑来。于是急速地走到暖暖的烤炉前，精心挑上几个，立即掏钱称上热腾腾的烤地瓜，像是在他乡遇见故交、听到乡音，感觉把一种亲切的幸福感攥在了手里，心里踏实坦荡了许多，把烤地瓜捧在手心剥完皮趁热吃几口，只感到这烤地瓜特别的香甜，一股暖流迅速传遍全身……

说起地瓜，追根溯源地说地瓜，我也说不了多少，更多是在故乡时的一些记忆。经查阅资料，才知道地瓜还有着非凡的历史和特殊功能。地瓜又名红薯、白薯、甘薯、红芋、山芋、番薯、山芋蛋等，源于墨西哥、秘鲁一带，400年前从南洋引入我国。在我国种植面积很广，面积居世界第一位。

地瓜含有丰富的糖分、维生素、矿物质和食物纤维等。据说，地瓜还有抗癌和美容的作用呢！以地瓜为母本，派生出许多食品、饮料，譬如地瓜糖、地瓜干、地瓜煎饼、地瓜粉条粉皮、拔丝地瓜、地瓜干子酒等，可以说，数不清，算不完，五花八门，无奇不有。漫漫长夜，与同事相聚，忆起童年往事，回味无穷，别有一番风趣。许多往事让人留恋，让人捧腹。

要说天下最好吃的地瓜，哪里的也无法与山东的大地瓜相媲美，而沂蒙山区的地瓜其品质更能胜出一筹，这大概与我对故乡的独特情感体验和偏爱有关吧。科学地讲，应与那里的红黄色丘陵土壤和山区气候有直接关系。

地瓜长得泼辣，生命力强，对气候、温度也没有过高的要求，不需太多的水分和养料。再说我的家乡沂蒙山区山多地少，土地贫瘠，大都没有水浇条件，种小麦、玉米、高粱产量低，只好种泼辣实在的地瓜。地瓜管理起来省心省工，在平原沃土里茁壮成长，在贫瘠的山冈上也能顽强扎根。地薄一点不要紧，天旱一点也不要紧。只要施足底肥，平常也不用再追肥。地瓜更喜欢瘠薄的土壤，如果赶上丰沛的雨水，它定会给人一个丰硕的收成。一般亩产三四千斤，有的还上万斤呢。

我记事的时候，准备繁殖地瓜的“种地瓜”冬天大都存放在地窖里，后来种的少了，“种地瓜”就迁移到热坑头上。春节过后，各家在土炕上用泥胚或者砖头贴着墙垒一个框子，把地瓜放在里面，上面盖上杂草或床单子防冻。清明过后，就找一块朝阳避风的沙土地，调出畦子，将“种地瓜”平摆上，上面均匀地覆盖上一层细沙，然后盖上草苫子，洒上水。等到地瓜芽长到一拃多长的时候，就在准备种地瓜的土地上撒上土杂粪和草木灰，用铁犁扶起垄，将地瓜苗截成一根根插到地垄上，浇上水就生根发芽，然后生叶吐藤。等到地瓜蔓长下地瓜沟，接近一米的时候，用手或者木棒将地瓜秧翻起，把沟里的杂草除掉，晒晒地面，这样地瓜长得快。夏秋季节，走进田野，就走进了地瓜的世界，到处爬满了地瓜郁郁葱葱的秧蔓，土地被遮盖得严严实实。

我童年时代的地瓜，种的都是“胜利百号”“济薯1号”等。可能是品种的缘故，那秧子又细又长，叶子也瘦小，在叶子的茎与地瓜秧的交叉处常冒出一些花骨朵，花开的时候很像牵牛花，或淡红色，或紫红色，很好看。在农家活中，种地瓜其实是很费事的，从打上秧之后，不是除草就是翻秧子，连续几次才能到秋收。刨地瓜也很费事，一墩墩地刨出来，把地瓜一个个地摘下来，摘完了再一筐筐地归堆，然后又一个个地切成瓜干，切完了再晒，晒干了再拾起来。一个地瓜，从刨出来到被晒成瓜干不知要翻弄多少遍。

孩提时，到秋收季节，我们放了秋假或者星期天，拾柴或者打闹累了、肚皮饿了的时候，伙伴几个偶尔到空旷的地里，更多是在迎风的地埂上，垒个土窑或者刨个深深的长坑，在上面排满从生产队偷来的地瓜，然后四处捡木柴和干草，点火烧地瓜。秋高气爽的田野上，烟雾特别明显，等几阵浓烟之后，地瓜也差不多熟了，就把一个个地瓜堆进烧火的长坑里，之后把土窑或者长坑里烧热的土推倒盖住地瓜，再用干土埋于其上，这时伙伴们围坐在一起唱歌或者玩游戏，焦急地等待着地瓜赶快熟透。估计时间到了，大家七手八脚，把所有地瓜都翻出来，有秩序地分配。刚出窑的地瓜极其烫手，伙伴们急吃心切，于是一个地瓜拿起，忽用右手，忽改左手，像要杂技，烫得个个直叫唤，那动作至今仍记忆犹新。一阵狼吞虎咽后，个个赶忙擦掉嘴边沾满的黑土灰，伴随着嬉闹声与落日的余晖，鼓着肚皮，蹦蹦跳跳地回家了。

俗话说：“三春不如一秋忙。”忙，其实忙就忙在地瓜的收干晒湿上。20世纪70年代初，还没有实行家庭联产承包责任制，当年生产队分地瓜就很有趣。队里有规矩，必须等全队全部分完后，各家各户才能拾掇自家的地瓜，主要是怕有人借分地瓜之机浑水摸鱼偷队里的地瓜。如果天气好，又有新地茬子，可就地铡了晒下。如果天气不好，或者没有合适的地茬子晒，就得运回家或者运到别的岭地里。所以每次赶到往家推地瓜或铡地瓜的时候，都是黑天了。有时晚饭顾不上吃，干到很晚，直到月明星稀，寒露凝落衣裳。

秋天的夜晚，天气早就凉了，许多人穿上了毛衣，有的披上了厚棉袄，一盏盏黯淡的小马灯闪烁在空旷的田野里。一盏小马灯就是一户人家，一家人紧紧围着刚分来的地瓜，有的铡，有的撒，恨不能一下子干完早回家。当年农家都备有“地瓜铡”，后来又发明了手摇的地瓜铡——一种把地瓜削成薄片的工具。男劳力把成堆的地瓜哗哗地铡出来，媳妇和孩子们用提篮把新铡的瓜干在干地上撒开。挎着挎着，胳膊就累了、酸了、麻了。干着干着，大片空地就变成了白花花的瓜干的海洋。马灯太暗，根本照不过来，与其说是照着，还不如说是摸着。只见切地瓜的人熟练地轮换着双手，一片片的鲜地瓜干子依次落在地上，负责撒的人再一片片地晒出去。

把地瓜就地晒出去不容易，推到家里再晒出去更不容易。天气不好的时候，必须耐心等待。天气好的时候，当天夜里就得铡出来，第二天凌晨再运到村外边去晒。我家屋后有条小河，河岸有一大片空旷的沙滩，这是晒地瓜干最理想的地方。每到秋季，必须早去占块合适的地方。大人把切好的鲜地瓜干运到河沙滩上均匀地撒开。撒的时候都是大把大把地撒，许多瓜干就压着摞，撒的时候你可以尽情地挥洒，然后还有一道工序，就是要把地瓜干一个个地拨弄开，平铺着，不能重叠，摊晒瓜干时两眼要盯着地面，直累得腰酸背疼。大人糊弄孩子说，小孩子没有腰，其实这个活最累腰了。

那些年天气确实比现在冷。生产队干活拖拉，效率低，几十亩地瓜过了霜降还刨不完。早晨拨弄摊晒的地瓜干子的时候，瓜干上面是一片白霜，把手冻得通红。有时候还刮起西北风，更是让人冻得浑身乱打颤。人们没什么御寒的衣服穿，上身只穿个大棉袄，下身穿着单薄的裤子。顺手捡几根未干透的地瓜秧拧成绳子，把棉袄系得紧紧的，顿时感觉暖和了许多。有时把手缩在棉袄袖子里，拿着一根树棍，细心地把地瓜干一个个地拨弄开，一方面冻不着手，一方面又解除长时间蹲在地上的劳累，一举多得，实属偷懒的好办法。

那时候老天喜欢夜晚下雨。秋收季节，累了一天的人，头贴到枕头就睡，不一会儿就进入了甜蜜的梦乡。突然，一个响雷把人们惊醒，一道道闪电透过窗户把农家屋子照得透亮。“坏了！赶紧起床去拾瓜干去！”家家户户谁也不敢怠慢，父母把我们叫醒，然后仓促地推着独轮车，拿着提篮、麻袋去捡瓜干。黝黑的夜晚，你可以听见远远近近都是忙碌的人，催促声、问候声、呵斥声此起彼伏。只见路上、地里、河滩上到处都是晃晃悠悠的小马灯，都是抢收地瓜干的人。大家借着闪电的光芒，两只手拼命地抢，拼命地划拉。抢着抢着，憋足半天劲儿的老天爷，先是撒几把大雨点子，接着“哗”地倒下一场雨来。雷带着电，电裹着雷，风助着威，雨借着势，那才是风雨交加，电闪雷鸣！瞬间田野里像炸了营，大家纷纷推起车子、挑起挑子往家跑。不过看着被抢捡起来的成袋的地瓜干，大家抹一把脸上的雨水，都感觉到一种幸福和满足。

赶回家，那抢回来的地瓜干已经和人一样，成了落汤鸡。晒瓜干被雨淋不是什么稀罕事，淋湿了再晒干就是了，只是晒出来的瓜干色泽不好，不好吃，带股苦涩味。晒地瓜干就怕遇上连阴天。当年烂地瓜干是常事。可恶的老天下起雨来就没有个头，有时候刚睁个眼，还没等地皮干了，就又下起来了。倒腾上几天，人累坏了，地瓜干也开始腐烂变质了。大家眼睁睁地看着白花花的瓜干慢慢地变黑、烂去，心疼得连饭都吃不下去。

为了晒出好瓜干、好缴公粮，曾经用铁丝逐一把雪白的地瓜片串起来，再均匀地挂在树与树之间，这种晒法透光透风，不怕下雨，好收获，晒出来的地瓜干也干净漂亮，雪白雪白的，可谓一尘不染。每年收到家的瓜干，大多数不是好瓜干。好的都缴了公粮，剩下的大都是有点发霉或者边边脚脚的小瓜干、瓜干皮，这是各家主打的粮食。

地瓜收获了，家家户户都能吃上饱饭了。母亲一大早就起来烧火做饭，我还没起床就闻到了地瓜香。深秋季节，母亲就用鲜地瓜磨地瓜糊子，烙地瓜煎饼，那煎饼又香又脆。但最让我咽口水的是母亲在烙煎饼的热鏊子底下烧的地瓜。先把地瓜放在太阳地里晒上几天，脱水后其皮干燥略皱。这样的地瓜放在鏊子底烧出来口感独特。一剥开，地瓜肉红里透亮，闻起来香甜中还带着一股泥土的清醇，那是难得的美味，入口难忘。有几次，我们一家三口从城里回乡下老家，母亲早烙完煎饼，在热鏊子底下埋上了地瓜，每当看见我们一家三口吃得香甜，满嘴乌黑，便捶捶腰，擦擦汗，开心地笑了。

在我的记忆中，20世纪五六十年代到七八十年代，那近半个世纪里，我家乡沂蒙山区农民的主食就是地瓜，它养活了多少代农民。那个年代，每到秋后收地瓜的时节，农家户户便完全生活在以地瓜为中心的氛围中，一天到晚围绕着地瓜忙活。不管走到哪里，都能闻到一身的地瓜味；不管活到多大岁数，都浑身散发着地瓜味。生产队分麦子时一家只能分到几十斤，逢年过节才能吃上一顿白面水饺，日常一天三顿饭，顿顿是地瓜，有时一顿饭吃的喝的全是地瓜。农民变换着花样吃地瓜，煮地瓜、蒸地瓜、烧地瓜，地瓜煎饼、地瓜饼子、地瓜叶饭团子，用地瓜面擀面条、蒸窝头，用地瓜干煮稀饭，就连地瓜秧和地瓜叶也可以加工食用。从那个年代过来的人们吃腻了地瓜，或者说真是吃伤了，一听说地瓜就头痛，就翻胃，就吐酸水。

为了不吃地瓜，乡下的年轻人千方百计去当兵、当工人、考大学。然而，不管你干什么，不管在什么地方闯荡，难以割舍的还是地瓜，地瓜在心中留下了许许多多酸甜苦辣的记忆和痕迹，永远难以抹除。据说，我有一位小老乡，当年拼命当上了兵，到部队吃第一顿饭时，他对着手中又白又暄的大馒头说："我就是为你来当兵的！"连长说他动机不纯，当天就被开回老家，继续吃地瓜去了。

村里人吃地瓜实在吃腻了，便想着法子做地瓜凉粉。再富裕点，就把地瓜打碎，用细箩或沙布将渣滓和汁液过滤、沉淀后，就可以得到洁白的淀粉，再用淀粉制成粉皮或粉条。到了寒冬腊月，特别是春节或者遇到结婚等特别的日子，切上猪肉炖白菜，再放上些粉皮或粉条，那可是乡间公认的美味佳肴。

如果子女或亲戚朋友在城里，就将地瓜煮熟后切成片或者条，放在窗台或屋顶上晾晒，九成干的时候收起，装进布兜，连同乡间风味和淳厚的惦记寄进城里。等到深冬闲暇时节，摸出熟瓜干放到嘴里慢慢咀嚼，就像吃着喷香的牛肉干。细细地品尝那蜜饯般的味道，还真是惹人流口水。

那时绝大多数从农村到城里上中学的孩子生活艰苦，开饭时吃的都是从家里带来的地瓜煎饼，就着咸菜，喝的是白开水。有的同学家庭生活困难，地瓜煎饼也常常吃不饱，要么借别人的吃，要么限定数额，规定自己每天只能吃多少个煎饼。有时霉了，就搭在铁丝上晾晒。那时候的孩子正处在青春发育期，地瓜提供的营养使他们长大成人。

取而代之的是精米细面、鸡鱼肉蛋，它们在满足了人们的嘴巴、肠胃之后，也带来了一种普遍而又可怕的现象，那就是在以地瓜为主食的年代里很少见到的稀罕病，如今却变成了司空见惯的病。

现在吃够纯粮、细粮的我们，许多时候还怀念瓜干和那瓜干的年代。说起吃瓜干的苦与烦，孩子们肯定不信。记得我儿子小时候，有一次家乡的客人带来蘸过蜂蜜的熟地瓜干脯，又柔软又香甜，令人百吃不厌。我夫人告诉儿子：“你爸爸从小是吃瓜干长大的。”刚刚会走路的儿子误认为就是吃这种瓜脯，十分羡慕，迈着蹒跚的步子跟在我身后高兴地说：“爸爸，你小的时候真幸福呀！”弄得我和夫人哭笑不得。

随着时间的推移和山区人们生活水平的提高，地瓜逐步淡出人们的餐桌，身价倍增更是近几年的事儿了。地瓜种得少了，价格自然就上涨。再就是人们往往都有种怀旧心态，长时间不吃有时免不了想它，于是现如今的烤地瓜竟成了馈赠老人、孩子的珍馐佳品。这要倒回三十几年谁也不会相信，谁也不敢相信。说也出奇，目前地瓜价格比小麦、大米还要贵，可乡下人却也不愿种地瓜了。许多农家种一点施土杂肥的自家吃，或者送亲戚、朋友尝个新鲜。

地瓜的地位和名声虽然日渐提高，但它的品质没变。山珍海味的豪宴上有它的一席之地，它却不骄傲；普通人用来果腹充饥，它也从不自卑。它不嫌贫爱富，不厚此薄彼，在默默的奉献中，自尊自爱，不卑不亢，活像耿直实在、朴实无华的沂蒙山人。

回家过年

现在的年轻人学着国外过圣诞节、情人节、愚人节，可多数中国人依然看重端午节、中秋节等传统节日，尤其是过年。谈起过年，各地都有独特的风俗，谁的脑海里都有美好有趣的故事和难以忘怀的记忆。我已离开沂蒙山区数载，但故乡过年的情景依然历历在目。

岁月的时针刚指上腊月，年芽就在沂蒙山人的心里萌动了。在外上班或定居的，无论路途多遥远，早就开始筹划如何回家，或给家里寄多少钱物；外出打工的，早已摩拳擦掌，精心盘算着何时起程，提前数日预订回家的车船票；家里的老人、妻子和孩子，更是精心准备，翘首盼望亲人的归来。

到腊月二十三，就算正式迈入年坎了，家家“辞灶”，年味也渐渐浓起来。清晨，家家户户都举行送灶王爷的仪式。买上火纸，点三炷香和一挂鞭炮，送旧灶王爷上天言好事。各家吃完“辞灶”的水饺，就忙活着置办年货，做各种准备了。老太太和媳妇们乐哈哈地忙着缝制被褥和棉衣，赶集买布料、做衣服，然后蒸馒头、烙煎饼、做豆腐、造粉条、生豆芽，把地窖里冬藏的大白菜、青萝卜、芋头、红薯掏出来，把用玉米秆或草苫子覆盖在地里的小葱、香菜刨出来，把所有吃的东西都做成成品、半成品。孩子们埋怨时间过得太慢，恨不得把时钟拨快上几圈。这时走村串巷炸苞米花的生意也很火，孩子们从家里挖上半瓢苞米或黄豆，“嘭”的一声，就炸出一提篮，撒进点白糖或糖精，与核桃仁和炒熟的花生仁搅拌在一起，又香又脆，煞是可口。

年前这几天是农家最快活，也是最疲惫的时间。男人们特别勤快，争着抢着干重活，杀猪、宰羊、劈柴、担水、扫院子。院子打扫完了，就扫大门口、胡同和大街，连柴草垛也扫得干干净净的。再说扫屋吧，等瞅个好天气，先把屋里所有的、大大小小的家什搬到院子里，在又长又细的木棍或竹竿上捆上扫帚，把屋梁和墙皮上的灰尘、蜘蛛网打扫干净，然后用扫帚沾着细黄土和稀泥汤，将墙皮均匀地刷一遍。等到黄泥汤干了，屋里格外干净亮堂。条件好的人家，干脆用白石灰将墙皮粉刷得雪白耀眼。到年跟底，猪头、猪蹄、猪肠最抢手，因这些东西可炒可煮，可放上黄豆做成肉冻，是上等的酒肴。70年代买这类东西需凭票或托人批条子。现在生活条件好了，家家户户依然喜欢这道菜。男人们也舍得花工夫收拾。那猪蹄上的毛特别难拔，就先用开水浸泡一番，再细心地一根一根地用手或镊子拔，性急的干脆放在炉火上一烧了之。农家有冰箱的少，这些吃的东西收拾好了，就装进竹篮或用绳系起来，挂在堂屋里，既防变质，又显得场面。如果天太暖和，就挂在屋后或其他背阴的地方。

这时走在村子里闻闻，到处都是肉鱼的香味、鞭炮的火药味和酒味。这可能就是最有代表性的年味了。亲戚朋友来了，菜容易准备，再说这个时候谁的肚子里也不缺油水，那酒就有讲究了。过去手头不宽裕，每家打上一塑料桶散瓜干酒，那酒纯正、便宜、地道，还有味。如今家境好了，那酒不光要买瓶装的，而且还成箱地买，有的还买上几瓶高档的酒。亲戚朋友来了，酒必须喝尽兴，喝出个感情来。喝到一定程度，就开始生拉硬拽，想出诸多劝酒的理由。有时客人还没醉，主人自己先喝得一塌糊涂啦。

年三十叫“月尽”，白天忙着贴对联和年画，下午姑娘、媳妇们就忙着包水饺，筹备年初一早上这顿“节日大餐”。那水饺用小麦面做皮，白银一般，形状如元宝，所以吃上饺子意味着来年招财进宝，日子红火。当晚要“守岁”，晚辈坐在长辈面前叙长拉短。就这习惯如今也“改革”了，等到晚8点，所有人都停下手中的活，老的、少的、男的、女的都坐在电视机前，一边嗑着瓜子、吃着花生或自己用糯米炸的食品，一边看中央电视台的春节联欢晚会。好热闹的年轻人聚在一起喝酒、打扑克，直闹到天亮。当晚刚到十二点，家家户户的鞭炮就响起来了，一是驱鬼避邪，一是期望早早发家。那鞭炮声此起彼伏，彻夜连绵。年初一早晨，老人起得特早，先是到院里望望天空，看看今年的运气。如果天空晴朗、万里无云，那说明这一年阖家安康、生活顺当。假如有云或起风，便预示着会有磕磕碰碰、不够顺心的事情，先给自己提个醒。用什么柴火下新年的第一顿水饺是有讲究的，如今许多家庭有了煤气灶，但多数人家还是用烧攒下的豆秸或芝麻秸，用它们烧水下的水饺可口，还预示着日子节节高，时常有个想头。

对上年纪的人来讲，这年显得更为重要，把对生活的挚爱和对未来的憧憬，一点点全部融入到过年的欢乐、吉祥和祝福之中。仿佛忙碌一年，都是为了过这个年；过好这个年，新一年就有了着落和寄托。年前，老人们就教导儿孙们，该说什么，不该说什么，尤其忌讳说“死呀”“没了”之类的话。可那疯跳疯玩的孩子们，嘴上没有把门的，时常脱口而出，大人瞪瞪眼，孩子们伸伸舌头、眨眨眼也就完事了。有的家庭也因忙乱偶尔传来几句争吵声，但因满脑子都是好事、喜事，也顾不上记仇，转眼又和好如初。即使平日有仇有怨，见了面也得忍着，勉强地问声好；要是知心朋友，必定好话成堆，酒瓶成堆。大家都在守候这过年的祥和，只图老人开心、孩子高兴、家庭和睦、全家幸福平安。

这些年，生活越来越富足，日子越过越舒心，年味却越来越淡。住在城里的人，过年不用忙活，吃的、穿的、用的与平时没啥两样。乡下人也开始忙着挣钱，经济富裕的也学着外出旅游，把过年看得也不如往日重了。许多好的传统习俗被淡忘和丢弃，许多人已找不到过年的感觉、尝不到往常过年的滋味，这也是一种缺憾。

电视节目

如今电视已成为人们的生活必需品和重要伴侣，可谓朝夕相处。丰富多彩的电视节目，让人拓宽视野，增长知识，给精神生活增添了无穷的乐趣和空间。打开尘封20多年的记忆按键，与电视有关的往事在眼前闪动，那难以割舍的情感涌上心头，心中忍不住一阵辛酸与留恋……

20世纪80年代，电视还是奢侈品，即使是在机关工作、家庭相对富裕的同志，家里最多只有台黑白电视。谁家若是买了彩色的，左邻右舍肯定十分羡慕，甚至要求主人请客共同庆祝。1985年腊月，我们筹备结婚了，妻子不世俗、不虚荣，也不注重结婚的形式，可结婚大事总得说得过去。我个人当时只有200元的存款，真愁着置办东西。时兴买电视机，那也是在流行了缝纫机、自行车、收音机、手表“四大件”之后。父母知道这个情况后，反复盘算，最后咬咬牙说：“咱也不帮孩子添什么东西了，那就凑凑钱给孩子买台电视机吧！”父亲硬是把所有存折归拢起来，凑足了1200元。这在当时的农村，可是一个了不起的天文数字。当时买彩电要托人，国外产品还要凭外汇、凭购物票。春节前电视机更是紧俏，急得我如热锅上的蚂蚁。万般无奈，我硬着头皮托我单位的一位领导，硬是从县商业局局长手里把准备给别人的电视机票要来了一张。我叫上懂行的同事从县专营店花1190元买了一台东芝牌17英寸的彩色电视机，引起不少同事的羡慕和嫉妒，这也是我们村当时唯一的一台彩电，成了小山村爆炸性的新闻。

我结婚不久就要过春节了。仔细巡视结婚的那两间平房，实在没有什么怕丢的，最值钱的、全家老少最惦记的就是那台电视机。那时县城里没有几辆车，于是就托熟人到一个乡镇企业发展快的村借了辆老式北京吉普，把电视机精心装进箱子，用粗麻绳捆在吉普车后边的装备盖上，沿着九曲十八弯的乡间公路，兴高采烈地驮回了老家。回到家，我用身体“隔开”围观的人群，小心地把电视机搬进屋里。那时乡下人大都没见过电视机，就更不用说彩电了。村里人没见过这等稀罕物，感觉像是天外来客突然来我家做客。叔父大爷叫着：“快把电视打开，让我们开开眼！”从厚厚的纸箱里把它抬出来，那电视其实就一个四四方方的木箱子，前面一块乳白色的外鼓的玻璃，接上电源，按开电源键，用控制器一调，里面就有穿着鲜艳的主持人代表各电视台讲话，有人在唱呀跳呀、冲呀打呀，确实神奇。有人偷偷地趴在电视机箱后面往里瞧，只看见里面一些电线，确实找不着什么人，再跑回电视机前面一看，那乳白色鼓鼓的玻璃上还有人在继续唱呀跳呀。大家觉得不可思议：“如今的人太能了，这么多人在这么个小地方怎么装得下呀？”“电视里这些人吃饭、住宿都在这个木头盒子里吗？”

那时电视节目少，就能收到中央电视台和山东电视台，其他台在偏远的山村根本也收不到。因为用的是室内天线，能收到的频道也就更有限。遇上刮风下雨，图像不清晰。用手握着天线，电视节目才会清晰许多。有时只好接一根铁丝到室外，捆在一根高高的木棒或竹竿上作为延伸天线。当时乡村的电也不正常，有时节目看到紧要处，电灯闪几下，突然就没电了。大家一阵惋惜和长叹，只好重新点起煤油灯，坐在昏黄的灯光下拉着家长里短，耐心等待。尤其是孩子们，看到电视上那么美妙的画面、那么动人的故事、那么有趣新鲜的事儿，诱惑得吃不下饭也睡不着觉。如果看到最激烈的场面停了电，还有人会跺着脚，激动地跳起来。有的甚至发狠：我有了钱，什么也不买，先买台大彩电！

那时电视节目不像现在这样丰富，比较单调，也没有冗长的电视剧和这么多的广告。山里人大都喜欢看故事片，上了年纪的老人们爱看古装戏。当调到“咿咿呀呀”不紧不慢地唱京戏的节目时，老年人眼睛一亮，一边用脚踏着节拍看电视，一边讲从长辈嘴里流传下来的那段历史，年轻人不喜欢这慢吞吞的节奏，在一旁说气话：“就像驴叫一样，有什么好看的。”老人一瞪眼，年轻人只好伸伸舌头，作个鬼脸作罢。有时为了调换频道吵起架来，闹得大家不开心。邻居们也很实在，完全像在自家，来早的就坐在炕上，稍晚的就挤在地上，再晚一些的只好把门和窗子打开，站在屋外翘着脚、伸直脖子看……时常有人在训斥：坐下，坐下，我们看不着了。上了几岁年纪的长辈在指挥着调什么频道，有了喜欢看的节目却再也不允许别人调换频道了。

眨眼几天的工夫就到春节了。年三十这天，家家户户忙着扫院子、包饺子、贴对联，早早吃完饭，等着看春节联欢晚会。大家早早吃了晚饭，就到我家等着看彩色电视了，屋里坐满了，门外也站了许多。凳子不够，就找块砖头、石头坐着，有的干脆回家抱来了凳子。那阵势，分明是准备打“持久战”。电视从晚六点节目预告开始看，等到八点春节联欢晚会开始前，屋里已经水泄不通，加上抽烟的、嗑瓜子的、喝茶的，完全成了业余“电影院”。门外的垫起脚跟往里看，像看西洋镜般热闹。实在没办法，干脆把桌子搬到院子里，把电视往上一放，就成了露天“电视院”。没有椅子就站着或是蹲在地上看电视。那种场面热闹得不得了，一双双热切的眼，盯着闪动的屏幕。

据说，1985年的春节联欢晚会已经是中央电视台举办的第三届了。记得是在北京体育馆里举办的，唱歌的、跳舞的穿着五彩的衣服格外漂亮，电视剧中打斗的场面让人兴奋而又紧张，所有的节目都精彩极了。那场景、那舞台，在彩色电视机上显得更加耀眼。伴随着《百猴迎春》《编钟乐曲》等节目，春节联欢晚会拉开了序幕，董文华、吕念祖、罗文、张建一等人的演唱，马三立的相声，陈佩斯、朱时茂的小品，各种戏曲表演，还有中国女排队员集体拜年等节目，让人耳目一新，备感振奋。应该说，这是我们这个偏远的小山村第一次看到彩色的春节联欢晚会。

虽然屋外寒气逼人，天上飘着雪花，但大家兴致很高，因为每个人都能看到电视了。有人一边看电视，一边搓着冻红的耳朵、跺着冻得麻木的脚；孩子们冻得钻进家长的怀里，有的实际上已经进入了梦乡。有人干脆回家把厚棉衣拿来，母亲干脆把被子抱来盖在我的腿上……院子这么大抽烟也呛不着人，父亲忙着给乡亲们递烟、冲茶；母亲就忙着给邻居分瓜子，给孩子们分糖块，让大家眼不闲着，嘴也不闲着。等到看完春节联欢晚会，已经是凌晨一点多钟。有的急了，大声问：这就算演完了？那劲头，似乎看到天亮才过瘾。等大家恋恋不舍地离开电视，脚步声和狗吠声渐渐消失，各家比赛似的响起了鞭炮声，在欢笑声中迎接着新年，期待新一年的丰收、幸福和吉祥。

我们每年都回老家过年。无论是在莒南工作还是到临沂工作，不管路途多么遥远，那台电视机与我们形影不离，伴随我们回那个小山村度过了十多个欢乐、祥和的春节。

屈指算来电视走进百姓家里也只有那么20来年的时间，这段时间里，随着我国科学技术的飞速发展，电视机、电视节目的翻新也在突飞猛进，仅中央台就由原来的一个频道猛增到了现在的12个，又随之增加了一些地方台，好节目层出不穷。各家有电视机实在不算什么，不光有彩电、影碟机、音响，还有电脑、数码之类的产品。前些年，同事们都纷纷换电视，我家20世纪买的那台电视机功能太少，显得有些落伍了。后来手头也宽裕了，我们先后买了29英寸的彩电和数字彩电。这些电视机具有高频、清晰度强的优点。茶余饭后，手中挥动着摇控器，从一个频道换到另一个频道，就可以跟随电视节目漫游神州、漫游世界。香港回归实况转播、9·11事件发生前后、伊拉克战争、奥运会等重要新闻时段，人们依然通宵达旦地守在电视机旁。看到好的电视连续剧，大家的情绪会跟着主人公跌宕起伏的命运而欣喜、而愤怒、而感动……

往事如烟，随着农村生活水平的不断提高，家家户户都买了电视机，有的家庭甚至老人和孩子各有一台。如今农村的大年夜也没有当时的热闹气氛，谁也不上谁家看电视，都守候在自己家，街上也冷清了不少。人们日子富足了，精神生活也丰富了，可人与人之间少了些许的包容和温暖，山村少了热闹和激动。当年那看电视的场面令我难以忘怀，让我经常留恋与回味……

露天电影

人生在世有各种欲望和需求，归根到底是追求物质和精神的富足。精神需求，对不同时代和不同人群而言，表现形式无疑是不同的。任何国家、任何时候，乡村相对于城市，文化生活都显得单调，有时甚至很匮乏。我国改革开放初期，农民们家里还没有电视，广播喇叭也主要播放各地重大新闻，所以看露天电影才是乡村最丰盛的文化大餐。那真如同饿汉猛餐美食，焦渴之时遇见清泉，跋涉沙漠时闯进绿洲，让人们激动、兴奋、狂热，甚至生死相依。

当时还实行人民公社体制，队为基础，三级所有。县里有电影公司，各公社的电影放映队逐村轮着放，顺利时一个月每村能轮一次。每当村里放电影，整个山村简直就沸腾了。当时只有公社驻地有部手摇电话，给各村下通知靠骑自行车或捎口信。无论到哪个村放电影，邻村的老少爷们都是共同享用。为了通知大家，有的村用大喇叭喊上几遍，有的村甚至“砰砰”放上几个“二踢脚”。当然，消息最灵通的是孩子们，每个孩子都要证明自己的消息最准确，凭着猜测也要跟同伴争论一番，甚至还会打起架来。白天，村里的所有事情都与电影搭上关系了。学校里的老师说：“晚上村里放电影，今天早点下课。”耕地的农民说：“早点收工吧，今晚看电影。”人们见面都问：“今晚演电影，去不去看啊？”往日总要玩到天黑的孩子们早早回家，家家户户屋顶上冒起的炊烟都比平时要早得多。傍晚，村里的大路上、小道上都可见星星点点的手电光，还有一阵阵的欢声笑语，连此起彼伏的狗吠声也显得急切欢快起来。

电影放映队一般两个人，放映设备要由各村手推车去推或用牛车拉。电影放映前的准备工作很繁琐，村里找上几位品行好、勤快、灵巧的年轻人帮着挖坑栽木杆子、挂银幕、抬放映机、接电线。“这根绳子短了，快再接一块。”“幕布不正当，左边的绳再拉得紧一些！”放映员分明像位将军在指挥战斗。村干部笑着，忙着递毛巾擦汗、点香烟。

村里放电影，最高兴的是孩子们，逢年过节般的开心。大队的院子太小，放电影大都在村头生产队晒粮食的场子里。孩子们一放学，扔下书包，胡乱扒上几口饭，有的顾不上吃饭，衣兜里装上些炒花生或炒黄豆，就约上同伴去抢占地方。银幕没挂好，场子上已密密麻麻地摆满大小、高矮不一的板凳、马扎。来不及拿板凳的就干脆搬上好几块砖头、石头，在周围划个圈，也算占上了地方。电影没开演，银幕前就坐满了黑压压的人群。孩子们在场内穿梭往来，叫着爹，喊着娘，到早已占好的地方。叫喊声、打骂声、交谈声，真是像开了锅。别村的人也三五成群地来了，有亲戚的去找亲戚，有朋友的去托朋友，尽可能找个好地方舒舒服服地看电影。

简易发电机响了，有的发电机像自行车一样靠人蹬，蹬慢了电量不足，影响放映的质量。一场电影下来，几个蹬电机的小伙子汗流浃背、气喘吁吁。放映机的灯突然亮了，放映员开始倒片子、安片子，全场顿时安静下来。只听见几名没顾上吃饭的人在悄悄地啃干硬的煎饼或者大饼，分明像贪吃的蚕在吞噬着桑叶。放映员身旁围了一帮好奇的孩子，看着他倒胶片，看他调试投影，当白光投射到银幕上时，调皮的孩子便把五指散开，伸到放映机前面的光束上，做出各式各样的动作。

那时候，电影放映前村书记都是先讲一段话，多是感谢上级党委、政府的关怀，要求村民明天该耕哪块地、该浇哪块地，或者宣布防火防贼或禁止上山砍柴等禁令。如果讲的时间长了，孩子们就会带头鼓倒掌。正片之前都先放反映国家大事、新成就、新技术的纪录片，大家都看得很认真。等纪录片一放完，放映员换胶片的间隙，大家就可以稍微放松一下，站起来伸伸胳膊，活动活动手脚，准备长时间看精彩的电影。正片一开始，场内顿时鸦雀无声，大家都被剧情所吸引，尤其当看到日本鬼子将游击队紧紧包围，或者特务把共产党员出卖，或者战场上胜负难分等情况紧急的片段时，大家都手里捏一把汗，紧张得大气不敢喘。当红军或八路军突然出现，或者叛徒被击毙，场子里顿时响起震耳欲聋的掌声。把手拍疼了，那才叫过瘾。那时候看电影时一定要分出谁是好人、谁是坏蛋，来晚了，就一定要问个明白。如果是热门电影，影布的背面也会坐满上了年纪的老人。他们的腿脚不灵便，不愿和大人孩子在一起挤。影布背面显得场地宽敞，把板凳一放，旱烟一点，用手捋着长长的胡须，悠然自在。有的还抱着小孙子、小孙女，更增添了一番雅趣！有时候，大家正看得入神，片子突然断了或者发电机坏了，大家一片呼嘘，焦急地等待着，反复催着“快点，快点……”

那时片子紧俏，几个公社的电影放映队就联合起来逐个公社放映，通过倒片，一个晚上可放映两至三个村。有时看完上部，下部片子还没到，电灯只好重新亮起来。有的人乘机出去方便，或是走动走动，活动活动腿脚，或去搞点瓜子小吃别让嘴闲着。片子可能一会儿就到，也可能要等个把钟头。记得有几次，一晚上演两部电影，第二部片子凌晨一点才到。我硬着头皮，瞌睡得眼皮直打架，就是舍不得走，最后在大人的背上进入了梦乡，也不知道放的什么电影、什么情节，被谁背回家的也不知道。夏天雨水多，往往看到热闹处，天上突然下起了雨，许多人把凳子顶在头上拔腿往家跑，场子里稀稀拉拉剩不下几个人。有的人躲在树下继续观看。刚过一会儿，有人小跑着从家里拿来苇笠、蓑衣或雨伞，有人干脆找块塑料布顶在头上，继续坚持把电影看完。

电影一完，放映机的灯泡再次亮起。喊爹叫娘的，呼儿唤女的，欢叫声、议论声、口哨声一齐响起，观众搬起凳子、椅子，迅速向四处散开。低头一看，场地上全是砖头、石头、麦秸、报纸、糖纸。放映员和帮忙的村民赶忙收拾放映的设备，大队干部早已准备了招待晚餐——面条或水饺。伸展向四面八方的山路顿时喧闹起来，人们议论着、争吵着、回味着，声音越来越远、越来越小……直到相连的山村都恢复平静。

露天电影给我的童年带来了无穷乐趣，带来了山里人对外部世界的向往与憧憬。那时的影片大多是战争片，也容易吊起孩子们的胃口，像《南征北战》《铁道游击队》《英雄儿女》《地道战》《地雷战》《小兵张嘎》等，真是百看不厌。后来，电影的品种也增多了，出现了《青松岭》《甜蜜的事业》《喜盈门》等反映农村生活的影片，也有外国电影如《列宁在1918》《流浪者》《佐罗》《吉普赛女郎》《卖花姑娘》等。许多电影插曲耳熟能详，老少皆唱，虽然比起如今的流行歌曲、通俗歌曲、校园歌曲少了几分缠绵，但多了几分昂扬向上、催人奋进的力量。剧中英雄人物的光辉形象让我们终生难忘，譬如“不见鬼子不挂弦”“为了胜利向我开炮！向我开炮！”“面包会有的，牛奶会有的，一切都会有的”等台词仍令我们记忆犹新，甚至常被运用到日常生活中。露天电影影响、感染了几代人，在皎洁的月色中、在璀璨的星空下、在吹拂的夜风里，我们认识了舍身炸碉堡的董存瑞、双手插入焦土的邱少云、手握爆破筒跳入敌阵的王成等一批民族英雄，感受到地道战、地雷战的痛快淋漓及狼牙山五壮士的悲壮，体会了上甘岭的艰辛，也曾为小萝卜头流下酸涩的泪水……

由于电影队往往在相挨的村庄连续放映，于是年轻人总是像追星族一样，跟着放映队走南闯北，一夜一夜、不厌其烦地重复观看。那时我还小，总希望跟着大人到邻村看电影。那时的路多是沙土路，有的是泥泞小路，雨后非常难走，邻村其实就几华里的路，但也要走上一小时左右。月下乡间的沙土路很漂亮，中间因人们走得多而格外发白，弯弯曲曲像一条灰白的鞋带。家境好的孩子带着手电，那一束一束刺眼的光极具穿透力，不时在蓝蓝的天空上交织，那分明是在招摇。记得1977年秋，厉家寨村搞庆祝毛主席批示20周年纪念活动。我们得知当晚县电影队要放新电影的信息后，生产队里我们几个推车送粪的小伙子死磨硬缠着队长早收工。队长收工的话一落，我们就把手推车扔给别人，顾不上回家吃饭，拔腿就跑。本来有条山路可走，可要拐很远，于是就朝着厉家寨村的方向，横穿层层梯田，一步两个甚至三个地瓜沟，翻山越岭地奔跑。等跑完20多华里山路，赶到厉家寨时电影还没放，只见前面是黑压压的人群，已经没有我们的立足之地了，我们便找了个高高的土堆坐下来大口喘着气。清楚地记得当晚的领导讲话很长，放的是《闪闪的红星》，是新片子，还是从来没见过的彩色的。土堆上的人也渐渐满了，有人拼命往我前面挤。尽管我也拼尽全力抵抗，但还是被挡住了视线。没有办法，只好跑到银幕后面的山坡上。由于视线太偏，银幕上的人都拉扁了脸，最后还是坚持看完。磕磕绊绊回到家，鸡都开始叫了。

随着农村改革的深入，家家有了责任田，日子也逐步红火，公社改成了乡镇，电影放映队也不下乡了。周围几个村手头比较宽裕的人家，孩子结婚或考上了大学，要自费请电影队来放电影。实力小的演一场，实力大的甚至放两场。谁家要演电影，那消息提前好几天就传遍了邻村。“他舅呀，孩子出息了，明晚放场电影，你可要来呀。”“俺家放的电影，可是托人直接向县城捣鼓的片子。”街上碰了面，也都满面春风，打了招呼还会接上一句：“二楞家要演电影了知道吗？”“知道！啥片子？”“估计不孬，凑个热闹去吧！”消息越传越广，全村人都心潮澎湃。孩子们跑着跳着到处传播消息，就像送鸡毛信的小通信员。外村的年轻人也风尘仆仆赶来过眼瘾。孝顺的闺女还回娘家把老母亲接来小住几日，等待这顿免费“文化大餐”……

一代人有一代人的电影，一代人有一代人的梦境。乡村露天电影，曾给山村带来了多少欢乐与祥和，增添了多少温情与真诚，给山里人带来了多少期待、欢快和笑声，给我们的童年留下了多少抹不掉的美好记忆和一去不返的岁月，给多少人校正了人生方向、增添了拼搏奋斗的力量。露天电影不仅给村民提供了活动、交流的媒介和场所，而且昭示了返璞归真、追求真善美的文化现象。现在我们在设有空调、沙发、环绕音响的豪华影院里，吃着清香四溢的肯德基、麦当劳，欣赏颇具震撼力的美国大片，但却缺少了看露天电影时人与人之间那种亲近与和谐。

久违了，露天电影！我们回忆、珍惜、渴望那个虽然物质匮乏但却能够享受单调文化生活、相互谦让、和睦融洽的年代，期望大家共享那久违了的文化盛宴！

炊烟袅袅

炊烟，仿佛总与宁静和谐的乡村和古老的农业文明有千丝万缕的关联，仿佛这炊烟是乡村题材的绘画、诗词、歌曲的道具和索引，又仿佛这炊烟里徐徐腾起的是那古老而悠长故事的序言，意境悠远，令人沉醉。

翻开史册，从李白的“人烟寒橘柚，秋色老梧桐”，到杜牧的“南朝四百八十寺，多少楼台烟雨中”；从范仲淹的“千嶂里，长烟落日孤城闭”，再到王维最经典的诗句“大漠孤烟直，长河落日圆”。可见古代文人墨客对炊烟情有独钟。

从俄罗斯名画《家园》中青石房子顶那一缕炊烟，到中国十大传世名画《清明上河图》上那历历在目的小桥、绿树、炊烟、集市；从由邓丽君唱红的经典老歌《又见炊烟》，到周杰伦那曲《青花瓷》中“炊烟袅袅升起，隔江千万里”的歌词……

东晋诗人陶渊明的《归园田居》“暧暧远人村，依依墟里烟”这两句诗运用了两个古典意象——“村落”和“炊烟”。远处的村落在烟雾朦胧中，好像一幅淡淡的水墨画；炊烟袅袅升起，带来无限的静谧安详，让我们去品味炊烟袅袅升起的宁静与悠然。

毛主席他老人家1959年回到阔别三十二载的故乡韶山，就曾留下了“喜看稻菽千重浪，遍地英雄下夕烟”的优美诗篇。

当夕阳醉意朦胧地把树影慢慢拉长的时候，一缕缕炊烟便在座座茅草屋上慢腾腾地升起来。夕阳下，那静卧着的农家老屋越发显得苍老，那饭菜和柴草浓浓的香味便融合在一起，灌满老屋的每一个角落。这一切就像刻印在我生命中的一幅乡村图画，时常浮现在我的眼前，也环绕在我的文字和梦境里。

当远离乡村，住进没有炊烟的高楼大厦之后，故乡那魂牵梦萦的炊烟，不仅仅是飘摇在天空的一缕乡情，更是故乡一种浓得化不开的乡魂。一个人想家的时候，不仅仅是想老家熟悉而亲切的人和事，更会沉醉在家乡特有的炊烟的味道中。

千百年来，艰辛与苦涩的村庄，寂静而甜美的村庄，都是被清晨的炊烟唤醒的。乡间不知有什么能像炊烟一样长到天空的高度？不知道有什么比炊烟更能打动一个离乡人那敏感脆弱的神经？每天清晨，伴随公鸡的啼鸣，便有袅袅的炊烟从一家家农家的烟囱里升起。那炊烟，纤纤的，细细的，越往上越稀薄，最后慢慢在空中弥散开来，伴随着清风在天空下轻悠地飘荡，绵延数里，轻巧而灵空，仿佛是一位轻歌曼舞的少女，臂柔如无骨，身软如云絮；舞姿轻盈，如深山月光，如树梢微风，融天地之灵气，染晨昏之绚色……那情景，犹如一幅多彩的水墨画，或淡或浓，或远或近，浓淡相宜，意境悠长……慢慢的你就可以品味出空气中飘来的缕缕炊烟香气，暖心暖肺。傍晚，远处的农民扛着锄头下田归来，在一片黄昏里，村落的上空又飘起淡淡的炊烟。晚风徐徐地吹着，青烟向一个方向慢慢地弥漫，散开，还夹杂着牛羊鸡鸭归圈的叫声和母亲站在村头或路口喊孩子回家吃饭的声音，余音伴随着炊烟在雾气腾腾的田野上消散，乡村的夜晚便迈着安详的步子、踏着炊烟的节奏缓缓走来了。

山村缕缕蒸腾的炊烟，像顽皮的牧童坐在牛背上吹出的一曲纯厚的乡音，像扎着小辫的牧羊女扬起牧鞭呼唤羊群的一阵回音，像老爷爷长长的胡须在风中舞动，像叔父大爷扛着犁耙锄头、牵着牛羊走回家门的背影，又像是一串乡间民谣中的休止符……炊烟是母亲的摇篮曲，是飘在儿时记忆里的水墨画，是古典田园诗中的韵脚，是攀结在游子心头的思乡情结。炊烟袅袅，与母亲伫立村头振臂唤儿回家的侧影，形成一幅最古典迷人、最撩人心弦的人物速写！

炊烟是山村永恒的色调，不论天气好坏、日子贫富，炊烟都与村庄相依为命，风来弯弯腰，雨来隐隐身，依然向上生长……故乡的炊烟奇妙无比，变幻多姿，它如同故乡的彩云一般，一会儿炊烟朵朵，一会儿炊烟条条，又一会儿炊烟缕缕，那般神奇，那般巧妙，那般丰富多彩，那般妙趣横生，那般富有魅力。炊烟，袅娜、轻盈，慢慢上升、悄悄扩散，在小村上空形成了一层浅浅淡淡的薄云。因它的点缀，小村多了一份灵动，增了一份妩媚，添了一份淡雅。远远望去，炊烟笼罩下的小村真像一幅精致的水粉山水画……

炊烟的颜色和形态也是千变万化的。如果炊烟的颜色是清淡的白色，那说明灶里的柴是干燥和易燃的。假若是浓浓的黑色，那或者是续草太多了，或者是柴草太潮湿，也可能是遇上了阴雨天。如果是股股浓浓的又黑又白的烟涌出，那肯定是刚起灶，母亲刚把柴火点着。如果烟囱口出现的是连续不断且透明的烟，那肯定是锅里的饭菜正在闷炖的时候。如果炊烟只剩下那么一小丝轻薄的样子，那肯定是饭菜已出锅了。

炊烟是乡下人一日三餐的时间表，是上工收工的哨子，是上学放学的标志，是故乡的生命图腾，是家园的影像。建国后，翻身当家作主的农民在自己的土地上“日出而作，日落而息”，一日三餐，炊烟袅袅，那是人们渴望了多少代的幸福生活。20世纪六七十年代虽然是个物质贫乏的时代，但人的心是单纯的，是和善的，是真诚的，情也是温暖的，连炊烟都是柔软的。从炊烟上能明显分辨出乡亲们日子过得好坏。谁家的炊烟浓、烟雾长、底火旺，谁家的日子就红火，就好过；谁家的炊烟薄、烟气短，日子就难过，就难熬；谁家的烟筒不冒烟，那可能是断炊、生不起火了。

村庄上空、老家屋顶上的袅袅炊烟，是一道美丽的风景，是我永远走不出的眷恋。

炊烟是联结家和幸福的彩带。每当太阳冉冉升起或者徐徐落下时，故乡小村庄上空那丝丝缕缕的炊烟，更像是妈妈伸出手臂，在一声声呼唤着、期盼着远走他乡的儿女。这故乡的袅袅炊烟啊，一回望就令人心醉，一梦见就令人心驰神往。在那渴望温饱的年代里，炊烟里散发着开春时节榆钱叶子和乡间野菜的清香，饱含着深秋第一墩地瓜下锅溅起的丝丝香气……年少时每每放学归来，跑到村头岭顶，远远地看着自家屋顶的烟囱，远远地望见夕阳下自家的烟囱正飘起淡淡的炊烟，仿佛闻到了可口的饭菜香，立即断定：“哦，娘在家，娘正忙着做饭呢！”心中顿时就涌起温暖、踏实的感觉。回望村落，各家各户的屋顶都飘起袅袅的炊烟，映衬着西天的夕阳。一会儿工夫村庄的上空就弥漫起缕缕炊烟。只见那缠绵的炊烟贴着瓦房，沿着村庄的走向，随着风的方向蔓延。

炊烟吹老了岁月。在炊烟的升腾中，又看见、看清了母亲在火光映照下的脸以及脸上那深深的皱纹。或许，只有娘自己才最了解那皱纹里深藏的风霜、坎坷与苦难；或许，只有这炊烟才最清楚母亲的脊背是怎样一天天驼下去，母亲的脚步是如何一天天变得迟缓……

那个年代，乡里人吃不讲究，穿不讲究，可单单就讲究烟筒高、烟筒直，拉火出烟不焖火、不焖烟，图个烧火旺、不迷眼、不熏墙。因而家家户户的烟筒都垒得特别高，烟筒孔也留得特别大，幽幽青烟从烟孔中喷出，感觉日子蒸蒸日上。抬头送目，一眼望去，家家炊烟各不相同，有浓黑的烟雾，有雅白色的烟雾，有淡青色的烟雾，也有暗灰色的烟雾，那是因为烧火的原料不同所致。家家炊烟袅袅，无风时直线上升，在半空中消失，有的与低层的云汇合，游离乡野。微风轻拂时，炊烟顺风摆动，有时弯曲的像条烟河，有时轻飘飘的像浮云，有时又像一条狭长的丝绸带子，绵绵不断，缠绵不休。有的烟筒火旺，时而喷出一股股火花，带着浓黑的烟团向远处飘去，飘向四野，飘向天边。不同的柴草烧出来的烟是不同的，意义也不同。记得我爷爷在世时，我们家大年初一煮水饺用的柴草是有规定的。自秋天开始，我爷爷就单独把黄豆秸和芝麻秸留下，瞅个好天气晾干，把杂草挑干净，用花生秧或地瓜秧捆好，单独找个干燥地方存放好。黄豆秸和芝麻秸结实、耐烧，会冒出乳白色的青烟，说明家里柴草充足、日子富裕。再者黄豆颗粒饱满，象征子孙有福，芝麻象征着来年日子像芝麻开花节节高。大年初一，爷爷看着灶膛里的黄豆秸和芝麻秸燃起的蓝幽幽的火苗，看我们穿上新衣裳，冒着雪花、蹦蹦跳跳地燃放鞭炮，便捋起花白的胡须幸福地笑了，对新一年的生活充满自信和憧憬。

年复一年，岁月如歌，炊烟在儿时的记忆里，在我们的欢笑中，在我们成长的脚印后袅袅升起。多少年了，母亲喜欢用土坯垒的炉灶做饭，大都一边烧火，一边忙着蒸煮炒炸，她对家人的心思就像燃烧着的炉火。我记忆中最好吃的就是锅贴了，大都在刚刚麦收之后，锅里用五花肉炖土豆和芸豆，那锅贴用的是新小麦，味道特别的香，锅贴的背面被铁锅烙得焦黄喷香，锅贴的下部再用菜汤一煮，加上淡淡的炊烟味，吃在嘴里纯香醉人。我年幼时，曾经多次帮着母亲一同做晚饭，听着火苗在灶间噼啪作响，闻到那熟悉的炊烟的味道，心里就别提有多舒畅了，那是童年多么幸福的时光。此时的景致是模糊的，只有那一缕炊烟在屋顶上升起，我知道这缕炊烟又将在我的梦里飘摇了。

岁月的风，可以吹走故乡的容颜，却吹不走村庄的尊严。如果有谁能带走村庄的尊严和声誉，那么他带不走的是故乡的灵魂和浓得化不开的乡情。记得有一年初春，生产队里的老黄牛病死了。那时候宰杀大牲畜是要报告公社，等待上级批复的，否则就视为犯法。牛死了办手续相对简单，跟公社领导报告一声，再说别忘了让他们也借机改善一下生活就可以的。开春农活刚刚要开始，牛死了，队长感觉没尽到责任，担心地里的活，很是伤心；整劳力得替牛拉犁了，很是无奈。其实全队的人特别是孩子们心里都偷着高兴。不是大家觉悟低，因为那时生活困难，大家从年头到年尾吃不上顿肉，沾不着多少油花，确实嘴馋。几位技术过硬的男劳力在生产队仓库旁迅速垒起个临时煮牛肉的灶。孩子们就围在那里，贪婪地盯着牛皮被扒掉，整只牛再被肢解，被洗净，被一块块地放入锅里……当缕缕炊烟袅袅娜娜地升在半空，映印在蓝蓝的天上，一幅绝美纯净的画面定格在村庄的上空。

傍晚时分，神气的队长，双手叉着腰，大声吆喝着，招呼社员们来队里分牛肉。那时生活清苦，分点肉也舍不得吃。全生产队上百口人，每人分不了几两肉，肉少了在自家的小锅里也炖不出大锅的味道和感觉。队里新支的那个大锅，挑上几担水，把骨头、牛杂碎洗净放进锅里一起煮，也可以说是炖。分完肉，就等晚上分牛肉汤了。各家各户都能分得一盆牛肉汤，还包括几块牛骨、一些牛杂碎，这些东西比起那点肉来更实用、更解馋。在皎洁的月光下，全队老少都提着水罐、水桶、菜盆，有的干脆端着大大的黑陶碗，大家自觉按老少次序、有说有笑地排成长队，过年一般热闹、兴奋，那是一幅独特的、记载着山乡群众真实生活渴望与状态的乡俗风情画。分牛肉汤一般都到了深夜，孩子们大都熬不住，或倒在草堆里，或趴在父母背上睡了。

心若清静，那里都是故乡。夕阳中的炊烟，总是让人忆起年迈的双亲伫立村口，一双望穿暮霭的眼眸，痴痴地守候和期望着儿女们匆匆的归程。有时坐火车或飞机掠过晨昏时的村庄，望见一座座房屋上升腾着的一缕缕炊烟，内心会产生莫名的感动，那炊烟升腾的是一缕缕幸福，人们安守着的是一份份温馨。望见炊烟，悠悠往事凝聚胸间，忽浓忽淡。在城市吃着买来的煮玉米、毛豆、炒花生、烤白薯和蒸南瓜，这些东西看起来干净，吃起来也方便，但吃不出那种包含炊烟的味道和口感。如今忙里偷闲回老家，父母就像招待客人一样忙活。往往刚吃过早饭，娘就起身开始忙碌，准备中午那顿香甜可口的饭菜。娘点起灶膛里的柴火，那红红的火苗映红灶膛，也映红了娘那张历经岁月沧桑的脸庞。

故乡的炊烟是清纯的，经常像柔柔的轻纱一样飘在小村庄的上空，缠绕在山峦的腰间或头顶，把原本清贫、偏僻的小山村打扮成了藏在山套里的世外桃源，使我这个远离故乡的游子每每回望炊烟，便会醉倒在比陈年老酒还要醇厚的乡情、还要绵长的乡意里。

我也常想，人生究竟需要什么样的生活，什么样的生活才能让人的心灵始终处在一种宁静安逸的境界之中。都市也好，乡村也罢，不管哪种生活方式，在我们的生活有了基本的保障之后，更重要的应该是追求一种人与人之间的和谐安康、轻松舒适、自主自如，这样的生活也许才是真正的生活。随着人们生活水平的日益提高和现代化的普及，乡村大都改变了烧柴草做饭的生活方式，烧水做饭只要拧一下煤气灶就可以了，省心、省事、干净。炊烟也逐渐淡出古朴的村庄。袅袅炊烟虽然富有诗情画意，让人内心产生无限的遐想，但那种安逸与悠闲的生活背后是生活的艰辛和无奈。我希望中国所有还在和炊烟打交道的农民能够早早地告别炊烟，告别那烟熏火燎的生活。让炊烟作为一种靓丽风景，储存住情感的浓彩真色，飘舞在我们的记忆深处吧。

在繁华的城市里，我们看不到亲切的炊烟，闻不到它那特有的味道。城市里有的只有污染空气的尾气，和被污染了的空气。那时的我们常常会想起村庄上空的炊烟，想起生活在村庄里的人们，想起我们天真无忧的童年岁月。很多个晚上，当我们走在城市喧闹的街道上时，思绪时常飘到远方的家乡。

炊烟就是长在乡村脊背上的图腾树，穿越五千年乡土文明的土壤，长成村庄傍晚最为动人的风景，似一幅轻淡雅致、价值连城的水墨画。任凭风吹雨打，炊烟不会被风雨折断。一茬茬庄稼被收割，一代代村民在老去，村庄虽然驮背但不曾老去，炊烟未断，人烟兴旺。

择邻乡村

住济南十年，搬家六次。每次搬家，住房条件都有所改善，心中总伴随丝丝的兴奋与喜悦。最近，狠了狠心，喜忧参半地搬到了舜玉南区这个远离市区的地方。居住条件的确得到很大改善，多少年一直堆在墙角的书籍终于舒展开了带着墨香味的躯体，但说起得失来，却是一言难尽。

站在阳台上望去，楼南和楼东没有高楼，全是一片二层的农舍，还有几棵苍老孤独的梧桐树。据说，这里的人家早就得到政府准备搬迁改造这片小区的信息。这年头，信息就等于票子。这不，家家户户纷纷在原来的农舍上边又加盖了一层，加重了讨价的砝码。这新嫁接的房子，或土坯的，或石垒的，或砖砌的……可谓五花八门。有的墙没上泥，依旧露着石缝或砖缝。为了占满所有空间，增加搬迁的面积，许多人家还盖了东屋、西屋，在屋后、屋前靠墙根的地方建上了一排排的小斜厦。这些密度很大的小房子，有的当伙房、做卧室；有的用来堆积杂物；有的挂着门市部、豆腐店、理发店的牌子，有的牌子竟然有房子的一半大；有的已经买了新楼房，把这些旧房子出租挣钱。本来不宽敞的地方显得更是狭窄，有的地方须侧身而入。不仅房子建得凌乱，窗户也是随心所欲。高的矮的，大的小的，长的短的，宽的窄的，横的竖的，黄的黑的，木的铁的，外探的内装的……有些窗台上还摆上仙人掌、马蹄莲、菊花、芦荟、兰草、吊兰等花草，给这片灰土土、挤巴巴、乱糟糟的住宅区增添了几分盎然生机。

济南也可称得上是大都市啦。随着经济的繁荣和人们环境意识的增强，夜晚的街道也逐步亮起来了，五颜六色的霓虹灯广告牌各领风骚。忙碌辛苦了一天的市民，也逐步习惯享受夜生活的丰富多彩。而这个居民小区却是另一番景致。几盏稀疏的路灯，眨着昏黄的眼睛。虽然楼挨楼，但没有什么影剧院和宾馆饭店，倒有几处几十平米的超市。没有大都市的繁华，只有大自然平稳而深沉地呼吸着，一切都格外安然与宁静，真如乡下偏远的城镇。清晨，当人们还在梦乡的时候，谁家的公鸡已经吊嗓子了。那鸡的叫声异常清脆，好像不是报晓，分明是一位快活的守夜人在催促深夜的消逝，呼唤黎明的到来。生活在城市久了，偶尔在清晨能听到几声鸡叫，倒也感到兴奋和激动。楼前居住的大批生意人表现得格外的勤快，鸡叫三遍，就揉揉迷迷糊糊的眼睛，披着东方微弱的亮光，发动三轮车、拖拉机和摩托车，互相招呼着涌进市区，忙活着淘金挣钱了。楼前的声响随风飘过，楼后那片机关宿舍也从睡梦中醒来，醒得倒是很文雅、很上档次。孩子们开始晨读English，上了年纪的听着收音机沿街散步，年轻人骑着自行车买早点……这一声鸡叫，唤醒了生活在这片土地上的每一户、每个人。大家互相感染，彼此融合，投入了人声鼎沸的新的一天。

人食五谷杂粮，过日子离不了油盐酱醋。搬来之初，大家最担心生活不便，没地方买粮、买菜、买日用品。其实不然。一天清晨，我同妻子决心仔细考察一番，出门往东走，左拐右拐几个弯，步行几百米，就听到人声嘈杂，叫卖声不绝于耳。巡声向东望去，只见弯曲的路两边，绿绿的法桐树下，一排排，一间间，全是各式各样的风味小吃店，缕缕清香迎面扑来，更是诱惑期待早餐的胃。店外的路边，各式各样的小商小贩和天没亮就从四面八方赶进城的农民，操着南腔北调，出售自家的产品。鸡鱼肉蛋，生猛海鲜，生熟肉品，油条豆浆……各种新鲜的瓜果蔬菜，还沾着晶莹的露珠呢。往北一瞧，路两边挂满五颜六色、适宜百姓穿着的衣服，还有锅碗瓢盆、铁锤螺丝、灯泡线团、肥皂毛巾……有些东西已经褪色，有的干脆实打实地没有包装。物价是不用说，比市里低了许多，且少有坑蒙拐骗、缺斤少两的情况，可谓物美价廉。

这里的道路七拐八弯、曲曲折折，并且坑坑洼洼，记性不好或刚搬来不久的人，找不到家门是常事。下雨天，路上一坑一汪的水。搬来的头几天，正巧老天爷不高兴，淅淅沥沥地下雨。加上因埋煤气管道，道路被开了膛，路边堆满了挖出的黄土，车碾人踏，搅成了一片黄泥汤。有一天傍晚，我披着沙沙的雨声往家赶，经过这巷子时，一手举着伞，一手提着裤腿，东蹦一脚，西跳一步，几位贩水果的个体户驾着摩托车驶过，我的裤子和鞋上被溅满了泥水。这些年多是走柏油路，皮鞋也显得娇气，这次鞋底、鞋帮全都扎进了黏泥里，也算是忆苦思甜吧。

无论从生理学上讲，还是从环境学上说，呆板、丑陋甚至杂乱无章的景观，污秽、嘈杂、拥挤、纷扰的环境，都会影响人们的心理和情绪，让人感到窒息和烦躁，难以提起情绪和精神来。俗话说，金窝银窝不如草窝。怪不得，现在越来越时兴崇尚乡土和乡土生活了。事实上，人世间最纯真无瑕的当数乡村和故土情了。虽然已生活在城市多年，但脑海里仍然叠印着许多乡村令人怦然心动的画面：那一望无际的山野，好似铺着五颜六色、富有弹性的地毯，真想如童心未泯的孩童一般，在上面翻上几个滚，然后静心躺下来，让手指间长出绿油油的灌木，头发嫁接上长长的藤蔓。山腰沟底，或巨木数株，枝叶繁茂如冠，或矮树成簇，若绿云行走。山涧小溪潺潺，曲曲折折；小潭幽静，鱼虾自由游弋。田地里，老黄牛翻耕着黑黝黝的土地，留下道道期待丰收的五线谱。座座古老的农舍，在绿树的护卫下，错错落落地摆开。小径是用石块或石板铺成的，路面被磨得光亮，缝隙里长满绿生生的青苔。房屋全是石头砌的，墙根养着猪、羊、牛，墙上爬满葡萄、葫芦和扁豆，屋檐下挂着红辣椒、黄玉米，鸡鸭四处游走觅食，小黄狗摇尾相随……暮色渐浓，炊烟袅袅，饭菜的清香散满大街小巷。无论春夏秋冬，还是朝阳四射、皓月当空，又或是刮风、下雾、降霜、细雨绵绵，山乡总在变幻神奇的风姿，展示朴素、和谐、温馨、恬静的风光。那是多么令人向往、留恋和难以割舍的优雅环境呀！随着人类经济的繁荣和文明的发展，在多数经济发达的国家，都市只是上流社会的偶然聚合之地，高档的住宅已从市区迁移到郊外，居住乡间成为时髦高贵的象征。许多人挤进大城市，匆匆忙忙地拼搏、捞钱作乐，然后又向往平淡、朴素，逃避现代文明，躲到乡下，过一段怡然自得、自由舒展的生活。一座城市如此，一个人也是这样。由于年龄的增长和岁月的洗涤，顺境与逆境，痛苦与微笑，光荣与屈辱，那些遥远的事情却又十分清晰，甚至连回忆起昔日的困惑、艰辛与沮丧也都会感到一种欣慰和满足。中国人上数几辈都是农民的后代，都是生活在乡野山村，有着同一个思乡情结。年轻的时候往往雄心壮志，总认为家乡的天地窄小，只有到外边才能闯荡世界，实现宏图大志。等到饱尝世态炎凉和酸甜苦辣之后，终于明白最深邃、最留恋、最能令人享受人生欢乐的，还是富有文化底蕴和深厚感情的山乡。因而，深入乡村、亲近乡土是一件幸事。

仔细观察，慢慢品味，倒觉得这是一块带有神秘色彩的地方。从简陋的街道走向华美的林荫大道，从低矮拥挤的居民区迈进高耸入云的楼宇间，从半城半乡的生活汇入现代都市的滚滚洪流，是这么不经意。我陡然顿悟，这分明是城市与乡村的交汇处，或曰断裂带。新旧观念、意识、感情、生活方式，在这里互相碰撞、厮杀、嬗变和融合。能够亲眼目睹都市的沧桑巨变，亲身体验变革年代的世态炎凉，也是一种福份和满足，有什么理由不爱这新的居处呢。

挽留村庄

近年来，城乡面貌变化很大，城市化进程加快，村庄无论数量还是面积都在减少。城乡差距在逐步缩小，许许多多头顶草屑、脚踏泥土的农民开始享受城市人的生活，这是广大农民多少代的期盼和梦想，令人兴奋和鼓舞。但冷静地思索，竟隐隐滋生出惋惜之情，希望能挽留下部分有代表性的村庄，尤其是把村庄的形态、传说和精神留下来。

村庄是农耕时代的身影和足迹。无论哪个民族的村庄，大都起源于一位农夫的历史或者一个渔夫的故事。据史料记载，燧人氏在他的居住地建造了中国历史上最早的村庄，从此人类从渔猎社会进入农耕社会。祖先在逃离战火和自然灾害时，强烈的生存愿望萌生出村庄的胚胎和雏形。有了土地和水脉，就有了繁衍生息的根基和血液，就打下了村庄文化和中国农业文明的烙印。

村庄是中国社会的基本细胞。在广袤而肥沃的中华大地上，经过几千年物质和文化的积累，形成中国本土丰富多彩的村庄群体，折射出中国文化中“天人合一”“崇尚自然”的哲学思想，以及追求天与人和谐、人与人和谐、人与自然和谐、人与社会和谐的价值取向。村庄大都临山而建、临溪而建，推开家门，就融入山水或广袤的田野。青山绿水之间，村庄散落其中，当炊烟轻轻飘浮于树梢之上，便透露出村庄的消息。十户八户、几十户、几百户都可以组成一个村庄，一姓、多姓也可以同住一个村庄，一个民族、多个民族也可以聚族而居。关于村庄的历史有着多种版本，其中官方和民间两种版本最权威。平民百姓关于村庄的历史，大都在老祖母漏风的嘴巴里和太祖爷祖传的那本黑黄的族谱中得到注解和诠释。村庄是所有中国人肉体和精神赖以生长的地方。村庄由于位置、地形、水土、气候和经济社会发展程度的差异，形成具有自身特点的文化个性和具有地域特色的风俗，铸造出村庄的个性灵魂。从黔首到黎民，从新中国成立时的社员到如今的国家公职人员和千千万万建设城市的农民工，村庄其实是他们背井离乡或远走他乡时最难割舍的那份情感，对村庄文化气质与精神的那份留恋，或者是心底最温暖、最珍贵的那一抹亮光。

在我的记忆中，沂蒙山区的村庄大都建在河边或山膀旁，有的在山顶或山半腰，房屋借着山沟的走势而建，错错落落，不成排也不成行，有的甚至还歪歪斜斜，没有任何规则。沧桑的形态和容颜，珍藏着许多久远的秘密。房屋虽然简陋却不失温暖，夏天可以一张凉席睡在院子里数满天星斗，冬天可以抱着毛绒绒的小狗小猫在暖暖的火炕上做梦。一切都那么古朴、简单却又充满新鲜与乐趣。村庄周围长满各式各样的树木，什么杨树、柳树、槐树、梧桐树、公孙树、香椿树、苦楝树等等，那树饱经沧桑，长得奇形怪状、千姿百态。村子里的许多老人一辈子只在方圆十几里的地方走动，婚姻和亲戚朋友都在这个圈子里，就像朴实无华的庄稼，按部就班、自由自在地生活着，无怨无悔地又像庄稼那样，一季季地成长、成熟、奉献，一茬茬地老去。所有的村庄似乎都是这样，日出而作，日落而息，生活简朴却内涵深邃，平淡却顽强。

村庄的黄昏最温暖、最难忘！夜幕渐渐降临，一道道青青的炊烟升到半空又慢慢飘散开来，那是经典的黄昏意象。辛劳一天的农人扛着农具，牵着牛羊，抽着旱烟袋，披着夕阳的余辉走在回家的路上。那土腥味、牛粪味、饭香味混在一起，扑面而来。唤鸡狗鹅鸭的声音和母亲呼唤子女的声音相互交织，让你热泪盈眶。村庄的夜幕蓝得透明，点缀着一轮圆圆的皓月和一片眨动着眼睛的星星，家家透出晕黄的灯火，飘散着淡淡的酒香和菜香。脚步声、说笑声、碰杯声、狗吠声、婴儿啼哭声，共同上演和谐优美的村庄协奏曲，守候甜美的酣梦。

改革开放和现代文明之风从农村起步，又从日渐富足的城市吹回农村，大大咧咧、敞开胸怀的村庄没来得及喘息和思考，甚至还没顾上醒悟，就别无选择、无所适从地接受了富有诱惑和挑战的城市文明的冲击。温饱之后的农民开始关注自身命运，骚动不安的新一代农民痛定思痛，纷纷拖家带口，背起行囊，抛弃田园，满怀憧憬地奔向遥远而陌生的城市，去寻找祖传的久远的梦想。村庄里的人越来越少，年轻人纷纷考大学、当兵和进城打工，比赛似的远走高飞，拼命脱离相依为命的村庄。只剩下诸多年长者吸着闷烟，看护着妇女和儿童，无奈地打发时光。古朴的曾经生机勃勃的村庄弥漫着淡淡的愁绪和哀伤。城郊尚没被拆迁、侵占的村庄萎缩在一角，显得土气、杂乱和尴尬，成为现代大都市不协调的光景。

时光在父亲的驼背上和母亲的缕缕白发里渐渐苍老，年轻一代伴随老去的时光拔节长高，最后是日渐年迈的父母目送大家走出村庄。村庄成为父母留守的故园。多少从农村进城的人，节假日千方百计挤时间回故乡看看，看新栽的树，看新盖的房，看新修的路……这一切似乎陌生又熟悉。这片土地是掩埋祖先的地方，掩藏着说不尽的酸甜苦辣、世态炎凉。一棵树、一片草，都能唤起深情的回忆，都能令人热泪盈眶。思念家乡，挚爱那个平常的村庄，这是一枚闪动人性光辉的徽章。

我熟悉我故乡那个小村庄的一切。即使在漆黑的夜晚，我也能抚摸着一棵棵树、一道道墙，找到我家的老屋。多少次，在月光如昼的夜晚，我也脚步轻盈，担心惊动院里梧桐树上安睡的喜鹊。

一个人最幸福、最感人的时刻，就是思故乡、忆村庄的时刻，对于游子来讲，这种想念更深刻、更痛苦、更幸福。因为这一刻，你眼里饱含人生各种滋味的液体在聚集、在流动。一个人与一个村庄相聚在一起，是生命神秘的遗传，是前世遗留的缘分。时光带走的是人的容颜，永恒的是土地的精神与内涵。小村并没有太大变化，在外工作久了，每次回家都会感到熟悉的面孔在变化、在减少，不熟悉的正越来越多。把村庄走个遍，把村庄看个够，再把人生的路琢磨透，便突然顿悟：村庄原本就是一个圆，我们都是这圆周上的一个移动的小点，无论离村庄多远多近，都脱离不了对村庄的牵挂，最终还要回到原点，因为村庄是灵魂的住所。

富足的城市不敢也不会忘记村庄，因为村庄是城市的祖宗；喜欢留些村庄的名字，用以铭记思乡情感。看看城市的地名，譬如那重复使用的大村、小庄；地铁、公交站牌，叫什么村、什么庄的更是比比皆是。曾经的村庄已面目全非，被水泥钢筋全覆盖，但它的精神和风骨还凛然而立。你看什么周庄、周村、中关村、奥运村、全运村，即使很大的城市，也自豪地叫石家庄。城里早已没了村庄，为了感受村庄的宁静、祥和与自然，便开始制造村庄。什么芙蓉山庄、杏花寨、梨花村的名字时常跳入眼帘，明明知道这是商人在玩概念，但人们仍经不住虚构的诱惑。城里人原本就是村庄里的人，在城市里住得久了就想回村庄一趟，找找丢失的感觉和期望，所以新农村饭庄、新村庄食府、庄户人家饭庄等可以团聚的酒楼，也在城市的大街小巷应时而生，且生意火爆。进得这种大把掏钱的村庄，摆设装饰也复制着村庄的土色土香，玉米、麦穗、蒜瓣、辣椒串错落有致地挂上墙，辘轳、石碾、纺车、石碓、八仙桌、实木凳都成了思乡的摆设。城市人簇拥而来，花钱体验回乡下那潇洒、惬意、舒心、真诚的感觉。

村庄的年轮看得见、数不清。村庄，是亲情的载体，是一个家庭或家族甚至一个民族和国家发展兴盛的历史缩影。欣赏藏在深山绿树丛中的村庄，如同吟咏一首悠长、浪漫、清丽的田园诗，也像欣赏一幅生动、淡雅、古朴的山水画，又像聆听一曲清闲秀美、空灵舒缓、感情细腻、如痴如醉的民歌。

村庄是中国经济、社会、文化发展的大后方。城市是村庄的后代，高楼大厦不是文明的全部。村庄在，家就在，幸福和希望就在，没有村庄的国家不是完整的持续发展的国家。可喜的是许多地方已经开始保护村落文化景观。据报道，中国古村落保护与发展专业委员会已开展“中国景观村落和经典村落景观”评选活动，期望在促进古村落保护与开发的同时，有效地促进区域经济社会协调发展。与其花大钱翻新历经上百年风雨的老宅，不如及早保护富有特色的村庄。千万别让子孙后代靠翻旧照片、看影像资料才能找到古典村庄的形象和信息。城市与村庄正各行其道，各显其长，为人类拓展出不同的思想领地和生存空间。

有规划和节制地建造城市，适当保持村庄的自然空间，让城市与村庄和谐相处，这是人类理想的居住格局。中国真正实现从村庄大国向城市大国的转变，让许多村庄成为历史，这是城镇化、城市化、现代化的必由之路和最佳选择，也是多少代农民梦寐以求的生活方式。如果城市发展不以掠夺农村资源、农民利益为代价，如果村庄与城市能平等地享用自然与社会资源，那么农民也不会、也不必大迁移，村庄自然就能生存下来。

村庄文明是城市文明的渊薮。城市化是村庄走向成熟的必经阶段和模式。村庄正忍受着城市对它的改造和辐射，忍受着大家对它的不屑一顾和嫌弃，仍禁不住用胆怯的手捋一把城市的头发。其实村庄是位含蓄沉稳的老人，它在目睹和见证城市的繁荣与颓废。

今日中国，城市仍然是社会文明和文化最发达的地方。进城的农民工对城市文明有着切身的感受，多数人对城市是向往和留恋的。在现实的生活和发展中，常常面临两难选择：是回村庄，还是留在城市？城市与村庄生活条件的巨大反差，诱惑着进城的年轻人不愿意返乡，在城市间流动着，期望找到人生机会。有的不怕失业，甚至流落街头也不愿回乡下老家再去扛起锄头耕种那一亩三分地。话说回来，哪位进城者没有经历人生的磨难与沧桑，没有遭过城里人的白眼和嘲讽。城市虽然精彩，但不属于自己，心灵的根深深扎在千里之外、比城市差劲的穷乡僻壤。最终，有些打工仔、打工妹们在城市找到了人生舞台，融为城市的一部分，但大多数仍选择回乡下。当他们心甘情愿或被迫回到留守父母、埋葬祖先的村庄，便会用学会或者体会到的城市文明、现代文明改造村庄，用他们学到的技术、赚到的钱、掌握的信息，在古老的土地上，用粗壮的双手建造崭新、富裕、文明、和谐的新村庄。

相对于喧嚣、繁乱的都市，淳朴、善良、宁静的村庄生活自古就是人们的梦想。譬如陶渊明"采菊东篱下，悠然见南山"的农家景，郑燮"原上摘瓜童子笑，池边濯足斜阳落"的村庄图，储光羲"酩酊乘夜归，凉风吹户牖"的田家惬意诗景等。那个年代尽管村庄生活悠闲，没有车马喧嚣，似乎是人间仙境，但总的说农家生活是艰苦、清贫的，实际上没有这些达官贵人说得那么好，有时日子是凄楚的。当下，如果让已经习惯城市生活的人到一个偏僻、贫穷的农村去长期生活，恐怕谁也不会真的心甘情愿。从喧嚣的城市走回村庄，进入一种田园牧歌式的古老空间，去欣赏小桥、流水、人家那种恬静、纯朴、悠闲的自然景观，感受淡雅、古朴、绵长、和谐的心境，是幸福而快乐的。因而，农村人的幸福指数比城市人高。

我国是个"村庄大国"，城乡差距很大。近几年，城市正大量吸纳农民工进城，实现自身的急剧膨胀，但进城的农民却又不认账；农民赖以生存的土地被圈，许多农村很快被城市化、楼房化，而失地的农民却不能为城市所"化"。城市化的核心是人的城市化，城市化的重点应当是如何把人"化"入城市。有的学者曾大胆提出用50年的时间消除所有村庄，引发各界的争议。问题是，这种观点没有充分考虑我们的国情，没有充分考虑中国人几千年刻骨铭心的乡恋情结等传统文化因素和农村日趋老龄化的现状。

“城市，让生活更美好”“村庄，让感情更丰富”，这是一道两难命题。相信活生生的实践会做出明智抉择：让城市与村庄，共生，共存，共长，共荣。

赶年集

“孩子孩子你别馋，过了腊八就是年。”唱儿歌，赶年集，迎新年，是我美好的童年记忆。

如今，商业发达，商品超市遍布城乡。青年人更喜欢网上购物，鼠标一点，商品到家，潇洒又方便。可我依然留恋和怀念年少时赶年集的那种兴奋与快乐。

我故乡在沂蒙山区东部，山多岭多，交通不便。农村大多五天一集，集市像块磁铁，把方圆十几里的人们聚在一起，自由买卖，享受乡村独有的商品和喜悦。我们公社驻地逢五、逢十是集。一入腊月，地里没活了，年味就渐渐浓起来，丰收的喜悦挂在乡亲们脸上，见了面格外客气，彼此间嘘长问短。年底时，崎岖的山路上人群熙来攘往，馒头、油条、猪肉、粉条等大包小包的年货在涌动。小孩子跟在大人的后面，蹦蹦跳跳地赶集、串亲戚。

春节快到了，不管贫富都要赶年集、置办年货。人们会把一年省吃俭用节省下来的钱 ，花到最后一个年集上。日子紧巴，也得让全家老少高兴起来。在穷乡僻壤，赶年集是孩子们迎新年的头等大事，多数孩子兜无分文，就是看个热闹。腊月三十是最后一个年集，头天夜里又下了一场雪，我和伙伴们还是执意相约赶年集。临行前，母亲给我套了件又厚又沉的大棉袄，父亲从兜里掏出两张五角的新钱，顺手给了我一张，我高兴得几乎跳起来。这时在一旁微笑着的母亲用眼狠狠瞪了父亲一眼，父亲心领神会，又把手里那五角钱塞给了我，然后拍拍我的头说:“去吧，看放鞭炮，隔远点哦。”我痛快地答应，拉起小伙伴就一溜烟地跑了。

跑出村口，只见赶集的人很多。雪后的山路被手推车、自行车和脚印踏成一条黑色弯曲的长丝带，清晰而漫长。甩年货、购年货的都着急，生畜的叫声、车轮声、笑声、歌声、叫喊声，此起彼伏，相映成趣。只记得公社、供销社商店的外街用红漆刷着“发展经济，保障供给”八个大红字， 工整厚重，格外显眼。集市，就在公社居地——村西侧宽阔的河滩上，河里结了冰，地上是薄薄的雪，摊位沿道路两侧展开，依次摆满小树林，商品琳琅满目，人们摩肩接踵、熙熙攘攘，非常热闹。集市分若干区域:吃，穿，用，乐;干货、鲜货，鸡鱼肉蛋葱姜蒜，柴米油盐酱醋茶。各就各位，井然有序，热闹繁华。

鞭炮市场最热闹。手工制作的鞭炮品种繁多，编排为磨盘状的鞭、圆柱型的雷子、二踢脚，还有窜天鼠、连环炮、花旋风……男孩眼馋，就缠着大人买。卖鞭炮的为吸引顾客，干脆比赛似得噼里啪啦地试放起来，突然试放的鞭炮意外地把鞭炮摊点燃了，很快殃及了临近的摊位，鞭炮被炸得四处乱窜，工具都被烧焦，声音震耳欲聋，摊主心疼得跺脚流泪，孩子们惊吓之后，默默庆幸自已赶巧观了景。我走遍了所有鞭炮摊，仔细分辨着品质和价格，盘算着买哪种。过够了眼瘾，我花三角七分钱买了一盘年夜放的鞭，还买了三个一角钱一个、红纸裹腰的大雷子。小伙伴们抢过来握在手里欣赏一番，眼里都是羡慕。买上全家人过年的“响声”，我心里就甭提多高兴了。

不同区域集聚着不同的人群，叫卖声、讨价还价声此起彼伏，人们脸上都是欢天喜地的样儿。割肉包年夜饺子是大人的事。肉摊前，人们挑肥拣瘦，那时肥肉吃香。买了肉大都要挂在提篮外边，炫耀一番，见了面也就有了话题。时近中午，年集达到了高潮。河滩上用竹席临时撑起的棚屋，一个挨一个，大勺小勺叮当响，各色小吃应有尽有，香味扑鼻……

赶年集有规矩：女孩买花，男孩恋炮，婆婆买鞋，老头购帽。割肉、买菜、买鞭炮，再买对联和年画。男孩子只关心鞭炮、牛肉锅和烧饼摊。女孩子只关心红绒花、红头绳和花布。我母亲不舍得花钱，从来不赶集，过年自己什么新东西也不添。下午快散集的时候，我找到绒花摊。红绒花是一种纯手工制品，花芯、花瓣、花叶活灵活现，粗大的麦草捆上插满密密麻麻的绒花，在风中颤动，疲倦地招引着客户。

“大爷，我买六朵绒花，三根红头绳！”我底气十足地说。

“不还价，两毛！”卖花的大爷顺手帮我插在一截高粱秸上，像是开满绒花的树枝。

望着远处手拿风车纸花的女孩，心中盘算着如何把绒花分给妹妹和操劳忙碌的母亲。这新年礼物虽小，但很珍贵，包含温暖的年味和对亲人美好的祝福。我抚摸着棉袄兜里的鞭炮，举着插着绒花的那截高粱秸，蹦蹦跳跳地回家。等望着老家屋顶的那缕炊烟，才想起没吃午饭，肚子咕咕地叫了。正在拽着针线纳过年棉鞋的母亲，从锅里给我端来预留着的热乎乎的饭，用力搓搓我被冻红了的耳朵和手，还心疼地埋怨我回来晚了，饿坏了……

年集是一幅凝聚着热烈繁荣与向往憧憬的乡俗年画，又是生活变化、社会进步的缩影。

不知不觉年集已远离我们，百姓富足阔气了，年味却越来越淡了。我心中依然涌动着对年集的美好记忆和对团聚的渴望。听着噼里啪啦的鞭炮声，我仿佛回到少年时代，身穿新棉衣，手捧父母的呵护与微笑，跑进新年的每一缕阳光里……

亲情刻骨铭心

人类最美的声音，来自母亲；世间最美的画面，源于家乡。打断骨头连着筋，是亲情的力量。神圣且透明的亲情，富含肥沃生命力的土壤和人生永恒的情感。岁月沧桑，世态炎凉。亲人的牵挂，轻柔温婉，揪心暖肺。亲人的问候，正是肝肠寸断的千古绝唱。

回家吃顿娘做的饭

节假日，回老家吃顿娘做的热乎乎的饭，是多少住在城里的人的一种梦想，甚至是一种奢望。

每逢节假日，我们一家三口总有共同的愿望：那就是赶快回老家，一家老少团聚，吃几顿合口味的庄户饭，尽情享受其乐融融的家庭幸福，欣赏山乡没受任何污染的至真、至善、至美的自然景色，感悟宁静淡泊、淳朴温厚、慈善平和的心境。现代人在匆忙的生活中遗忘和失散了许多宝贵的东西，但唯一没有改变和遗失的是那浓浓的乡情与温热的亲情。平常没时间，那就在节假日还愿、如愿吧。

民以食为天，人来到这个世界，只有会吃东西才能获得生存的权利。人赖以生存的，除了水和空气，便是食物了。大多数男士，结婚成家前，二十几年一直吃着娘做的饭；婚后几十年如一日，吃妻子做的饭。天长日久，这饭有时可能显得单调，但却饱蘸感情、深藏厚意。我在外工作近30年，每次回老家，爹总是早早跑到集市上买回各种各样还沾着泥土、露水的蔬菜、水果等，娘总会做上满满一桌子饭菜，还反复地劝说：“外边的饭不如家里的香，多吃点，多吃点！”岁月沧桑，地老天荒。一年年走过来，我和几个妹妹都长大了，爹娘也被岁月催老了。我深深地感到，只要献给爹娘一句温馨的问候，一个甜美的微笑，冷清的院子会立刻温暖起来，平淡的日子会顿感五彩缤纷。

当下，人们常谈论幸福，其实幸福很简单，回家吃顿娘做的饱含母爱、热气腾腾的饭就是一种幸福。这些年，春节放长假，有比较充足的时间回家过年。守着年迈的爹娘，仔细聆听母亲的唠叨，欣赏父亲下地耕作、打理菜园的姿态，放心地品尝、慢慢地咀嚼、尽情地回味娘做的饭。在家的日子，娘总会把积攒了一年的好东西纷纷拿出来，变着花样做给我们吃，顿顿都是七个碟子八个碗，像招待远方尊贵的客人。吃饱了，娘还逼着再多吃几口，恨不得把所有好吃的东西都塞进我们的肚子里。娘看着我们吃得打饱嗝或者满头大汗，便会开心地笑了。说实话，我这些年在外工作，也吃过一些山珍海味，有些娘肯定没见过，没听说过，更没吃过。可娘还是执拗地为我做她认为世上最好吃、我应该最爱吃的东西。多少次，我凝望着娘满头的银丝、满脸的坎坷与风霜，泪水相伴着感激与感动在眼眶里打转。情真意切的母爱刻骨铭心、魂牵梦萦。随着年龄的增长和生活阅历的增加，我更加牵挂和依赖亲人，更加珍惜与爹娘团聚的日子。

娘偶尔进城，我也曾多次动员娘到饭店吃顿饭，可总是被娘推辞了。有一年正月十五，老娘来济南检查身体，我们全家硬是把娘拖到饭店吃了一顿，总共花了200元钱，这可把娘心疼坏了，娘很不开心。回家时，还一边走一边念叨：“你这孩子就是不听话，这要是自己做着吃，该吃多少顿呀！”

记得那年大年初三，全家大鱼大肉吃腻了，我就自告奋勇要炖萝卜吃。响应最快的是娘，其实娘并不相信我做的菜会好吃。自家过冬的大萝卜又大又脆，我洗净切成块状和排骨混在一起，用小火慢慢炖，出锅前放上些许辣椒、香菜和味精，趁热盛出来，口感确实不错。娘尝了几口，自豪地说：“好吃，儿子做的就是白水煮萝卜也好吃！”言语中透出一种幸福和满足。年幼时体会不到在那贫寒的岁月中，娘在烟熏火燎中忙碌着做饭的无奈与辛苦，当自己为人父母之后，对父母的恩情也有了更深刻的感受和体验，多少次劝告、提醒自己：一定用心孝敬父母，但连偶尔为爹娘做顿饭这样简单的事都做不到，心中常怀愧意和歉疚。

节假日，回家吃顿娘做的饭，是一次幸福而快乐的旅行，是对逝去岁月的追溯和留恋，源自对父母的牵挂和对浓浓亲情的期盼；偶尔为娘做顿饭，那是对父母养育之恩的一种纯朴、实在的报答，还可享受报恩的快乐，消除城市生活的烦恼和浮躁。

凝望娘的满头白发

岁月无情，人间沧桑。不知不觉，娘老了，腰弯了，变矮了，行动迟缓了，满头的黑发也悄悄变白了，像一团白云盘上头顶。前些年，娘刚有稀疏的白发，我顽皮的儿子还帮着一根根地拔过。可几年工夫，咋就全白了呢?

我知道，娘这缕缕白发，是无情的岁月风霜染白的，是不尽的操劳染白的。我从故乡沂蒙山区那个偏僻的小山村，一步步走进省城。离老家越远，思念愈重；离故乡越久，眷恋愈深。常常扪心自问，娘含辛茹苦，青丝变成白发，我作为儿子到底应该为娘做些什么？怎样才能对得起娘的养育之恩和一生的辛苦与操劳？在山野乡村，在都市大街上，我看见满头银发的老人，油然产生一种亲近的情感。每当望见头顶的明月或满天白雪，就会吟咏起高适“故乡今夜思千里，霜鬓明朝又一年”的诗句，心中滋生诸多况味和难以言明的思绪。

我对娘早年事情的了解，多是从娘与别人的交谈或通过一些琐碎事情拼凑出来的。娘出生在战乱的年代，家境贫寒，很小就跟着大人到深山里躲避日本鬼子。嫁给我父亲时，家里十分贫寒，日子过得十分清苦。两间破草屋，屋内除了张着口的盆和缸，可以说一贫如洗。娘生我时正值春寒料峭，娘就用唯一的破棉袄包着我，自己竟然盖着个破草苫子。面对生活的困苦与艰难，娘总是乐观、自信，从不怨天怨地，总认为有双勤快的手和平常的心，就没有蹚不过的河，就没有迈不过的坎，就饿不死人。在那个凭工分分口粮的年代，一家只有我父亲是个整劳力，娘除了忙家务、喂猪狗鸡鹅，还得到生产队里挣工分。在我记忆中，娘操持着整个家庭，一年四季总有干不完的活，从不歇息，从不说累。当年国家倡导“忙时吃干，闲时吃稀”，但长辈无论如何辛勤劳作，还是填不饱肚皮。不要说生产队里分的粮食和瓜菜了，就连那春天的榆钱、槐花、灰菜，夏日的野苋菜，秋后的地瓜叶、萝卜缨……也都成了我家上乘的食品。娘将它们洗净切碎，揉搓出苦汁，放少许的面粉或豆面，撒上几个粗盐粒，或熬成汤，或贴成饼，或蒸成馍，都能填肚充饥。由于娘的节俭和精打细算，我们全家倒没揭不开锅。令我记忆犹新的，是那用新地瓜磨的面糊烙的又香又脆的煎饼，用新土豆和新小麦面和在一起蒸的又白又暄的馒头，竟然那么可口，胜过世间任何美味佳肴。

那年月，饭吃不饱，就更难添新衣裳了。不管大人还是孩子，衣服都是补丁摞补丁，夏天七八岁的男孩子还光着屁股。我们这些孩子们不体谅父母的难处，总是盼着过春节、端午节和八月十五，因为这时娘总是想方设法为我们做顿好吃的。尤其是春节，还可能扯上几尺布，做件新褂子，或纳双布鞋，或者把衣裳打上个新补丁，洗得干干净净的。大年初一，无论下雪下雨，天气多么寒冷，我都早早地穿上那件新衣裳，在院子里，到邻居家，蹦啊跳啊。这时，娘的脸上会露出一丝微笑。然而不谙世事的我没在意娘为什么没有添一缕布丝，更不懂娘的辛苦和掩埋心中的愁苦。想起娘为我缝补衣服的情景，才真正理解“慈母手中线，游子身上衣。临行密密逢，意恐迟迟归。谁言寸草心，报得三春晖”这首诗的深刻内涵。

娘生不逢时，没有机会识字，但她知道识字重要，千方百计供应孩子们读书。我在上小学时，家里的日子仍然过得很紧巴，在生产队里干一天的活，也挣不了几分钱，家里吃咸盐主要靠鸡蛋换。为了我晚上读书做作业，娘狠狠心给我买了一盏高高的煤油罩子灯。那时的煤油是凭票购买的，每家每月就一市斤。夜里，娘担心灯光暗损伤我的眼睛，常常一声不吭地走过来，帮我把灯芯拧大一点。煤油不够，娘经常到村里的门市部去求情，或想办法借亲戚邻居的油票。实在没有法子，就用墨汁瓶或萝卜头造个豆油、花生油的灯。我在读书，娘也在忙活她的事情，有时是穿针走线的哧啦声，有时是纺线的咔嚓声，有时是推磨碾粮食的磨盘声，有时是平缓而有节奏的踹碓声。那是我最爱听的音乐，是我能够静下心学习的动力源，也是伴我进入梦乡的摇篮曲。有时娘也坐在灯下做针线活，缀些家人穿的盖的东西。娘有时不自觉地停下手中的活，听我读书、背诵课文，那眼里分明含着无限的希望，脸上洋溢着说不清道不明的幸福。不知多少次，我在娘的再三督促下进入梦乡。当我在黎明时分被叫醒，娘早已开始了新一天的劳作……

我上高中的时候，冬天学校六点钟上早操，因为没有条件住校，每天一早要步行八华里，六点前赶到学校跑早操。娘为了给我暖和身子，每天鸡刚叫三遍，就起来用全家不舍得吃的面粉给我做一碗疙瘩汤，或者干脆放上些干辣椒炒一盘热白菜。我快速吃上早饭，全身热乎乎的，脚下也增添了劲头，什么大雪、寒风和白眼，都挡不住我坚定的脚步和求学的信念。我至今弄不明白，为什么没有闹钟，娘却总能准时在五点前叫醒我。

娘的性格坚强，无论日子多么清苦，生活多么艰难，从不落泪。娘对孩子们特别上心，时常因条件所限不能照顾好孩子们的吃穿而揪心难过。记得我到县城上学走的前几天，娘就张罗着给我做被子、做衣裳，买脸盆、暖瓶、毛巾、水杯，唯恐忘记了什么，恨不得让我把家也一块背走。头天晚上，娘专门做了一桌饭，既是给我送行，也算是对街房邻居的答谢。本家的几位爷爷和叔叔们围坐在油灯下，一边喝酒，一边你一言我一语地嘱咐我注意这注意那。娘静静地坐在土灶旁烧水，红红的火焰映红了脸庞，几滴晶莹的泪珠在脸颊划出泪痕。我悄悄地问道："娘，娘你怎么哭了？是不是不愿我走呀？"娘忙用衣襟擦掉泪水，对着我笑了笑，轻声叹息："外出上学都没有几件像样的衣裳，可别让人家笑话。"我轻声告诉娘："娘你放心吧，咱和人家不比吃，不比穿，就比学习。"那年春节回家，娘拿着我的高中毕业照，看着我穿着带补丁的褂子照的像，眼角又流出了泪滴。娘总觉得欠了我什么，其实在那个艰苦的年代娘给予我的已经太多太多，我已经负载着那份期望走向成熟。

娘的善良和宽厚有口皆碑。亲戚朋友，街房邻居，有了什么难处，娘总会全力帮助。家里种了二亩地，收入很微薄，可我们姊妹几个给她留下的零花钱她总是攥得紧紧的，舍不得花。但无论亲戚邻居谁家有了红白喜事，她总忘不了送上一份礼。自家的事，自己能做的事，她总是尽力去做，不愿意麻烦别人。年纪大了，耕种和收获时，我的叔叔和叔家的弟弟们经常来帮忙。娘总是念念不忘，万分感激，总得想法请吃顿饭，或者送点什么东西表达心意。家里来了亲戚朋友，必定倾其所有，千方百计做上几个菜，烙上几张饼，无论如何不能丢了面子，让人说小气、寒碜。娘事事关心别人，唯独不顾自己，好像自己是铁打的一样，甚至生病了也不舍得买个药片吃，一声不吭地硬撑着。这些年日子好了，我们有心给她过个生日，娘竟然连自己的生日也不知道。我们希望定在天下母亲共同的节日，但娘也记不住日子，于是干脆就定在姊妹们相聚的时候。

娘从来不图儿女的回报，只是期望儿女们争气。她常说，娘不图你们当什么官，不图你们的钱财，只盼着你们在外实实在在地做事，大人孩子平平安安。娘知道我、妻子和我的儿子爱吃咸鸭蛋和芋头，于是就种芋头，养鸭，并且把鸭蛋腌好攒着，千方百计地托人捎来。偶尔来趟济南，也总是把自己不舍得吃、积攒了很长时间的好吃的东西一样一样地做熟包好捎来。那年我告诉了老人回家过春节的时间，因单位的事拖延了，娘就站在寒风里一日一日地盼着我。我的叔叔们骂我是不孝子孙，竟敢骗娘，我摇摇头，无言以对。每次回家，娘像招待远方的客人，忙里忙外，问长问短，脸上洋溢着不尽的幸福和满足。望着娘操劳的身影和晃动的白发，我心中十分愧疚，感慨万千。离家时，娘总是将我送至门外很远，目光中充满了多少关爱和嘱托，又有几分不舍和期盼。风吹起娘的满头白发，眼里泪水盈盈。每到此时，我都不忍心回头……

当我们为人父母，为孩子的事急得团团转、饱尝生活的艰辛时，儿时父母的身影又重现眼前，也才深切体会到个中滋味。真可谓“养儿方知父母恩”。当我们充分体验了父母的良苦用心，有了这份孝心，也有这个经济能力回报老人时，我们却整天忙忙活活，能够陪老人的时间很少。老人年龄越来越大了，总希望老人来城里小住数日，但他们又不习惯城市这单调枯燥的生活，这也不顺手，那也不顺眼。每逢节假日，我总是思念家中日渐年迈的父母，想娘在我临行前做的饭菜，想父亲为我们准备行装时那一声不吭的表情，想父母过去那艰辛的岁月和满脸的皱纹、满头的银丝。娘把自己的年华和全部的心血奉献给了我们，奉献给了这个家，作为儿女，我们却因工作在外不能在娘面前尽孝，替娘分忧，甚至不能时常在娘面前和娘说说话、唠唠家常。每想至此，我的心就忐忑不安。我时常下决心回去看看，但总是耽误或延误，心头常常掩藏着许多缺憾和懊悔。

人，即使活到七老八十，在娘的心目中也永远是孩子，儿女也总感觉自己没有长大。娘默默无闻和忍辱负重的性格，勤劳善良和宽以待人的品行，对人对事的平和心态，是我人生的坐标和榜样，让我崇拜和敬仰。天下的文人墨客和普通百姓，每人有一个可亲可敬的娘，一个有不同经历和感受的娘，但母爱是相同相通的，无不令人滴泪，令人心疼，令人刻骨铭心。

夜已经很深了。一轮皎月蹒跚地爬上窗前，一缕缕皎洁的月光透进屋里，好像飘舞的雪花，恰如娘那满头的白发。我的记忆，我的思绪，我的情感，我的惦念，都浸进这圣洁宁静的月光里，溜回了那个我至亲至爱的小山庄。

娘的白发是一面旗，时刻校正着我的人生方向。

赤脚走在田野上

人一生有许多美好的记忆，随着岁月的流逝和年龄的增长，会更加清晰，更加值得留恋和怀念。居城市久了、烦了，偶尔到乡下走走，最让我感动和兴奋的，仍旧是脱下皮鞋，赤脚到田里走一走、跑一跑，寻回那种亲近土地和自然的感觉。

我的故乡在沂蒙山区莒南县的一个小山庄，村庄小得连县里的地图都不舍得标上一个点。但它却具有所有乡村的共同历史和命运，透出乡下人相同的精神与品质。那里有翠绿的树木和茂盛的庄稼，有学大寨时整修得平展的山地和弯曲的沙土路，有袅袅升起的炊烟和粗犷豪放的歌谣，还有我童年美好的记忆和说不清道不明的憧憬与向往……

我深爱这片土地，缘于我的祖辈，尤其是我的爷爷。我爷爷一生坎坷，七八岁时就给地主家放牛，建国后有了自己的土地，便把土地当作了命根子，从不亏待每一寸山地、每一棵庄稼。无论是耕种、管理、收获，都精打细算，妥妥帖帖，用时下的话讲，就是高标准、严要求。每次下地，必须先把鞋脱了。爷爷说，地是通人性的，不能用鞋踏地。如果踏了，地就喘不动气了，庄稼也就不爱长了。爷爷恨不得一天就把他种地的那套理论和实践全传授给我，让我成为左邻右舍称赞的种地好手。我生来就喜欢土地，也立志把地种好，因而也尽心琢磨种地的道道，爷爷关于种地、耙地的经验还真学了不少。

爷爷干农活从来没有丝毫的马虎，最拿手的是耙地和打麦畦子。秋天，收完玉米和地瓜就要种小麦了。爷爷先把地深深耕一遍，我背着一个大竹筐跟在爷爷身后，赤脚踏着刚刚耕出的十分柔软的鲜土，跑步捡拾从地下翻出的地瓜、花生、树根，就连石头、瓦片也要一同捡出来，放在地头上。一块地耕下来，地头上也堆了一大堆捡拾来的东西。山区的地其实是浇不上水的，因为没有什么水源，完全是靠天吃饭，但我家那麦畦必定要耙得很平整。地耙这么平，完全是一种假设。假如天旱了，真来水了，那水既不流得太快，又不流得太慢，水从地这头到地那头，地正好喝饱了，又节约了水。我爷爷耙地的水平，确实让我佩服。无论地被耕得多么起伏不平，到爷爷手里，总得耙得平整如镜。耙前，爷爷先趴在地头上，进行目测，设计好如何耙地，然后一会儿到地中央，一会儿再到其他的地角上瞭望。哪个地方高了低了，或者还有比较大个的坷垃块，都必须重耙一遍，直到满意为止。地耙平了，就开始调地埂。这时，爷爷就赤着脚，从地这头望着地那头的参照物，先用脚划出一条线，然后再沿着线用镢头刨起土堆起了地垄。来回刨上两遍，个别地方再作点调整，那地埂便成了，就像木匠打了墨线一样直。一垅垅的麦畦打好了，远远望去好似金黄的波浪。

秋天的太阳是暖洋洋的，庄稼人的心情也是暖洋洋的。赤脚走在旷野上，吮吸着庄稼的芳香和新鲜的泥土的气息，看着远处天边的白云和慢悠悠跋涉的老黄牛，望着田野里异常忙碌的众乡亲和成垛成捆的庄稼，听着爷爷那别有韵味的吆喝声和叫不上名字的鸟鸣声，心中掩藏不住喜悦，心情异常舒畅。休息时，我爷爷撅着一把山羊胡，吸着那根很长的旱烟袋，微闭着双眼，好似喝了二两二锅头，是那么的惬意和陶醉。我有时悄悄走上前，拽拽爷爷的胡须，爷爷笑着打我一巴掌，竟是那么亲切。我高兴极了，干脆躺在地上，或者打上几个滚，与土地亲如一家，柔柔的，暖暖的……

伴随经济的繁荣和生活方式的改变，谁能像守护生命一样守护土地？钢筋和水泥正在大口吞噬土地，土地一味地被掠夺，许多农民含泪抛弃了与自己祖辈相依为命的土地。土地是富有灵性和感情的，也是很有性格和脾气的。爱土地，就是爱自己的家园和未来。

我盼望赤脚走在田野上，寻找回亲近土地的感觉。

家　训

对于家训，我们每一个中国人恐怕都不陌生。谁家的长辈没有几句管教子女或晚辈的警言训诫？

鸟有巢，人有家。细琢磨起来，我国这个古老而庞大的血缘宗法式农业社会，更有着生长家训的丰厚土壤。哪个家庭不是老、中、青三结合的梯次年龄结构，这就像一根长长的链条，一辈就是一个链环，一辈一辈地传宗接代、繁衍生息。由于血缘亲情的维系，老者、长者、尊者自然具有了潜在的威严，他们坎坷的人生阅历和丰富的实践经验，经历风风雨雨之后的大彻大悟，往往以血泪为代价凝聚成深刻的警言，然后用舐犊之情教育、告诫子女，这便是非常自然的事了。怪不得翻翻四书五经，到处是人生的警句哲言。到元明清时代，像司马光的《居家杂仪》、朱熹的《蒙学须知》、曾国藩的《曾文正公家训》等家训著作，据说有上百种。那作者，既有名君贤相、官僚仕宦，也有文人大儒和寻常百姓；从形式看，既有家训、家规、家范、家教的长篇宏论，也有家书、诗词、箴言、碑铭等训示。当然这些著作，无不残留着时代、阶级和家庭的痕迹，虽然有糟粕，也有偏颇，但无可否认，它折射着传统文化的光辉和儒家道德思想的精华，表露的是修身、齐家、治国、平天下这一理想的人格图式。

家训对每个人来说堪称是一面镜子、一杆旗子、一把尺子、一条鞭子，时时刻刻在警示你的思想，校正你的言行，指点你的迷津，宽慰你的心灵。谁的记忆底片上没打上家训的烙印？谁在成长道路上没吸取家训的甘露？虽然各家的家训都有独特的内涵，但“教家立范，品行为先”“见贤思齐”这一点是大致相同的。

我的老家在沂蒙山莒南县的最东北部，是一个挂在岭坡上的小山村。传说是洪武年间，祖先逃荒要饭路过这个地方，发现了石缝间一眼甘洌的泉水，于是就依泉定居下来，逐步发展成现在的小山村。从我记事起，我们家就住在村东岭的东侧，据老人说，是为了给东家看林子方便。祖祖辈辈面朝黄土背朝天，以种地看林为生，斗大的字识不了几筐，不会咬文嚼字，所以长辈劝导晚辈的话也都是些质朴无华的大实话。俗话说，隔辈亲。我奶奶因病去世的早，我生来没见过奶奶，也就无福享受奶奶的爱抚了。从小，爷爷对我就倍加疼爱，我也最早从他那里接受了家训。现在算起来，有勉励上学的，有敬老尊长的，有谦恭谨言的，也有勤俭节约的，最触及我灵魂的是这几句话：“人一辈子不容易，但无论如何要活得正，站得直，人活就是活得一口气。咱家里祖祖辈辈没有识文解字的，你在外边，要好好给公家干活；见了公家的东西，千万别眼热，人家的稻草咱一根也不要拿；娶了媳妇好好过日子，别这山望着那山高。这后两条，可最坏人的名声啦。”后来我翻诸葛亮的《诫子书》，这位老先生也说：“夫君子之行，静以修身，俭以养德，非淡泊无以明志，非宁静无以致远。”我爷爷是个地道的庄稼人，诸葛亮是大名鼎鼎的政治家、军事家，身份悬殊，表达方式大相径庭，为何在家教的内容上异曲同工？这大概是中国传统文化潜意识的作用罢！我爷爷的这几句话，很直白，很实在，也很深刻，很精辟，可称得上至理名言。这是他对我真诚的叮咛，也是他一生心血的凝聚。

爷爷的童年是艰辛和不幸的。他没上过一天学，到了晚年也只认识自己的名字。虚岁七岁时，家里穷得揭不开锅，为了每天能喝上一碗稀粥，被迫到外村给人家放牛。连个睡觉的地方也没有，夏天顾不上露水打、蚊子咬，路边的一块大青石板成了他天然的床；冬天裹着件破棉袄，盖几捆牛草，蜷睡在牛棚的角落里。春节到了，东家烧完香、敬完神，便把热气腾腾、香喷喷的荞麦水饺端上了饭桌。我爷爷那时年纪小，长年又吃不上水饺，见了水饺就咽口水，心想我在东家辛辛苦苦干了一年，这次无论如何也会让我吃上几个水饺，不知是三个还是两个？可谁知，狠心的东家看透了我爷爷的心思，硬是让我爷爷去村外的一户人家送东西。我爷爷不顾天黑路滑，等深一脚浅一脚、顶着飞舞的雪花跑回东家时，桌子上什么好吃的也没有了，只有两个凉窝窝头。我爷爷一阵心酸，一头钻进寒风凛冽的牛棚，听着窗外的鞭炮声和孩子们的笑声，想想自己的亲人，想想自己的处境，禁不住放声大哭起来，泪水一直流到天明……

新中国成立后，家里分到了地，有了饭吃，也有了草房住。我爷爷对党和政府无限地感激，全身好像有使不完的劲儿。无论是给大队里当保管，还是参加整山治岭、修水库等工作，他干什么都有板有眼，让别人服气。宁可累身子，也不丢面子。就连自家的菜园，他也总是用铁笆耧得土细如面，平整如镜……记得有一年的初秋，我爷爷当时已经70多岁了。我从县城赶回家已是黄昏时分，爷爷正迈着迟缓而又略带笨拙的脚步，在枝叶稠密的花生地里拔草。只见爷爷缓缓站起来，捶捶酸痛的腰，伸伸疲倦的双臂，然后又弓下身子……那消瘦而单薄的脊背惨淡如月，在晚风中摇曳，在大地仰卧的胸脯上叠印出很长很长的阴影。我的心一阵酸痛，只觉得一种难以言明的懊悔在流淌，一种苍凉沉重的声音在响动，一种万分感激的情绪在蔓延。爷爷，几十个春秋，你历尽多少酷暑严寒，历尽多少坎坷磨难，慷慨地赐予，无私地奉献，无悔无怨，如一株山草顽强地生存，若一块游动的碑石耸立高天薄地之间。

算起来，我爷爷已经去世十几个年头了，他没给我们留下什么家当财产，但他的为人、他一言九鼎的话语却给我留下了无法用金钱衡量的美德和善行，留下了一种做人的信仰和不向命运屈服的坚毅。记得1979年，我接到了莒南师范的录取通知书时，一家人高兴得就如同过年。爷爷手捧录取通知书，咧嘴笑了，“好，咱祖祖辈辈两腿插在地墒沟里，没出过识文解字的，没有一个吃皇粮的，你给咱老祖宗争了光，好！”爷爷平常很少喝酒，那天却和父亲喝了一盅又一盅。他那花白的胡须上抖动着说不尽的满足和得意，那道道皱纹掩藏不住内心的兴奋和甜蜜。我入学那天，碰巧村里那台12马力的拖拉机去县城办事，我正好搭便车，当时也算潇洒气派了。天刚放亮，父母就把忙活了许多天为我准备的被子、衣服和吃、用的东西搬上了车。爷爷也早早起来问这问那，总担心忘了什么，不时拽拽我的衣服，端详端详我的脸，好像有许许多多的话要说，又不知从何说起，然后把我拉到一边，从已经褪了色的衬衣口袋里摸出了平日积攒的五元钱，硬是塞到我的手里。“带上！到了城里，买个本子，或称斤咸菜。入了校，抓紧来个信说说，有空别忘了回家看看。”我紧紧攥着那散着体温的五元钱，那被汗水濡湿的五元钱，紧紧咬着嘴唇，不住地点头，泪水不知不觉模糊了视线。这不是普普通通的五元钱，这分明是一颗滚烫滚烫的心，分明是难以言尽的关怀和惦念，分明是沉甸甸的嘱托和期盼。

岁月沧桑，地老天荒。随着年龄和阅历的增长，我才逐渐品味出家训的内涵，才慢慢理解长辈的一片苦心。记得那还是我爷爷当大队保管的时候，那年秋天队里的场里晒着满地的花生，我披着月光给他送晚饭时，顺手抓了一把吃了起来。谁知他给我抓了一把木耙筛下来的瘪秕的小花生，“把你拿来的送回去。来，这个好吃，甜着哪。”然后他一边吃饭一边劝导我：“这是咱大队里的花生，每家每户都有一份，咱不能让叔父大爷戳脊梁骨。人生在世创个好名声不容易呀。”我当时虽然没说话，但心里也确实怨我爷爷是个死心眼，在心里记恨了好长一段时间。记得明代高攀龙在《高子遗书·家训》中说过：“做好人，眼前觉得不便宜，总算来是个大便宜；做不好人，眼前觉得便宜，总算来是大不便宜。千古以来，成败昭然，如何迷人尚不觉悟，真是可哀！吾为子孙发此真切诚恳之语，不可草草看过。”人吃五谷杂粮，实际上是很难完全脱俗的。有人说“无欲则刚”，要达到这种心灵境界谈何容易！吃斋念佛的道士和尚都难净七根，更不用说我们这些凡夫俗子啦，所以说叫“抑欲则刚”还差不多。人生在世，谁都有欲望，由于背景、条件、年龄等因素不同，欲望也是千差万别的。有点欲望是正常和自然的，问题是欲望应当合情、合理、合法、正当和切实，当然这个不偏不倚的度是最难把握的。把握好了，是不是就叫成熟了呢？

长辈的训导和爱是融合的，它交汇在一起，在血管里奔流，在心脏里跳动，遍布每一根神经，占据灵魂的每个角落。也许是我这个农民后代的偏爱，我崇拜和欣赏庄户人那艰苦勤劳、百折不挠、顽强拼搏的精神和质朴诚实、与人为善、宽宏大度的高贵品德，这是民族精神的重要组成部分，是民族的根。

一个人从小吃点苦，经受经受艰苦环境的磨炼，接受点古典传统的教育和熏陶，对于走好人生道路大有益处。困苦是坚强之母，正直是道德之本，恐怕就是这个缘故。当年，家里咬着牙，让我父亲上过几年学。因为我奶奶去世的早，我的叔叔和两个姑又小，爸爸只好含泪辍学，成了爷爷的帮手。父亲把辍学的痛苦变成了勒紧腰带也要供应我多上几年学的强烈愿望，我虚岁刚七岁，他就给我买了一个当时最时兴的黄帆布书包，把我背下岭去送进了一个老师教三个班的学堂。他没有给我讲什么悬梁刺股、囊萤映雪的故事，只是告诉我“玉不琢，不成器；人不学，不知义”这朴实的道理。

当时我并不理解父亲的一片苦心和个中含义，只羡慕父亲兜里别一支银光闪闪的钢笔，掖下夹一把算盘，当会计的那个轻松自在劲儿。尤其是到每年的年终决算，他们几个人把一串串乏味的数字唱成了抑扬顿挫的歌，一熬就是一个通宵，常常还吃个夜餐什么的。我有时也半夜被叫醒，吃上几口，美滋滋地沾点便宜。记得我上高中时，正是白卷先生张铁生吃香的时候，学校开门办学，考试是开卷的，并且还是考例题，次次都是100分，其实根本学不到东西。我们这些庄户孩子当时就感到有点对不起每星期的那一大包袱煎饼。那时正强调“忙时吃干，闲时半干半稀”，其实农民无论忙闲都填不饱肚皮，我们每顿能吃上瓜干煎饼已经很“资产阶级”了。学校勤工俭学，学生们自己种了一片大白菜，食堂里放上点豆面用大锅一煮，三分钱就可以买上一碗。当时一个工日才值几分钱，家家吃盐都得用鸡蛋换，这菜就显得贵了一些。家里不希望我太寒碜，每星期都给我塞上两角或五角钱作为生活费，其实一点儿也舍不得花，有时这几角钱在兜里由新钱攥成了旧钱，一装就是几个星期。后来不住校了，我的村离中学有十华里路，早上6点还要到校赶早操，当时又没有什么手表、闹钟和自行车，只好早早起来用步量。也不知怎的，生物钟特别地管用，到时就醒了，前后差不了五分钟。即使这样，母亲每天早晨也还是要叫我一遍的。到了冬天，母亲总是早早起来拉着风箱为我做好一碗面叶或面疙瘩汤，我匆匆扒拉几口，周身就热乎乎的，脚下就生了风一样，顶着凛冽的寒风，一溜烟赶到学校，还误不了上早操。记得照高中毕业照时，我还穿着一件打着补丁的黄褂子，肩膀上的补丁依稀可见。母亲谈起这件事，看到那张照片，心就发酸，还时常掉眼泪。可怜天下父母心。可当时哪个家庭不是贫得叮当响。穷家值万贯，真正值钱的是父母的爱，真正的家产是高尚的品行。做儿女的感激的是那颗赤诚无私的心。

这些年改革开放了，经济发展了，人们生活富裕了，这个社会也显得越来越浮躁和世俗，人间真性在枯萎，民族文化在流失。很多人不但不管他人瓦上霜，连自家的雪也懒得扫了。连最最重要的做人立身这一条也抛到了九霄云外，人鬼、美丑、善恶、是非都分不清了。元代的脱脱说过：“人虽至愚，责人则明；虽有聪明，恕己则昏。苟能以责人之心责己，恕己之心恕人，不患不至圣贤地位。”时下，这种人是不是太多了呢？人生是短暂的，不管是穷是富、是官是民、是男是女，其实上天给了每个人大致相等的生存区间，几十年的好时候一晃也就过了，到时都得到另一个世界报到，或者说早晚都要到地下或火葬场碰面。什么名呀、利呀、权呀，都是些身外之物，生不带来死不带去，只有静心养性，才活得堂堂正正、洒洒脱脱、轻松自在。应该得到的，得到了是幸福；不应该得到的，硬得到了也许是灾难。不做亏心事，不怕鬼叫门。做了亏心事，天理不容，良心谴责，连做的梦也是恶的，实际上这是自我摧残和扼杀。

老子以俭朴为宝，大家也都认同“平平淡淡才是真”这个理，这也许是看破红尘之后的彻悟罢。有个好家风，有一句告诫后代做人、做事的哲言警句，这是儿女的福份。我身为人父之后，才更加体会到长辈的良苦用心，才更知正言端行对于人生旅途的份量。曹瑞曰：“修身岂止一身休，要为儿孙后代留；但有活人心地在，何须更问鬼神求。”望子成龙，望女成凤，是天下父母共同的愿望；望子成人，是望子成龙、成凤的根基。做人，教子，确确实实是件很难的事！

种萝卜

离开故乡沂蒙山区已很久了，但种萝卜这种农活我仍然记忆犹新。

那正是夏天最热的时候，各家都趁着清晨去刨地、扶沟和点种，可镢头抡不了几下，就汗流浃背。萝卜种得怎么样，是对各家耕种水平的考验和检验。因而，每年种萝卜的时候，各家都好像比赛似的，暗暗地较着劲。

那年我回家过暑假。天刚亮，父亲喝完茶水，扔掉烟头，打着眼罩望了望晴朗的天说：今天又是毒日头，趁早把萝卜种了吧。说完，就扛起镢头和耙往菜园走。娘嘱咐我：你在家看门吧。娘也挑起水桶，拿着水瓢和萝卜种走了。

我感到心里不是滋味，父母渐渐年纪大了，仍然自己去耕田、种粮、种菜，而我这个年轻力壮的儿子却远离家乡跑进城里，假期回到老家理应分担些家务活，却被扔在家里。我体谅父母的良苦用心，二老认为我进城了，已经挣脱了泥土，我的鞋、衣服都不能再沾土，手也生疏了，再说偶尔有空回趟家也不容易，担心累着我，干脆用亲情和厚爱把我裹住，别让风吹着、雨淋着、太阳晒着。我依然是地道的农家子弟，回到老家多想替父母分担一些劳务，多想沉浸到故乡宽容的胸怀，脚踏厚重松软的泥土，回归自然，寻找昔日沐浴阳光、亲近土地、享受地气的感觉。

我三步并作两步赶上了娘，一起向村东的菜园走去。透过薄薄的晨雾，只见家家户户的菜园里已经零零星星地来了一些人，有老人、有壮劳力，也有孩子，刨地的、耙地的、扶沟的、点种的、浇水的，都忙活起来了，不时传来歌声、笑声、吆喝声和低语声，甚至是孩子的哭闹声。各家那不大的菜园都经营得很仔细，没留一点缝隙，绿的是韭菜、菠菜、小白菜，用小木棒架起来的是芸豆、豆角，园边是稀疏但茂盛的玉米、高粱和蓖麻。只觉得每一棵、每一枝、每一叶都长得青翠茁实。园中刚收获过土豆的那片新土便是准备耕了种萝卜的地方。

父亲先用锨把土杂肥均匀地撒到地里，然后就开始刨地了，镢头甩得很高，落得很深，极认真，很投入。刚刚冒出的太阳斜斜地挂在山嘴上，把父亲的身影剪得很长很长，在土地和菜叶上晃动。种好萝卜，长出好萝卜，首先要把地刨深刨透，然后把坷垃打碎，耧耙得均匀和平整。父亲这些工作做好了，就开始扶萝卜沟。我抢着对父亲说："我来吧。"我脱掉皮鞋和袜子，赤着脚走进地里，那脚丫和脚板淹埋进土里，只觉得那地很柔软很凉爽，十分舒服。为了把萝卜沟扶直，我先在园的对面选个参照物，用脚划出一条线，然后沿着这条线来刨沟。线是划直了，但那萝卜沟刨得还是有些歪，翻刨上来的土有多有少，那沟也就粗细不一。父亲没有说什么，又抡起镢头重新校正了一番。

我又去挑水。老家的井是用石头砌的，不是很深，提水不用轳辘，也不用绳索，用钩担挂上铁桶在水里摆动几下把水灌满，提上来就可以了。干这个活的技巧就在于摆水，因为那钩担钩是直接挂在铁桶柄上的，速度快了提不上水来，慢了或用力不均匀，铁桶就容易掉到井里。前些年我在家时，这个农活干得比较娴熟，可几年下来手就生了。那桶在井里摆来摆去，水没有灌满，却真把水桶掉进井里了，多亏担水的邻居帮忙捞了上来。后来我再提水时，干脆用绳子把钩担钩和铁桶柄捆在一起，无论在井里怎么摇摆，桶是掉不了了。城市安逸的生活已经让我淡忘了过去最基本、最熟悉的劳动技巧，丢失了许多故乡古朴、真实的东西。难道远离泥土和农活，就自然拉大了与乡村、乡亲感情的距离？

太阳刚刚爬上山顶，我家的萝卜已经种上了几垄。这时，绿树遮掩的村庄里冒出几缕炊烟，不时有菜香和油香飘进菜园里。我的眼前仿佛长出了一片青枝绿叶、潇洒自在的萝卜，耳边好似响起收获萝卜时的笑声。

布　鞋

人生在世，谁也得穿鞋。鞋既是门面，也是身份的象征，透出性格、品位和层次。现在市场上鞋的品种、样式、颜色应有尽有，让人眼花缭乱、应接不暇。让我久久难以忘怀、想起来激动不已的，还是童年、青年时代的布鞋。

20世纪六七十年代，山村的大人、孩子穿的都是布鞋。一来，农家日子紧巴，衣裳补丁摞补丁，谁有闲钱买鞋。二来，山区与外面世界隔绝，祖辈不知道县城在啥地方，外面的文明也传不到这偏僻的山套，城市时兴什么鞋不知道，即便知道了也无所谓。第三，当时时兴割“资本主义尾巴”，整好的大寨田就单纯种些地瓜、小麦、花生、苞米这些能充饥的粮食作物。阴雨天、雪天和夜晚，山乡姑娘、媳妇就一门心思做鞋，绝活和看家本领就是做布鞋。

做布鞋很节俭，也挺讲究。当时庄户人穿衣裳，那真是新三年旧三年、缝缝补补又三年。衣服旧得实在没法穿了，就把补丁一层层拆开，把有用的地方剪成一块块的碎布料。家家都有针线笸箩，里边装满了剪裁缝补衣裳剩下的布片或布条，沂蒙山区叫“铺衬”。那铺衬五颜六色，薄厚不一，颜色不一，新旧不一。铺衬积攒多了，就选个太阳毒的日子，把面板或木锅盖或木饭桌支在院子里，用铁锅调出热气蒸腾的浆糊，把新一些的布料和旧一些的布料错开，将厚一些的和薄一些的摊均匀，将碎布条一块块、一层层粘起来，在太阳底下晒上几个小时，就成了硬梆梆的“鞋壳子”。遇上阴雨天，就拿到热炕上或火炉上或热锅里烘烤，那鞋壳子的成色也不差。做鞋前，先找村里的巧媳妇，按脚的大小、棉鞋或单鞋的样式，先在纸上剪出鞋的样子，然后把这纸鞋样缝在鞋壳子上，刷刷几下就剪出鞋底、鞋帮，然后就可以做鞋了。

细琢磨做布鞋挺讲究，最讲究样式和做工。就说纳鞋底吧，纳得结实才经穿，纳得整齐才好看。旧布、陈布都乏了，不宜做鞋底。山区出门就是山和石头，最好的地方也是沙土地，上山爬沟、推车打柴，净些力气活，鞋也穿得格外厉害。所以做鞋底尽可能用新一点的布、结实的布。在村里当干部的人家，偶尔会用上“日本株式会社”装尿素的尼龙布袋。实在没有新布，就买上二尺又厚又结实的黄帆布。鞋底尽可能做厚一点，多摞上几层鞋壳子。男劳力的鞋底至少也要五六层。家家菜园边上都种上几棵大麻，那是专供做麻线用的。秋天先把那大麻的皮劈得细细的、一绺绺的，在大腿上或用纺车搓拧出细细的麻线，然后先用尖尖的针锥在鞋底上扎上眼，再用细针把麻线穿进去。山村的姑娘、媳妇手上都戴一只铜顶针，那是做针线活的专门工具。那针脚有的从鞋头开始，有的从鞋后跟开始；有的是一排排的，横看竖看都整齐；有的从鞋底当中开始，一圈圈往外走，恰似体育场的跑道；有的则按照心中的图案，纳出花朵、动物形状。做鞋时用针划划头皮，这里边可有奥秘，一方面可以转换姿势、稍作休息，一方面头发上有油，那针在头皮上划几下，在鞋底上会走得更顺当。一手攥住鞋底，一手用力拽针线，指掌间力气用得大、用得均匀，纳出的鞋底就平整结实，自然就耐穿。那动作轻松自如，透出一种娴熟、优雅之美。那针线密密匝匝，稀疏得当，松紧适中，大小一致，煞是好看。

鞋面是鞋的脸面，能看出做鞋的功夫，凝聚着精神寄托和美好的祝福。做鞋时，鞋帮子上面得裹上一层新布，一般是用黑布。黑布褪色慢，也耐脏。有的用上一些带花或条纹的布，显得别致漂亮。家境好一些的，用当时最时兴的黑条绒布，高档，耐磨，在太阳底下还反光。做鞋面，讲究针线，用密密的针线纳结实，穿久了不变形。鞋头上还会绣上些花朵或动物什么的。男孩子的鞋绣上老虎、狮子头。女孩子和大姑娘的鞋绣上些菊花、荷花、梅花、燕子、蝴蝶，出嫁穿的鞋往往绣上一对鸳鸯。上年纪人的鞋面上绣些简单的线条或一双大眼睛。手艺高的，那眼睛从不同角度看还会动呢。

那时乡下孩子很少有鞋穿，七八岁的男孩子夏天还羞怯怯地光着屁股，谁能穿上娘做的新布鞋，谁都会挺胸阔步、炫耀一番。我娘一生勤劳，做一手好针线活。春天，为我做一双或圆口或方口的布鞋；冬天，为我缝一双黑粗布甚至黑条绒的厚棉鞋。娘整天里里外外地忙碌，忙完一日三餐，缝补洗涮，喂养鸡鸭猪狗，还要到队里干活、挣工分，为给我们做新鞋，抽时间垫鞋底、粘鞋帮、搓麻线。到冬季农闲，娘就坐在家门口，晒着太阳专心致志地纳鞋底。看娘做鞋是我童年记忆里最为鲜亮的风景。纳鞋底是既细致又累人的活儿。娘总要用一块布包着鞋底纳，想方设法不把鞋两侧的白布弄脏。夜深人静时，娘坐着小方凳，弯腰弓背，一只手紧握鞋身，另一只手不停地来回穿针引线，一会儿在头发蹭蹭手上的针，一会儿紧紧刚上好的鞋底，一盏昏黄的油灯拉长了娘忙碌的身影。同样一个姿势，重复着同样一个动作。我坐在一旁写作业，时常情不自禁地抬起头，看油灯下娘那专注的神情。娘不时地抬起头看看我潜心学习读书的样子，脸上洋溢着不尽的幸福和满足。一针针，一线线，千针万线纳成一双鞋底。纳鞋底的时间长了，手指会酸痛，眼睛会发花。有时娘手指麻木了，一不小心就会扎着手指。看到娘滴血的手指，我很心疼，便安慰娘道：“等我长大了，挣钱买鞋穿，你就不用吃这苦了。”娘微笑着说：“等你长大了，有媳妇做鞋了，我就省心了。”望着鞋上密密匝匝的小针脚和娘那疲倦的眼睛，我激动不已。多少次我听着油灯芯热爆的噼里啪啦声，那熟悉的麻线抽动的刺刺声，渐渐进入温柔缥缈的梦乡。在我幼小的心里，就刻下了为娘而发奋读书的念头。我感到很奇怪，我从穿巴掌大的鞋，到四十几码的鞋，娘从没有量过我的脚，却次次把鞋做得那么合脚。

娘做的布鞋伴我度过了艰苦的学习生涯。娘经常笑着说："孩子咱可要听话、争气，咱不和人家比吃比穿，咱得跟人家比学习。识字多了，才有出息，才不愁没鞋穿。"我白天上学，放学后便一路跑回家，帮娘做事、搂草、剜猪菜、挑水，尽可能地减轻娘的负担。我体谅家人的苦衷和用心，每个期末捧回的红奖状算是对长辈最好的报答。而娘奖励我的，往往是一双漂亮的布鞋。夏天雨水多，在泥泞的放学路上，我常常手拎布鞋或把布鞋掖进书包里，干脆赤着脚走回家，说啥也舍不得把布鞋弄脏了。那年秋天收成好，一个工日竟然能结算到三毛七分钱，娘专门买了新布和新棉花，刚入冬就为我做好棉布鞋。娘说："为了让鞋暖和，鞋做得大，放上棉垫，下大雪也冻不着脚！"我穿着布棉鞋，迎着飘飞的雪花，踏着结满薄冰的山路，来往于家和校园之间。整个冬天，我的脚都是热乎乎的，没有被冻伤，安然无恙。

后来，我准备进县城读书了。多少个夜晚，灯光摇曳，娘把纳鞋底的绳扯得很紧，牢牢地、细细地把所有关爱都纳进了鞋底。当我一觉醒来，夜已很深了，娘仍在那昏暗的油灯下静静地赶制那双凝聚着她的深情、期盼和祝愿的布鞋。第二天清晨，娘那饱经沧桑的脸上露出了微笑，她把一双崭新的鞋拿到了我眼前："听说城市人不稀罕这个，得穿用猪皮做的鞋，可咱家里日子紧巴，娘没什么给你的，你又好出脚汗，娘好歹把这鞋赶出来了，带到城里去换换脚吧！"我紧紧攥着，仔细打量着这双布鞋，鞋底的针线纳得均匀且细密，黑色的鞋面上还镶着白色的边，秀气雅致。翻开娘尽是针眼的手，此刻我的心沉沉的、酸酸的，泪水情不自禁地涌出眼眶。娘轻轻擦除我眼角的泪滴，似有许多话要说，但嘴唇颤动，却听不到任何声音……

进城办完入校手续，我把那双带着故乡泥土气息和温馨亲情的布鞋藏进存放衣服的用竹条编的箱子里。当晚，刚入校的同学们都在忙着整理东西，我找出那双布鞋，那密匝整齐的针脚显出了农家人特有的执著与质朴，柔软的鞋面好像娘那无穷的关爱与惦记。我将鞋面贴在脸上，那软软的绒毛仿佛儿时娘的抚摸，似乎又看到了娘那期待的目光。我们这些年龄不大就离家的孩子，记忆中娘的一喜一怒、一举一动都成了美好的回忆。面对娘亲手做的布鞋，不管离家多远，不管有多少困难，总感到娘的目光时刻跟随着。轻轻穿上它，慢慢走几步，霎时巨大的力量袭遍全身。那一针针的线，仿佛是回乡的路，是生命的年轮；一层层的粗布，叠加着美好的记忆和亲情的温暖。

当我现在能为儿子做这一切的时候，却赶不上当年娘对我们的那份耐心和细心。也许是因为生活在都市，没了那份贫困和劳累；也许是生活富裕，没有必要为吃穿而劳顿。要不然为什么当我们什么样的鞋都能买得起的时候，却没有了当年的那份惊喜和快乐？

布鞋养脚排汗，抑制脚气，有益身体，价格便宜。如今，在城市穿布鞋已逐渐成为时尚。穿惯皮鞋的都市人，开始与布鞋有了缘分。无论身在何处，有一双布鞋，一双饱含亲人惦记和祝福的布鞋，就学会了感恩，尽管踩着纵横交错的路，有黑暗、有泥泞、有坎坷、有暴雨，可人生的路不会错、不会斜，心中总会洒满春风、阳光、幸福和欢乐。

石 磨

石磨，是山乡历史的见证，那体态和灵魂依然在蒙山深处旺盛地活着。上了些许年纪又曾在农村生活过的人都很熟悉石磨。寻找山村兴迁的历史，体会山村古老而原始的生活方式，总少不了石磨。

做上等石磨，一要选坚硬耐磨的石头，二要由手艺精湛的石匠来做。石匠先到山上劈两块沉重的大石坯，大石坯经过铁锤精细的雕琢，摇手变成两扇厚重的圆石盘，粗糙又不失精细。上扇是个圆柱体，下扇上部也是个圆柱形，下部是个更大的边沿上翘的圆盘形，边上留着外凸的磨嘴。石盘上扇正中偏外钻个孩子拳头大小的磨眼，边上打两个插磨杆的石眼。下扇中间安个铁箍磨脐。上扇下面和下扇上面分别琢着道道倾斜的石锯齿，上下两扇扣在一起默契合窝。整个磨再用几根粗石柱撑起来。石眼里插上短木橛，系上结实的绳套，磨杆套上绳套，单人推或双人推，也可用毛驴拉。如果用驴拉磨当然要把驴眼蒙上，防止它偷吃磨盘上的粮食。那沉重的石磨顺着逆时针方向，咯吱咯吱地欢唱，一圈一圈又一圈，越推，磨越沉，越推，腿越酸。磨上扇在动，下扇不动，磨眼吞进五谷杂粮，嘴里吐出粉或糊。石磨是最有口福的，新鲜的粮食进仓，石磨必定最先品尝。年复一年，石磨在单调重复的转动中磨牙也钝平了。经过石匠叮叮当当的锻磨，磨牙恢复如初。经过数次的修复，石磨也会变得愈来愈薄。一年四季，石磨上下合闭着的嘴唇在诉说乡村的酸甜苦辣，石磨沉重的表情显露乡村的喜怒哀乐……

20世纪六七十年代，我们村是农业学大寨的典型，深冬腊月集中全村人搞会战、整修大寨田。几年下来，自然条件明显改善，到处是梯田、水渠和道路，全村老少听说粮食产量要“过长江”，每亩产粮600斤，人人备受鼓舞、干劲儿倍增，可到秋天分到各家的粮食仍不宽裕。一年到头，一日三餐，几乎全是地瓜和瓜干、玉米，逢年过节偶尔会吃顿小麦面。闹春荒秋荒，就吃榆钱、野菜、地瓜秧和萝卜缨。没有加工机械，生产队里分的口粮全靠石磨来碾压。村子里人多磨少，磨粮食要提前向有磨的邻居打招呼。谁家有座石磨，在村里就显得地位高。借磨，邻居如果高兴，点点头就成了；如果不投脾气，不愿意借，主人必定说出个合情合理的缘由，譬如磨齿钝了，或者早有人定下用了。借到了磨，妇女们带着孩子，抱着磨棍，赶忙或推或拉，真是辛苦。用完邻居家的磨，磨眼里要留下些许的粮食，叫留“磨底”。也有的人家为了不浪费粮食，干脆搬开磨盘，用刷子仔细地清扫磨瓣上的面粉。磨瓣像一排排的牙齿，整整齐齐地排列着。凝视那磨瓣，既像一条条盘绕山间的山路，又像一道道刻在父辈额头上的皱纹……在石磨那绵绵不绝的转动声中，乡村度过了那段饥馑岁月，邻里也结下了互相帮助的深情厚谊。孩子们天天盼着那石磨转。石磨一转，白花花的地瓜面、红红的高粱面、黄澄澄的玉米瓣像瀑布一样从磨心里泄到磨槽里。过不多久，香气四溢的细面条、红高粱粑、金黄的玉米粥，就热气腾腾地端上饭桌，孩子们争着、抢着，快乐得像过年似的。那个年月，一顿白面水饺是孩子们一年的盼望！

乡村最难熬的是粮食青黄不接的时候，那是最灰暗、最没情绪的日子。瓜干、苞米没了，就只能靠一些杂粮充饥。谁家磨响，说明谁家生活过得去。如果哪天哪家没有了石磨响，说明这家断粮了。因而有磨推是一种幸福的满足，一种富裕的象征。石磨一旦闲下来，或者数日没人来借磨，还真有些不习惯。院子里静静的，石磨上堆着一片片槐树叶，甚至还撒下了白白的鸟屎。孩子们在嬉戏，他们把石磨当成了一种玩具，想尽办法挪动它，但最终还是失望了。乡村的每座石磨都是一部挪不动的沉重历史。

那年月，家中最累的是母亲。为了不耽误白天到生产队里挣工分，磨粮食大都是利用晚上或者天亮前这段时间。石磨就支在堂屋西窗户外面，有时能借一缕月光，有时只好点着一盏昏暗的油灯。我小时候，煎饼是我老家最顶事的主食。当时农民多吃粗粮，做窝窝头不好吃，做成煎饼吃着就顺口了。煎饼是用粗粮做的，高粱、谷子、苞米、地瓜干，只要是粮食，就能做煎饼。石磨除了磨干粮食，还可把刚分的鲜地瓜磨成糊状烙煎饼。各种粮食经过石磨重重地压磨，都变成了粉面或面糊。粮食的面粉压得比较粗糙，须用箩箩几遍才能做煎饼、饼子等美食。母亲把粮食磨过一遍，就赶紧将磨盘上的粮食收起，放在笸箩里，笸箩上面支上二根光溜溜的木棍，上面架着箩。在昏暗摇曳的煤油灯下，娘用手将箩一推一拉，哐当哐当，声音极富节奏和韵致，面粉就顺着细细的箩眼落到笸箩里。箩里剩下的粗渣再次倒进磨眼继续磨，一遍，二遍，三遍……直到粮食几乎完全粉碎。等粮食磨完了，也箩完了，母亲早已腿疼腰酸，身上、脸上，连眉毛上都落上了一层薄薄的面粉，浑身上下都被染白了，显得十分苍老，让人心痛。

推磨是一项极其简单的重复劳动，既累人又枯燥无味，十分单调！只是周而复始的机械运动，有力气就行，不需要多少智慧和技巧。我有时也帮母亲打个下手，或者帮助推磨，或者拿个勺子往磨眼里添粮食。推磨偷不得半点懒，你不用力推，磨自然也不会动。石磨很沉，一会儿工夫汗水就从额头、肩上流淌下来，滴滴答答地掉到地上。一圈又一圈地推磨，一圈又一圈地数数，石磨在疲乏地转动，开始还能数着已经推了多少圈，时间久了就忘了数数，只迷迷糊糊地往前走，双脚像踏在棉花团上，最后人也觉得天旋地转，胃里往外冒酸水……

记得有一年快过年了，家家储备完过年吃的煎饼和馒头，又开始做一锅当作春节大菜的豆腐。头天晚上母亲泡了半盆黄豆，第二天鸡刚叫就起床用葫芦瓢舀到小盆里，放在磨顶上开始磨。第一勺黄豆倒进磨眼，石磨就发出咯吱吱的响声，磨周围顿时飘来黄豆淡淡的清香。起初，我在一旁看着娘推磨，黄豆太多，推得时间久了，只见娘的脚步越来越沉了，额上冒出汗珠，石磨也转得更加缓慢了。我心里很着急，夺过娘的磨杆就往前推，只推了几圈就走不动了。娘又给我找了根磨杆，娘在前，我在后，顿觉石磨轻快了许多。雪白的豆汁淅淅沥沥流淌到磨盘上，沿着磨嘴流到木桶里。磨完豆浆，娘就用细纱布过滤刚磨过的豆浆，又倒进锅里烧开，轻轻点上卤，天亮时豆腐就做好了。娘给我盛一碗鲜嫩的豆腐脑，我端起那热气腾腾的豆腐脑，顿时身上没了推磨的疲倦和辛劳。

我无法计算母亲一生在这狭窄的圆形的磨道里绕了多少圈，转过了多少天！可我知道是那沉重的石磨磨出了我童年时代贫穷且辛酸的记忆，磨走了母亲青春的岁月和满头黑发，磨出了母亲满脸的皱纹和周身的病痛。大约20世纪70年代，机器取代了石磨。天长日久石磨渐渐闲置起来了，悄然退出了山乡舞台。无论是初冬或是早春，无论是晴空万里还是有雨有雪的日子，只要想起石磨转动的岁月，总感到石磨承载了太多的苦难与酸涩，可单调里包含着一种亲切的温柔，滋生出无比的亲切和无限的怀念。人生的路也像这弯曲单调的磨道，必须持之以恒地一步步走下去，只有咬紧牙关，烦恼和苦闷才会被一步一步抛在身后。母亲推磨的身影，像底片一样清晰地印在我的脑海里。我的母亲和我的父老兄弟，难道不就是不知疲倦依然在山乡奔波的石磨吗？我曾写下《石磨》诗一首：

依然在蒙山怀抱里，
吱吱呦呦地活着。
顺手点亮屋脊上的月亮。
粗糙的木棍，一前一后，
轻轻撬动旋转的天地。
一勺一勺的民谣，
在磨道里千扭万翻，
碾出万千故事。
机器牙齿锋利，
总不比石打石的磨研，
原汁原味。
山寨，一盘巨大的石磨。
山民最耐读的年轮，
单调却也深刻。

祖孙四代求学梦

记得陆游在《剑南诗稿》中有这么一首诗：“吾家世守农桑田，一朝挂衣即力耕。汝但从师勤学问，不须念我叱牛声。”这首诗充分折射出自古以来我国民众的生存状态和美好追求。建国以后特别是改革开放以来，普通百姓受益最大的不是衣食住行的改善，而是受教育程度的提高。我家祖孙四代的求学历程，就生动记录着这一历史巨变的坎坷轨迹。

在新中国成立前那漫长的岁月里，虽然被尊为万世师表的孔子和诸多开明的帝王将相一贯倡导重视兴办教育、教化民众，但受教育的其实都是那些王孙贵族，最起码也得是地主富农。平民百姓没有这种经济实力与权力，只能望学兴叹。

我爷爷生不逢时，喝着旧社会的苦水长大。当时家里穷得叮当响，虚岁刚七岁，就被迫到邻村的地主家当了放牛娃。看着地主家的孩子吃饱饭就坐在屋里，听私塾先生摇头晃脑地讲什么“人之初，性本善”一类的东西，羡慕得不得了。有一次趴在黑乎乎的窗子上，偷听了几句，竟被老地主劈头盖脸狠揍一顿，脸上和身上留下道道血口子，心中发狠，砸锅卖铁也要上学，可这个梦想在那个年代是根本不可能现实的。新中国成立后，我爷爷参加过村办扫盲班，也让我们手把手教他识字，可惜已错过读书的年龄。虽然大字不识，可为人厚道、实在、没有私心，竟在大队里当了十几年的保管员，队里出出进进的东西，全靠只有他自己认识的画图和画杠杠来记录。直到他离开这个世界，也只能认识自己的名字和几个简单的数码。但他老人家的苦难经历和他关于好好读书的衷心劝诫，却深深地刻在了我的脑海里。

中国人有个传统，长辈自己没有实现的愿望，往往会加倍倾注到下一辈身上。我父亲长到该上学的时候，新中国虽然还没有成立，但我老家沂蒙山区这一带已是解放区了。喜气洋洋的农民分了地、勉强填饱肚皮以后，首先想到的是让孩子学文化、长见识。政府也提倡办教育，于是几个村联合办了一所小学，大大小小的孩子混编在一个班里。我父亲也成为其中幸运的一位，我家祖祖辈辈有了第一个上学的。可谁知天有不测风云，我奶奶因病突然谢世。我父亲含着眼泪把没有学完的课本包着掖藏起来，默默帮家里干起了农活，帮着照料当时刚几岁的我的姑和叔。老师舍不得爱学习的好学生，曾连续几次到我家做我父亲返校的工作，但由于家境所困，我父亲最终也没有重返那充满笑声、歌声和美好憧憬的校园。即使这样，当时比起斗大的字识不了两箩筐的乡亲们，我父亲也算是“秀才”啦。

等到我上学的时候已经是60年代中期，农民刚刚度过三年自然灾害，铁青的脸上红润了许多。这时大多数村庄都有了学校，多数孩子都能进学堂了。我家祖辈上为了给地主看林子养家糊口，一直住在村东的山岭上。我清楚地记得我上学的第一天，父亲一直背着我把我送到村里的小学里，交给了一个胡须花白的张老师。这其中有多少寄托和祝愿，我当时体会不到，也理解不了，但我从家人那期盼的目光里感受到了一种信心和力量。上学第一天中午放学后，我小跑着回家，坐在院子里的大槐树底下，扒上一碗饭，就第一个跑回学校。学校条件很差，一个教室有四排用土坯垒的土台子，那就是课桌，一排就是一个年级的学生，老师进行“复式”教学，教完了这边再教那边。学校抓得挺紧，有时还坚持上晚自习。可教室房子太破，一到下雨天，屋里就摆上接水的盆子。雨下大了，老师担心教室倒塌，干脆放我们的假。冬天，那土台子凉得刺骨头，外面下大雪，教室里下小雪，学生们衣裳单薄，老师经常停下课，组织孩子们集体跺脚、搓手、拍打身上的雪花，然后再上课。那时，家家的日子贫寒。孩子们在课堂上用石板写字做练习，那石板可以反复擦、反复用，确实很节约。放学后，我们首先要帮家里拾草、剜菜、放牛、放羊，然后再用五分钱一本的作业本做作业，本子的正面用完了再用反面，或者第一遍用铅笔，第二遍用钢笔。虽然这样，大家还是学得很开心。那时无师资可言，老师从刚毕业的中学生中选，有的老师竟然小学毕业就教初中，许多生字都是念半边，念出错别字实属家常便饭。等我上高中时，出了“白卷先生”，爱学习不吃香了，学习好也没用了，图书馆的好多图书也不准看了。不久又开门办学，我们那个班的同学先后参加过拖拉机班、种植班、畜牧班、美术班和新闻班，后来又吃住到我们村，唱着革命歌曲帮着填水库、造大寨田，每天2角钱的生活补助，半天劳动半天学报纸。考试就考课本上的例题，并且还开卷，虽然次次考百分，可心里总觉得对不起每周那包家里人舍不得吃的地瓜干煎饼。

70年代末，中国大地炸响恢复高考制度的惊雷。现在回想起来，这一决策的确是一种胆略、一种挽救、一种解放，激发了千万莘莘学子的读书热情，调整了国家发展的速度和方向。从孩子都已上学的“老三届”，到刚刚毕业的中学生，人们都共同做起了大学梦。我们这些正巧在“文革”期间读书的学生命运很惨。没法子，只好翻出高中课本，自己再从头重啃一遍。等到我再一次参加高考时，我的老师、我和我教过的学生竟然编在同一个考场。我比较幸运，接到了录取通知书，达到了转户口、吃“皇粮”的目的，着实让家人和亲戚朋友高兴了一阵子。毕业走向工作岗位，通过接触贤人才子，终于明白了“学无止境”的深刻道理。不久，国家扩大办学渠道，开始办电大、函大、职大，凡是没有进过正规大学或有学习愿望的，不管年龄大小，都有了重新学习的机会。因而我在工作之余坚持着业余学习，一次次了却了学习的心愿。

这些年，城乡面貌发生了亘古未有的巨变。享受改革开放成果最多的还是孩子们，他们的生活条件和上学环境都大大改善了。我的儿子从入托到上小学、上中学，教室都是宽敞明亮的楼房，教师也都是科班出身行家，教学质量提高了百倍。孩子们吃讲营养，穿讲美观，学习用品也现代化起来了。家长拼命给孩子施“速效肥”，帮助报这种班那种班，培养各种特长。我的父母无论什么时候打电话，必定问孩子的学习情况；孩子回到家，家长首先问的，还是在校的表现和学习。希望孩子能够珍惜这个好条件、这段好时光，潜心读书学习，将来成为有用的人才。

巴尔扎克说过：“人生最美好的主旨和人类生活最幸福的结果，无过于学习了。”如今多数读完高中的孩子可以跨进大学校门，虽然费用高了些，但能圆大学梦了。对一个农民家庭来讲，出个大学生就有了了解外面世界的人，受了委曲或遭遇不公正，就有了懂道理的明白人，免得被人欺负。对一个民族和国家而言，那是走向文明、发展和繁荣的基石。

父　爱

“可怜天下父母心”，这句经典的话语已铭刻在中国人的心上。可历代达官贵人、文人墨客包括平民百姓，歌颂母亲的多，颂扬父亲的少。一般说来，也是父辈给予子女的多，子女关怀长辈尤其是父亲的少。这不知是观念问题，还是缘于所有父亲感情厚重、不善言表。真正理解父爱的深沉凝重，需要岁月的凝聚，需要细心品味和琢磨。

故乡的土亲，山亲，水亲，人更亲。父亲是个老实巴交、憨厚地道的农民。我每次回家，望见老父亲黑白相间的头发，我的鼻子就发酸，眼里就有些湿润。父亲的青年时代是不幸的。当时他正在解放区的学校读书，因我奶奶突然病逝，不得不因生计而辍学。他含着眼泪把没有学完的课本包着掖藏起来，默默帮家里干起了农活，帮着照料当时刚几岁的我的姑和叔。

我从呱呱落地到蹒跚学步，从步入学堂到踏入社会，从懵懂无知到饱经岁月历练，我的每一步成长都融入了父亲的关爱。沉言寡言的父亲对我很疼爱，也很严厉。那年代，贫瘠的山地、稀疏的庄稼远远填不饱肚皮。但家长们勒紧腰带，从口里省出来给我们吃。有时一个锅里，老人竟能做出两种饭菜。日子虽然清苦，但我长得自由自在。儿时我经常骑在父亲的肩头上，那样的风光和得意。那时的冬天特别冷，山里人衣服都很单薄，除了筒子棉袄和棉裤，里边没有什么毛衣、衬衣，因而寒冬腊月常常冻得打哆嗦。有时父亲把他那厚棉袄披在我身上，虽感到很沉，但很暖和，嗅到一种很熟悉、很亲切的汗臭味。有一年夏天，天很热，庄稼和树的叶子都晒卷了，我不知患了什么毛病，竟然全身冻得打哆嗦、软绵绵的。父亲急得团团转，就顶着烈日，背着我去找大夫，那汗水把他脸上的尘土冲得一道又一道，衣服也湿透了。谁知我患的是重感冒，让家人虚惊一场。

后来，我在父亲的期盼里离开了那个小山村，到县城上学了。麦假，我急忙赶回去帮着收小麦。当空的烈日就像粘在背上一样，割不上几垄小麦，就感到那镰刀迟钝了，全身被汗水浇透了，腰也要断了。那汗水搅拌上尘土、沙粒，流进被麦芒划破的小血口子里，钻心地痛痒。父亲在弯腰割麦，娘在打捆。父亲割八行，我割五行，我拼命地挥舞镰刀往前赶，但仍然被越拉越远，腰痛得实在难以忍受了，只好直直腰，喘口气，手心也被镰把磨出了血泡。我割着割着，竟然觉得越来越省力，很快赶上了父亲。这时，我陡然发现，实际上我只割了三行，那几行父亲早已替我割了。我望着父亲那黝黑的脸庞和累得直不起的腰，话到嘴角又咽了回去。此时此刻，有什么语言能够表达我的感情呢？父辈就是这种默默无闻，以牺牲自己照顾、关心和体谅着孩子，这种宁愿自己吃苦受累也不委屈、亏待孩子的品德，这种给孩子们做千万件好事也不吭一声的行动，在垒砌和树立人生的标杆，在守护孩子成长！

那年的冬天，天气格外寒冷。校园里的树木被北风吹得吱吱作响，不时有冰凌和雪块从树上掉下来，让人有一种冷到骨头的感觉。一句熟悉且亲切、沙哑却真切的问话，惊醒了正坐在被窝里读书的我。我一边不自觉地应答着，一边噌地下床打开了宿舍的门。只见父亲提着一包煎饼和煮熟的鸡蛋，脸冻得发紫，穿着一件黑厚棉大衣，帽子和衣服上挂满了雪花，呼出的热气在胡子上结了一层霜。我赶忙给父亲倒了一杯白开水。父亲双手捂着杯子，望望我，巡视一下我们室内的摆设，摸摸我的被子，伸手摸出了散发着体温的50元钱。父亲是跟着村里那台12马力的拖拉机来县城的。现在已经很少见到那种拖拉机了，它是没有顶篷的。在那样寒冷的天气里，迎着飘舞的雪花和凛冽的寒风，在蜿蜒崎岖的山路上奔波上四五个小时，全身肯定冻麻木了，下拖拉机时腿一定站不起来。父亲没跟我说几句话就要走了。我执意送父亲，可父亲担心我冻感冒了，一再劝我“别送了，外边太凉”“别送了，外边太凉”。望着父亲迈着蹒跚的步子爬上那拖拉机，消失在寒风中，我的泪水涌上了眼眶。在万物萧条、寒风刺骨的隆冬，那不言不语的父爱，是如此的温暖，如此的真挚，如此的炽热，不知不觉眼角挂上了泪花。父亲临走前回头的目光、欣然的一笑，透出了无限关切和期待，透出了世间最真挚的嘱托和惦念……

父母的养育之恩感动着我，激励着我，鼓舞着我。记得我第一次拿到工资，先给母亲买了一块布，又给爷爷和父亲买了一塑料桶烈性的瓜干酒。我母亲异常高兴和忙活，专门做了几个好菜，其中有炒鸡蛋和炒芹菜。我给爷爷和父亲各倒上了一杯，那酒香立刻溢满了屋子。父亲端起酒杯，向地下奠了几滴，然后细心品了几口，“哦，好，这酒味道真纯正。”我发现父亲说话时手竟然有些颤抖。“终于喝上孩子买的酒了，来，干！”父亲硬是劝我也干了一杯。我放下杯子，发现父亲的眼圈有些红润。父亲忙说：“这酒还真辣。”我知道，父亲是有些酒量的，度数再高的酒也不会嫌辣，那分明是难以掩藏内心的激动。我赶忙再给父亲倒上一杯，沙哑着嗓子哽咽地说：“来，爸，咱再干一杯。”

几十年过去，父母都老了，岁月的风霜染白了头发，脸上刻满沧桑，父亲和母亲风里来雨里去，共同支撑起这个家，平安祥和、相濡以沫地享受着晚年生活。这几年我母亲身体不太好，为了让她少操心、少劳作，多年来不善家务的父亲也开始做起了拿柴草、烧火、喂鸡、喂狗等家务活。刚强、善良、勤劳、能干的母亲变得好絮叨，沉默少语的父亲总是默默地听着，宽厚地忍让着，让我感到很温馨，也很放心。

我已经走出山套，在高楼林立的省城有了一份称心的工作。可我走不出故乡的真情和父母期待的目光，想起父亲对自己的关心与疼爱，我就百感交集，千言万语涌上心头，周身增添了信心和力量……

凌晨，听着窗外淅淅沥沥的雨声，又惦记起远在乡下的父母来。父爱正如沂蒙山的清茶一般，不很清澈却也透明，虽含苦涩却清香，虽淡然却深刻。我们在品茶时，往往只享受茶的醇香，却并未想到如何去感激它。当偶尔喝了白开水之后，才会真真切切地体会到清茶醇香的味道。其实父爱就蕴涵在平淡如水的现实生活中，只有用心去品味才能感受到，并由此感恩和留恋，真正读懂人生。

母爱细腻，父爱凝重。

安琪儿的微笑

岁月如梭，不知不觉，我的儿子桦楠快四岁了。我和妻子像天下的父母一样，精心地护理着这株青枝绿叶的幼苗，专心领略他那天真烂漫的微笑。

这小家伙生来就知道抿着嘴笑，那笑阳光般温润，花朵般馨香，诗一样朦胧，天空一样纯净。

他有时也哭闹调皮，毫不造作地真实地表露感情，有时也被批评被冷落，甚至屁股上挨一巴掌，但他总是弯弯嘴角，或流上几颗晶莹的泪，瞬间又咯咯地笑着，无忧无虑地玩起来，仍甜甜地叫爸爸，叫妈妈。这时，我就心静如湖，沉浸在幸福的气氛里，什么不顺心不如意都烟消云散了，感到格外洒脱轻松。

孩子一天天地大了，知道开辟自己的小天地了，小小房间便成了他的游乐园。他一会儿小心翼翼地把玩具排成火车，一会儿用积木垒起高楼，一会儿开动所有的电动玩具，一会儿又专心致志地画着小动物。我的小闹钟坏了，他拿来钥匙乱拧一气：“我给修好啦！”收音机我听着听着就不见了，被他悄悄地放进脸盆的清水里：“阿姨渴了，让她喝点水再唱吧。”一切他都想干，一会儿捅炉子，一会儿拖地板；一切他都想要，“我要月亮”“我要小猴子”；一切他都想问，“为什么汽车不会飞？”“为什么小猫不站着走？”他就是这样无拘无束，好动，好想，好问。面对孩子蓬勃旺盛的生命力，我周身就充满信心和力量，就想思考点什么，就想做点什么。

世间万物对他来说都那么新奇美妙，富有诱惑力，都能点燃他的微笑——林中蝉语、花丛蝴蝶、池塘粉荷、湖上轻舟……就连地上黑黑的蚂蚁群，他也要观赏一阵子，好像那里面也有一些动人的故事。他总爱把自己的小车子放到大人的车子旁："让大车子搂着它睡吧。"头碰到了门上，他便用小手轻轻地抚摸着："不疼了吧，哭可不是好孩子。"入托后，他常常捎回来歌声，捎回来新闻，捎回来礼貌。他用坦诚的目光待人，用善良的心情做事，对一切都无戒备和敌意。世界在这双童稚的眼睛里是美好的。世界应该是美好的。看着孩子这种神情，一种责任感油然而生，我们应该光明磊落地为人处事，我们应该为孩子创造一个风清月明的世界。

凝视、珍惜和挽留孩子的微笑，人生就变成了诗，变成了画，变成了音乐，人与人之间就温暖如三月，没有了冷漠和隔阂。如果你有了烦恼和忧愁，或当你患得患失时，不妨注意一下孩子的单纯与纯真，这可是灵丹妙药。

谁能永久地保存一颗童心，谁就拥有了欢乐愉快的一生。

青春20岁

儿子：

“Happy Birthday！”

儿子，今天是你二十岁的生日，是你青春二十岁！

在这个重要时刻，家长送给你的最好的礼物，是对你的关心和教育；你送给家长的最好的礼物，是学习的好成绩和成长的喜悦。

我刚公务接待回到房间，就开始把在飞机上想到的话记录下来，也算是一次在你的重要时刻、重要日子，与你的青春二十岁的一次谈心交流吧。

今天是你二十岁的生日，你已不再是因为蛋糕等礼物才盼望生日快快到来的年龄了。二十岁生日之前的这二十年，你可以随时哭，可以随时笑，可以吵，可以闹，也可以随意撒娇，就像一朵鲜花，灿烂地开放，坦然地成长，承接风雨，享受阳光。小时候，你是多么盼望自己快点长大，可以自由自在，不用听父母的唠叨，不用听老师没完没了的管教，有很多很多空闲时间自己打发，可以买自己喜欢的东西吃和衣服穿，自己有能力干自己喜欢的事情，可以实现自己远大的理想和美好愿望。

这就是二十岁，让人羡慕的年纪，做着梦、守候着梦成长。可以走路快如风，吃饭多点少点、好点孬点、饿点饱点都行，早睡点晚睡点、多睡点少睡点都可以。喜欢在雨中淋，有伞也不带。喜欢冲凉水澡，有钱也不舍得花。喜欢头发不理，脚也不洗，臭袜子扔得到处是……还称之为时尚，一个字“酷”。不管怎么说，二十岁的天空是清澈的、透明的、干净的，有如绸的天幕、远山的白云，是欣慰的、奋进的、激昂的、完美的。不足，都是成长中的不足；缺撼，也是成长中的缺憾。家长和老师都能容忍，自已也能理解。

今天你因为二十岁，心情可能比较复杂，有盼望、有激动、有兴奋、有满足、有思考、有压力和动力，也有要干一番事业、展示个人才能的冲动……

在转身的刹那，蓦然回首，二十岁就这样走过了。永远无法改变、永远无法重回的二十岁，就这样在不经意间，眼睁睁走过了。这期间，有天真、幼稚，有成长、成熟的感觉，也有成长的幸福和苦恼。这是一生中那段走得最快、最急，也是最单纯、最美好、最值得回忆的时光。这就是二十岁的秘密，这就是二十岁的人生历史。

青春二十岁，尤其是这个年龄的男青年，已站在人生的门槛上，正决定人生的方向和走向，正在创造走向成功的基础和条件。如果不锻造高尚的人格并掌握一定的专业知识、技能，就很难有所作为。马登在《伟大的励志书》中写道：“每个人的一生，都应该有一些比他的成就更伟大，比他的财富更耀眼，比他的才华更高贵，比他的名声更持久的东西。”这个东西，就是高尚的人格，高尚的人格是做人的成功脊梁和支架。

回望二十岁的足迹，正潇洒地向远方延伸。

激发二十岁的活力，该把“指点江山、激扬文字”的胆略和气魄放上人生与历史的天平上审视。

庆幸的是，你能在这二十年中平稳地、正常地、自然地、慢慢地长大，慢慢地成熟。全家人和你的老师都感到欣慰和自豪。

成长是一段岁月的记录、一个历史的过程。当多少年以后，你再回头梳理二十岁之前这段记忆的时候，就会发现，有许多事情值得留恋，有许多事情也有遗憾。但是，已经没有理由否定它，也没有可能重复它。时光永远不会倒流，人生没有后悔药。尤其是到了年龄大了的时候，对这段充满遐思和梦想，用青春的金丝线编织的时光，会更加留恋！

实际上，度过这二十年的岁月，你才会渐渐懂得那隐藏在天真、梦幻之后的喜怒哀乐、酸甜苦辣和荣辱宠惊的真正含义。

你是一个良好品德、才气和聪慧都兼备的孩子，也是全家老老少少寄予厚望的孩子。在这重要的时刻，我提醒你把握好五点：

一、要确立人生的目标和方向。实际上，人生在世不单单为了自己，更多是为了自己的亲人，为了朋友，为了民众，为了社会，这样活得才有价值。如果仅仅为了自己，为了自家，那是低级和庸俗的，也可以说是狭隘的。为了他人，为了社会，只要努力了，奉献了，终究会被社会和大家认可，人生也才有乐趣，才有社会威望和地位。切不可以自己的利益为圈子、为出发点，那样没有大的出息。随着社会的不断发展，科学技术日益更新，一切的竞争终将是个人素质、能力、水平的竞争。所以，应当认清自己与社会、与国家、与人民的关系，确定好立足点和出发点，以实现自我价值和人生最高价值为目标，努力在为社会和民众服务中体现个人的人生价值。例如，中华人民共和国成立后，所有人都获得了平等生存的权利，主要问题是发展，要改变贫困的困境；现在大家都富了，也自由了，但社会不够公正的问题更加突出，城乡差距、地区差距、收入差距、行业差距越来越大，目前应当重点解决公平和正义问题。谁在这个过程中想出了好的办法、做出了贡献，谁就是时代的英雄。

当然，社会是往前发展的、进步的，也是复杂的、多样的，是多种因素共同作用的结果，是不以个人意志为转移的。如果不是看社会主流、看发展趋势、看个人的努力，而是喋喋不休、耿耿于怀地抱怨，抱怨父母、抱怨老师、抱怨领导、抱怨单位、抱怨社会……只能说明自己的无知和浅薄。

二、要坚信一份汗水一份收获。世界上可能一份汗水一份收获，多份汗水一份收获，也可能洒了汗水没有收获，但是没有汗水绝对没有收获，这一点是千古不变的真理。你大学毕业走向社会就会明白，一个人的成长，一个国家的兴旺，一个民族的振兴，都有历史的、现实的、主观的、客观的原因，绝不是有好的愿望就有好的结局。追求两点一线式的一帆风顺是很难的，是没有奋斗经历和生命魅力的，也不符合人类社会的发展规律。“付出”终究大于“收获”，“付出”就会有个好心情，就会有个好人缘、好结果。任何时候、任何情况下，都必须脚踏实地、精益求精地、尽心尽力地努力，只有这样，才有好的结果。任何人、任何事情都没有捷径可走，即使走了捷径，也不会长久，也会被惩罚。所有有成就、有作为的人，都是以超常的毅力在拼搏和奋斗。羡慕别人的时候，只羡慕其成就不行，首先要想到该向人家学些什么。任何不想付出不想下力甚至不想做出一些牺牲的人，根本不可能有所作为。

三、要养成宽容大度的美德。随着年龄的增长，你会发现，拥有宽容这种美德，整颗心都会被骄傲、满足和幸福感填满，再没有容纳怨恨、失意的空隙。纳百川之水，才能成为大湖，甚至海洋；聚千山之石，才能成为峰巅。你的长辈有长处和优势，也有好多方面会不如你，但首先要学会宽容，容人、容事、容言，甚至容过。在家庭也要讲宽容。中国人的一项传统美德是孝顺。孝顺，是以顺为前提的，没有顺从，也就没有孝可言。对家人要宽容，对别人也要宽容。谁都想自己的好，但是不可能人人皆好。你可以不喜欢某些人，但不能歧视别人，包括门卫、清洁工、乞丐、身体残疾的人和你不喜欢的人，以及同龄、同经历但家庭、事业、成就不如你的人。即使别人对不起你的事情再大，也要换位思考，一笑了之；即使对不起别人的事情再小，也要牢记，及时做出真诚的道歉。

四、要学会常怀感恩之情。滴水之恩，涌泉相报。爱因斯坦说过：“每天我都要无数次地提醒自己，我的内心和外在的生活，都是建立在其他人的劳动的基础上。我必须竭尽全力，像我曾经得到的和正在得到的那样，做出同样的贡献”。一股清泉，必有源头活水；一棵大树，必有根下沃土。一个人来到世上，每一分成长进步，无不倾注着来自家人、师长、同事和社会的关爱与支持。有了感恩的心情，即使遭受挫折，受到某些不公正的待遇，碰到一些无法逾越的障碍，也不会怨恨失望，更不会自暴自弃。心存感激，就会对别人为自己所做的一切满怀敬意和感激，也就必然能够扩充心灵空间的内存，会在感恩中感到快乐和满足，就会成为人格更健康、更完整、更完美的人。

五、要提高自我管理能力。如果一个人没有自我管理能力，即自律能力，那他的敬业程度和工作业绩就会大打折扣，甚至会屡受挫折。一家大企业的人事经理举了这样一个例子：我们的上班时间是7：30，有人7：20就到了，有人7：30到，也有人7：40才到。在平时是看不出这三类人有什么本质的区别，但在关键时刻，就是因为这10分钟的习惯，有人有了成就，有人误了自身大事。这其实就是每个人的自律能力不同导致的不同后果。年轻时总希望成为注意力的中心，在任何事情的安排上首先考虑这一点。失去别人的赞同，没能成为众人注目的焦点，会感到不快和不安，甚至扬言要放弃。有了表现自己的机会，只是为了赢得周围人的喜爱和注意，冲动地做出不计后果的行为，会因此付出代价。无论在上大学，还是踏入社会，自我管理都到了独立阶段。虽然需要别人的协助与支持，但更多、更重要的是依靠自我。这既是个性不断完善的过程，也是人生稳步走向成熟所必经的阶段。我曾经多次告诫你：“最大的敌人是自己”“管住自己，能争第一”。现在你已经大了，必须靠意志来调节自己，靠良好的习惯培养自己，靠可行的目标激励自己，真正自我管理、自我约束、自我提高，最终塑造自强、自立、自尊、自信的品质。

青春二十岁，令人羡慕，令人嫉妒。青春是生命的起点，是美丽的天使，是清晨的朝阳，是草原上自由奔驰的骏马。

希望你能理解和实践，书写好自己的青春笔迹！

相信你能走向成熟和成功！

爸爸

2007年3月12日夜至13日凌晨2时于北京

2007年3月13日午饭后再改

牵挂是福

前段时间，我的一位老同事久病的老父亲谢世了，我与他谈起来，最后他禁不住长叹一声，动情地说了一句："老爹撇下我走了，老家我再也没牵挂了！"说完，泪珠在眼眶里闪动。"我再没有牵挂了"这句十分平常的话，却让我震惊，也深深地刺痛了我的心。我在思考什么是牵挂，为什么没了牵挂却又如此难过。

牵挂是一种精神的寄托，是一种灵魂的依偎，有时甚至是一种心灵的煎熬。历代文人墨客留下了许多警句名言。"少小离家老大回，乡音无改鬓毛衰""相见时难别亦难，东风无力百花残""独在异乡为异客，每逢佳节倍思亲"，无不是对牵挂的表露和抒怀。有了牵挂，人生才有喜怒哀乐，才有酸甜苦辣，人生也才变得充实、完美和完整。牵挂就像寒冬里的一缕阳光，让人在寒冷中享受到温暖；像跋涉沙漠突遇一泓清泉，使遭遇困境的人陡然看到生存的希望；像漆黑无助的夜空中响起一首轻柔的歌谣，使孤独的心灵得到慰藉。牵挂，成为人生旅途上一道五彩的风景。

人活在世上，总会在某一个时期或者某一种生存状态下产生出许多的情结，这种情结的产生是一种强烈而无意识的组合，内心世界的外在感受和表现就是牵挂，可以说牵挂是一种生命形态，也是内心世界的一种表现形态，是所有人都要寻找、都会经历和珍爱的精神家园或心理磁场。感情的深浅可直接表现为牵挂时间的长短和牵挂的程度，它给我们的生活增添了许多浪漫色彩，增加了许多快乐与幸福、感动与兴奋，甚至还有许多烦恼与眼泪、长叹与失望。一个人若有另一个人可牵挂，是一种幸福；一个人若被另一个人牵挂着，同时也是一种幸福。“孟姜女哭长城”的千古绝唱，“梁山伯与祝英台”的悲欢离合，“思君如满月，夜夜减清辉”的妙句佳章，无不描绘着因牵挂到极点，终致面容消瘦，直至付出生命的动人故事，给我们留下一个个至真至诚、留传千古的美丽传说。

牵挂，是攀结在人们心灵深处的美丽情结，是人与人、人与家庭、人与社会之间最为珍贵的一份情感。因为有了对亲情、爱情、友情、乡情的牵挂，我们的生活才增加了许多的遐想和渴望；因为有了那份牵挂，人间才充满了温馨，才丰富多彩。对亲情的牵挂，让我们懂得了养育之恩的艰辛、伟大和无私，以及报恩责任的神圣；对爱情的牵挂，让我们明白了真情的珍贵，道德义务的崇高和相互信任、相互理解的无尚价值；对友情的牵挂，让我们学会了理解人、鼓励人、尊重人、成就人的行为和宽厚善良仁慈的处事准则；对乡情的牵挂，让我们明白宋之问“近乡情更怯，不敢问来人”那种痛苦矛盾的心理和对故乡难割难舍的纯真情感。

人的一生始终被亲情营养着、包围着，也可以说是在牵挂中一天天长大、一年年变老。小时候时刻被父母、长辈守护着、牵挂着；进入青年时期、结婚生子，仍被日趋年迈的父母牵挂着，自己既是被牵挂的人，也成了牵挂父母和妻儿的人；等到自已年老体迈，更多地是牵挂子女。如果自己虽已年迈，但白发苍苍的父母依然健在，那份牵挂又特别让人激动、让人兴奋，更让人羡慕和珍惜。牵挂与被牵挂，在我们的生命中是不可缺少的重要内容，有时甚至是生命的全部意义和所有价值。有一份牵挂，似乎有一股暖流在心中荡漾，整个身心会温暖如春，甚至被一丝淡淡的栀子花香浸润着；牵挂就像生命中无形的丝带，穿越岁月和距离，穿越悲伤和恩怨，千丝万缕地牵系着心灵。对我们生命历程或成长历程中有过重要作用的人，我们总会依依不舍，铭刻在心。因为有了牵挂，我们才学会耐心地等待，才学会义无反顾地祈祷，才会在极其困难的时刻甚至是没有一些希望的时刻期盼甚至坚信奇迹的出现。这就是牵挂的魅力和魔力。

父母对子女的牵挂，就像一片纯洁的白云，会跟随着候鸟，虽然穿越千山万水，仍然萦绕在子女心头。兄弟姐妹间的牵挂，有如山间清溪，清澈透明。夫妻之间的牵挂，却似一首婉约缠绵的宋词，灼心的相思有时会使泪沾巾。朋友之间的牵挂，虽然不含血缘关系，但能给人以无穷的温暖和力量。牵挂，是实在的，是真切的，是看得见、摸得着的。譬如，端一杯水，买一袋药，流露着牵挂；问一声“早上好”，道一声“晚安”，表达着牵挂；一个电话、一句留言、一个眼神……无不包含着牵挂。

牵挂有时候也会让人伤感，在心头打一个千丝万缕、理不清、道不明的心结。这个心结会随着你的思绪之藤长满快乐的回忆，也会因为你的愁绪散发出忧伤的气息。牵挂包含了太多的内容，也承载着太多的寄托。牵挂不仅意味着付出和给予，也意味着收获和满足。许多事情不一定都有美好的结局，因而我们不仅会承受失落的无奈，有时还会经受伤痛的考验。

当人进入青年时代，开始谈婚论嫁时，会感受到被人牵挂或牵挂心爱之人的幸福。当心中开始有股冲动，一颗心牵着另一颗心，滋长出惦记一个人所带来的酸甜苦辣时，有时甚至夜难入寐，这种牵挂往往含蓄而真诚、刻骨而心痛。那份寄托和那份依恋，在彼此的牵挂中，相互关爱着、相互欣赏着、相互祝福着，同时给对方带来了许多温暖的记忆和快乐的遐想。当你的心里有了一个让你为之牵挂的人，你会从心底滋生出许多莫名的惆怅和担忧，以及许多莫名的骚动和折磨。你会在乎对方的所思所想，也会在意对方的所言所行。因而有时牵挂既是一份美好的感受、自然的成熟，又是一种痛苦的折磨、长久的期待。品尝痛苦，有时也是牵挂的真实体验。

以前小的时候，总搞不明白父母为什么总是没完没了地唠叨，其实父母的不放心是世间最真挚、最无私的牵挂。我们一生会爱很多人，亲人、朋友、爱人……最终，心中最牵挂的就剩那么几个人，他们让我们牵挂，舍不得，放不下，难以释怀。我们常常会辛苦地为他们着想，不停地为他们付出，默默地为他们祈祷，希望他们的未来幸福快乐！常常因为被牵挂的人的成功而喜悦，因为他们的失败而沮丧，因为他们健康而安心，因为他们的生病而担心、揪心。

我们在牵挂着别人，同时也被别人牵挂着。牵挂别人和被人牵挂都是一种幸福。

大多数的家庭，夫妻之间也并没有多少传奇经历、动人的故事和浪漫色彩，也许还有一些夫妻会不断地争吵甚至反目成仇，但却能在对方最需要时守候在身边，无微不致地关心和照顾对方。当然，最让人心满意足的就是物质文化生活丰富，家里一切顺当美满；最重要的是夫妻二人相亲相爱，相敬如宾。这样的家庭人人都向往，该算圆满中的幸福。反之，走过坎坷、清贫岁月之后，物质生活丰厚了，日子过好了，反而生出了什么误会、猜疑，冲散了家庭的温馨，反倒成为对“幸福”的亵渎了。岁月的磨合、长期的相濡以沫让夫妻彼此有一份不是亲情的亲情，一份生死相守的责任。“平淡是真”，平淡中的幸福是最朴素、最高贵，也是最真实的。

在这个世界上谁都有父母，可是又有多少人能真正领悟到爱的无私和伟大呢？我们年轻时往往嫌父母唠叨、啰唆，可是当我们自己老了的时候，能听到父母的唠叨却又成为一种福分、一种幸福，甚至是永远也不能重复的奢望，就像文章开头时我那位同事的感受一样。所以，趁着父母健在的时候，为他们做点什么吧，不要等到他们老了，不能吃了，不能走了，不能偿还了，才发现我们欠得太多太多！别留下遗憾和内疚。想方设法挤时间多看看他们，多逗他们开心，多孝敬孝敬他们，这样我们的心才会踏实、安然、舒畅，才会不留遗憾！

牵挂，是一份美丽的情结，是一份来自人类情感的最珍贵的礼物，是灵魂与灵魂的碰撞，是心与心的倾诉，是一颗心对另一颗心的惦记，它可以联结亲情，联结友情，联结爱情。

牵挂是一份亲情，一缕相思，有牵挂才幸福，有牵挂才有爱！

春燕归来

乡下是我的老家，也是燕子的故乡。

“小燕子，穿花衣，年年春天来这里。我问燕子为啥来，燕子说：‘这里的春天最美丽。’”孩子唱着《小燕子》这首儿歌放风筝的时候，春天就迈着灵巧而蹒跚的步子来了。那一群群身着燕尾服的燕子，就潇洒地从南方回家了。山村因此增添了诸多风景与情趣。

你看那燕子，身材修长而短小，光滑精美的栗色翎羽，雪白无瑕的胸毛，剪刀式的长尾巴，黄黄的嘴巴，机灵的眼睛，敏捷活泼的神态，与人为邻、以人为亲的品行，真可谓活脱脱的春之精灵。那燕巢是恩爱成双的燕子用口衔的泥巴和草屑，再混上自己的唾液一点一点砌成的，多筑于农家堂屋屋顶北侧的横梁上，那样子就像半个泥罐、半个碗，像是粗糙的工艺品。巢筑成了，再从外边叼来一些碎草和羽毛铺垫一番，就可在上面哺养子女，尽享天伦之乐啦。“不知细叶谁裁出，二月春风似剪刀”，贺知章先生笔下的“剪刀”分明是燕子的尾巴。燕子“剪刀”般的尾巴飞舞着，伴随那优美的旋律，剪掉多少深冬的寒冷，剪来多少崇尚春天的梦幻，剪得春雨细细柔柔、如丝如缕、洋洋洒洒，剪得绿草如织、溪涧潺潺、翠柳飞舞，剪得山里人唱起粗犷的赶牛调、躬身耕耘。中国历代思想家讲究天人合一，如今又强调社会和谐，这种人文传统和时代精神在燕子与农户的相处中表现得淋漓尽致、融洽默契。

清晨的山乡素雅、恬静、温馨，绿油油的麦田，葱郁繁茂的树木，简洁质朴的农家小院，还有袅袅升腾的缕缕炊烟……仿佛是一团披着薄薄轻纱、朦朦胧胧的梦。睡醒的燕子展开双翅，轻盈地飞出窝巢，一只、两只、又一只……叽叽喳喳的叫声划破山野的寂静，一会儿工夫，绿树丛中，农舍屋顶，到处都是燕子飞翔的身影。这些可爱的小燕子，时而在蓝天中箭一般上下翻飞，冲散片片白云和缕缕炊烟；时而栖落屋顶、门前，轻松漫步，迈着方步悠闲地四处张望。有时远处长长的电线上布满黑色的密密麻麻的小点，像一串歌唱山乡风光的五线谱，又像一排刚上学的孩子在听着口令做早操，那景致别有一番韵味。怪不得孩子们都喜欢电视连续剧《环珠格格》中赵薇扮演的小燕子，那聪明、活泼、自由、俏皮的性格，正是燕子和孩子相通的天性。

燕子恋人，恋家。无论贫富，不管房子高矮，只要选中谁家，在谁家筑了巢，明年春天必定不远千里万里，不顾风雨飘摇，历经磨难，继续回到老房东家。进门一看，那屋梁上的燕巢也必定保存得完整如初。相传春秋时吴王的宫女，晋代的傅咸先生，都曾剪去燕子的一只脚爪，检验燕子明年是否如期而归。这残酷的办法是对燕子品德和能力的一种污辱。山乡虽然每年都有新燕子来，可主人与新燕子的父母是旧相识、老邻居。燕子与农家相敬如宾，相处和睦，共同度过每年这段美好的时光。

春天是农家最繁忙的时节，庄稼人天不亮就下地，耕田、播种、除草，如果遇上旱天更是累上加累，只好没白没夜地辛勤劳作。这个时候，到山村看看，你会发现一个奇特的现象：许多农户家的大门紧锁着，而堂屋的门却大敞着。原来主人担心妨碍燕子进进出出，下地劳动时干脆把门开着。谁家住着燕子，谁家能把堂屋的门开着，谁家就住着福气和吉祥，就守候着丰收和喜庆的消息。

那是个非常安谧的上午，春风轻拂，吹在身上暖洋洋的。我坐在院子里的那棵大槐树底下静静地读书，忽然一阵燕语从天而降。住在我家的那窝活泼伶俐的燕子外出觅食归来，在进屋之前先栖落在我家那棵梧桐树上，兴奋地讨论着什么。那话一句接一句，又急切，又欢快，像一群春游归来的小学生，喋喋不休地争抢着倾述所见所闻。老燕子看着小燕子日渐老练，心情激动，飞上飞下，手舞足蹈。我听不懂它们的话，但我分明感受到它们的快乐。我目不转睛地欣赏着，突然，那只小燕子竟然悄悄落在我学习的桌子上。我屏住呼吸，小心翼翼地仔细端详着，忍不住轻轻地、微微地笑了。与这小精灵如此近距离地接触，竟让我十分激动，紧张和欣喜迅速传遍了我的每一根神经。我能看清它的每一根羽毛，刚刚长出的乳毛细细密密的，还黑白相间呢。那小燕子眼睛黑黑的、亮亮的，嘴唇黄黄的，小脑袋摇来摇去，还用嫩黄的小嘴巴啄了几下我的书本，透出几分天真和调皮。那叽叽喳喳的叫声，是在问我什么？还是想告诉我什么？还是在转告它的母亲我在看什么书？我们没法用语言沟通，但我读懂了它那单纯、友善的目光。我鼓鼓嘴，轻轻吹吹口哨，它竟然高兴地点点头。我们像是一对好朋友，用彼此的真诚和善意守候这短暂而美妙的时光。在那充满快乐和感激的对视中，我异常轻松，心中沉积了多日的疲倦和郁闷，随着小燕子的身影飘散了。

春天的山间田野，花争红，柳吐绿。燕子们争相展示优美的舞姿，感受着春光的爱抚和生活的乐趣。它们与人和睦相处，捕食昆虫，保护农作物，守候农家的收成。那时我没出过远门，对外面的世界一无所知，常常羡慕小巧的燕子志向高远、见多识广。那翅膀一展就是十里八里，可以与风儿对话，与百鸟交流，仰视宇宙，俯察万物，看尽崇山峻岭、山川河流、人间沧桑，那小脑袋里一定装着无数的趣闻，刻着丰富的生活阅历。它们生活简单，在可信赖的人家屋里垒一个巢，就自由自在地生活；秋天凉了，又携带子女迁徙到富庶的南方；春天来了，又飞回风和日丽的北方。一生专挑好地方。随着对燕子的深入了解，我才渐渐体会到它们的艰辛，它们的喜怒哀乐，甚至是在生活中蕴藏着的惊险和无奈。

燕子是鸟类家族中典型的“游牧族”。为了生计，必须带领子女跋山涉水、长途旅行，抵抗暴风雨的淫威和烈日的暴晒，甚至耗尽生命。因而燕子更懂得珍惜生活，一旦安顿下来，总是恩爱和睦，小燕子们享尽长辈无限的疼爱。燕子从南方回来不久，小燕子就降生了。这时的老燕子异常勤快，忙着捉来各种各样、活蹦乱跳的小虫子，有时一嘴能叼来几只。老燕子刚飞进屋，那几只小燕子就张开黄黄的小嘴，喳喳地叫喊争抢。小燕子吃饱了就开始撒娇，头在老燕子身上拱来拱去，然后安静地睡觉。小燕子渐渐长大了，应当学飞了。记得有一只小燕子胆子特别小，别的兄弟姐妹都会外出觅食了，而它仍然胆怯地叫着，扑棱着翅膀就是不敢从巢里往外飞。燕子妈妈急了，一翅膀把它打出了燕巢。谁料这只小燕了忽忽悠悠地飞了几下，掉在了我家堂屋的地上。这时小燕子急了，咧着嘴大声惊叫着，恳求妈妈解救。老燕子担心孩子受到意外伤害，惊恐万分，那叫声近乎凄惨和绝望，一边在屋里七上八下地翻飞着、示范着，一边急切地催促着、鼓励着，竟几次想把小燕子叼起来。小燕子急中生智，扑棱了几下翅膀，歪歪扭扭地飞到了院子里、落到树上。小燕子没有责怪妈妈，反而兴高采烈地唱着、跳着，那分明在说：多亏妈妈那一翅膀，才让自己长大，学会了飞翔。老燕子见小燕子有惊无险，欣慰中又透出一分难割难舍。小燕子的飞翔和独立是老燕子的殷切期望，也是孩子脱离家庭、走向独立的开始。燕子们就是这样在爱与恨、聚与散、别与离、生与死之间一辈辈承接和繁衍。从此我懂得了，为什么山村那些曾经仰望着燕子和体会过燕子品格的少年都学会像燕子一样，勇敢地冲出封闭的山寨，到外面的世界去寻求另一个春天、另一番风景……

燕子最体谅人，最关心人，从不给农家添麻烦。窝里的垃圾一点点地叼在野外，从不在屋里留下任何脏物。主人在家时，躲在燕窝里呢喃细语，温文尔雅。天要下雨，燕子们总是喳喳叫着，在你的面前反复低飞，给你预报气象，提醒你该下地给庄稼排水防涝，出远门别忘带上蓑衣或雨伞。即使下雨天羽毛被淋湿了，总是在进屋之前先抖抖翅膀。一场秋雨一场寒，燕子们必须在霜降前恋恋不舍地飞向南方。它们不愿惊动邻居，也不愿邻居因它们离去而伤心，总是选在夜深人静、明月当空的夜晚迁徙，走的无声无息，不留任何声响和只言片语，甚至连一根轻柔的羽毛也不留下……只把一种期待留下，一种美好的记忆留下。

“年年此时燕归来。”上几岁年纪的人总是盼着儿女早早像小燕子长硬翅膀飞上蓝天，然后又盼着孩子像飞出的鸟儿常常回归母巢团聚，你一言我一语诉说辛酸与幸福。在外的人离乡久了，见到回归的燕子，胸中自然涌动思乡、回乡的情感，渴望如同燕子年年飞走、年年回来。叶落归根，总得回到自己在南方或北方的旧巢。“无可奈何花落去，似曾相识燕归来。”冬已过去，春暖花开，我们该像那美丽勇敢、感恩重情的燕子，义无反顾地飞回老家……

怀念我家那条老黄狗

我小的时候，我家还住在村庄的东岭上，离村不到两华里。那路弯弯曲曲、坑坑洼洼的，像是一根黄鞋带。路两边是茂密的杂草，再往外就是茂密的树林子和庄稼地了。

据老人讲，旧社会祖辈上为了给富人家看林子、养家糊口，在林子中盖了几间草屋，就这样一辈辈地生存下来了，到我这辈已上百年了。我上小学时，还是60年代中期，那树林子还特别茂密，什么柞树、松树、槐树、柏树，都长得很壮、很旺，树下是叫不上名字的灌木、杂草和野花，还有柴胡、桔梗等中药材。那树枝、树叶不动声色、比赛似的伸展，虽然很拥挤，但平和谦让，因而林子越来越密，树荫也越来越厚重。走在林中小路上，感到异常凉爽。

那时候学校抓得很紧，教我们的老师是邻村的，头发花白，身体微胖，慈祥严厉，长期住在学校里，心思全部倾注到了孩子们的身上。我刚上二年级时，学校晚上开设自习课。村里很支持，每天晚上在教室里点上一盏大汽灯，老师穿着汗水浸黄的大汗衫，戴着老花镜，一边坐在讲台上仔细批改作业，一边随时回答学生提出的问题。学生们很规矩，捣蛋鬼也不敢乱说乱动。别的孩子都住在村里，而我家却在山岭上。那时生产队里每天晚上也组织一些活动，大人们或者挑灯学习背诵语录，或者整地、送粪，没有时间接我。每天让我最犯愁的事，就是晚上放学后独自穿过那片树林回家。

夏天，月光下的山是有层次感的，天空就像一块深蓝色的布，点缀着闪烁的星星。群山千姿百态，远望黑黝黝的，像拉练的队伍，近处的树荫竟然像一个个的黑洞，阴森森的。林里的各种小动物，黄蜂、金蝉、螳螂、蟋蟀、蜘蛛、蝴蝶、青蛙、野兔、黄鼠狼、蛇等，时而在身边弄出点声响来。风穿过林子，树叶一阵躁动，就连地里那茁壮的高粱、玉米也惊吓得你推我搡，沙沙作响。那树叶、庄稼叶沙沙的声响与脚步声纠缠在一起，好像有人跟随在身后。有时，脚下踩上一只软乎乎的蛤蟆，会被吓得一蹦而起，拔腿飞快地跑。但不管跑得多快，那声音依然跟在身后边。

我清楚地记得，那是一个伸手不见五指的黑夜，天上下着雷雨，闪电在天空飞舞，那路已被水冲得沟沟壑壑。我背着书包往家跑，脚底和腿上沾满泥浆。山路的南侧是一片林地（沂蒙山区称埋葬祖先的地方为林地），簇拥着无数的坟头。据老人们讲，那鬼火是死人的灵魂在游荡。许多人在坟林里走迷了路，被鬼火领着在一个地方来回转圈。按照乡下的说法，是被鬼罩住了，没有火光是走不出迷魂阵的。坟边和坟头上长着许多灌木，有的像站立的人在晃动。想起那些鬼怪故事，望望周围的景物，听听林中的鸟叫和水流声，只觉得头皮发麻，全身打颤，举步维艰，泪水悄然涌上眼眶。这时，有一个黑乎乎的东西在路边的树木里窜动，我迅速弯腰摸起一块大石头。肯定是遇上狼了，老人们常讲狼是最爱吃小孩子的。我的心一下子提到了嗓子眼，站在那里不敢动了，只等着与狼拼命。突然，狼冲出来了！我正要扔石头，却听到熟悉的汪汪的叫声，是我家那条老黄狗！我疑惑地大喊一声："黄——？"正在我犹豫之时，老黄狗已跑到我跟前。我定神一看，老黄狗早已被雨淋透了，它摇摇身上的水，竟然伸出前爪扑到我身上，嗅了嗅，用舌头舔了舔我的脸，然后哼哼地叫着，摇着尾巴，围着我转了几圈。这真出乎我的预料。我顺手扔掉石头，用力抚摸着它的头，说不出有多兴奋和高兴。那条狗特别懂事，可能是担心惊吓了我，为了表示歉意，竟用嘴从我身上扯下书包，叼起来跑在我的前边，为我开路。没走出几步，远处山岭上传来狼的叫声。那叫声令人毛骨悚然，竟然让我在那炎热的夏天感到刺骨的凉。老黄狗也有几分惧怕，跑回来，把书包扔给我，贴着我的身体，伸直了尾巴，一边汪汪地叫着，一边急匆匆地伴我往家赶。等我们回到家中，我的衣服上已浇满了雨水和冷汗，全身有些颤抖。那老黄狗也躺在地上，抽动着长舌头，喘着粗气。

从那以后，老黄狗每天晚上都要到村东头去接我。村东头有口老水井，等我放学出来，它早已坐在井旁了。有几次，我到井旁时，却找不到它。谁知它就藏在周围的树丛中或墙根。它调皮地跟我捉迷藏，突然给我一个惊喜。我把书包挂在它的脖子上，它就跑一会儿，坐在路当中等我一会儿。等我赶上来了，它再跑一会儿，然后再等我一会儿。有时我抚着它，理顺着它软绵绵的毛，一块往回走。从此，我走夜路不再寂寞，也不再害怕，倒还增添了几分童趣和坦然。

老黄狗成了我的好朋友、好伙伴。无论是春夏秋冬，还是风霜雨雪，无论是月光明媚，还是伸手不见五指，在那林中的小路上，老黄狗像一位忠诚的卫士，护送着我度过了那段难忘的学习生涯。怪不得郭老自称天狗，赫胥黎以达尔文的斗犬自居，《太平广记》还记录着义犬救主的故事。

等到我上高中的时候，我家的老黄狗因为年老体弱，经常咳嗽，卧在地上不能起来了。一家人急得团团转，尽量帮助它调节饮食，更换身子下面铺的草，但它还是在一个夜晚平静地离开了这个世界。天刚亮，我就跑去摇摇它，它已经不动了，我的眼泪顿时涌出眼眶，大声喊着：“黄死了，黄—死—了！”全家人十分心痛，谁也没有心思吃早饭。当时，山里人家日子穷，长期闻不到肉味，好心的邻居来劝说：把皮扒了，煮煮给孩子们吃了吧。邻村卖狗肉的也登门："你们自己不舍得吃，干脆卖给我吧！"我们全家人都在摇头，我竟然破口大骂："你们滚，你们滚！"等到夜深人静，我叔叔把老黄狗包好，悄悄把它深埋在了一个无人知晓的山沟里。

如今回想起那段岁月，我仍然难以掩藏心中的思念和感激。

我怀念我家那条老黄狗。

腊梅花开的声音

“春为一岁首，梅占百花魁。”梅花，是世界著名的观赏花木。她的神、姿、色、态、香，均属上乘，深受中国人喜爱，是“岁寒三友”“四君子”的重要成员。观赏梅花的风气，始于汉初，到南北朝、隋唐时期，赏梅、咏梅、艺梅之风已相当盛行，宋代咏梅的诗词、书画佳作更是甚多。古人除赞赏梅花的色香外，还特别注重其枝的姿势形态。正如清人龚自珍诗曰：“梅以曲为美，直则无姿。以欹为上，正则无景；以疏为贵，密则无态。”

腊梅又称黄梅或香梅，虽名为“梅”，却非“梅”。因其与梅同时开放，香又相近，且多在腊月开放，故得名。腊梅在花的家庭中，是一年中开得最晚的，又是春天到来之前开得最早的。隆冬的冰雪、寒风挡不住她迎春的脚步，三九的坚冰冻结不了她开放的激情，皑皑白雪更增添了几分妩媚，丝丝清香更显几分清雅……古时文人之所以把腊梅赞为玉，是因为腊梅花朵珠圆玉润，色泽黄而饱满，犹如暖玉。李清照对梅花更是偏爱，她曾在《漱玉词》中咏赞道：“玉瘦香浓，檀深雪散，今年恨探梅又晚。”料峭冬日中，腊梅更显浪漫与婉约。

那是个深冬的清晨，冷风习习，空气也像是凝固了似的。突然发现窗外那棵外型苍劲的腊梅，周身虽然没有一片抵挡风寒的叶片，寒风却没有伤及她那娇嫩的花蕊。我望着这棵饱经风霜的腊梅，心里陡然升腾出一股激动与兴奋。夜晚，天空的星星闪闪烁烁，我站在银色的月光与清风之中，再一次凝眸腊梅花。腊梅花在寒风中透露出她内心奇妙的光芒，像爱神的化身在闪动人性的光芒。我轻轻地触摸，分明感觉到她的目光温柔而又坚定，隐约中听到了梅与人之间的热情明快而又铿锵有力的音乐之声、心灵之音。

腊梅是真正的岁寒绝品。深冬腊月，腊梅迎着凛冽的寒风，褐色枝条上粘贴着星星点点米粒大的花苞，像纯洁的少女在抿着嘴、灿烂地笑着，期待舒展那密密的黄花瓣。当第一朵腊梅花绽放，那绽放的声音便迅速传遍整个枝头，整个枝干上的蓓蕾都激动起来，小心翼翼地承接着第一朵腊梅所带来的冬日及春日的信息，更细心地承接着信息密码中所蕴含的某种精神和心境。当一缕阳光落在腊梅树上，黄色的梅花顶着寒雪，无遮无掩地昭示着腊梅之美。让人陡然想起王安石的诗句："墙角数枝梅，凌寒独自开。遥知不是雪，为有暗香来。"那鹅黄色的腊梅花，给人以视觉、嗅觉与味觉的冲击，给人以生命的力量和美的永恒，给人以温暖的期待和春天的消息。那花瓣看上去晶莹而剔透，像是蜡制的，那是一种高雅而圣洁的美，是一种超凡脱俗的美，是一种震颤灵魂的美。因对梅花的偏爱，一些名人志士隐居乡间，在山林旷野、茅舍前后种几株梅，潜心守梅、护梅、赏梅，追求悠然自得的人生境界。元代王冕爱梅、咏梅、艺梅、画梅成癖，隐居于九里山，植梅千株，其《墨梅》诗名扬天下："我家洗砚池头树，个个花开淡墨痕，不用人夸好颜色，只留清气满乾坤。"

季节不等人。腊梅早已幽香袭人，俏立枝头了……腊梅在无叶的干枝上伸展着她的高雅姿态，无绿叶的捧扶，更显不拘一格了。凝望梅花，闻一闻那淡香的气息，做一番心的交流，那一份傲骨的气息传递过来，心情自然平和了些许，伤痛也就少了些许，就有潇洒面对逆境、困难的人生境界和宽容、顺其自然的处事心态。

“雪霁天晴朗，腊梅香处处。”腊梅迎霜傲雪，冲寒而开，香气清而幽，形态艳而不俗。冰冷中隐约着一丝冷艳，幽香中隐含着一种高洁，留给人们的不仅是芳香，还有一种永久的回味和思索，一种崇高品格和忠贞气节，这是一种清高脱俗的品质。“疏影横斜水清浅，暗香浮动月黄昏。”宋人林逋的词脍炙人口。那腊梅斗雪吐艳、凌寒留香、铁骨冰心、高风亮节的形象，鼓励着处于困境中的人们自强不息，以坚忍不拔的意志迎接春天的到来。

《警世贤文》中“宝剑锋从磨砺出，梅花香自苦寒来”这句充满哲理的诗句，曾激励了多少青年学子顽强拼搏。“俏也不争春，只把春来报。待到山花烂漫时，她在丛中笑。”毛主席《咏梅》的诗篇，热情讴歌了梅花的品格，坚冰不能损其骨，飞雪不能掩其俏，险境不能摧其志，这和陆游笔下“寂寞开无主”“黄昏独自愁”的梅花形成了鲜明的对照。20世纪60年代，大街小巷“红梅赞”，家家户户“洪湖水”。“红岩上红梅开，千里冰霜脚下踩”，一曲《红梅赞》，一朵红梅永不败！先烈们的铮铮铁骨和浩然正气在裂变，在凝聚，在与时代碰撞同行。

皎洁的月光下，看腊梅那一朵朵黄色的小花依然顶着寒夜开着、散发着香味，让人陡然觉得生命原来是可以这样顽强地绚烂并美丽着。夜深人静，用纯粹、平静的心态静听腊梅花开的声音，是那么自然、纯朴和神圣。每一个人的心中都该有一枝腊梅花开着，每一个家庭都该留一缕腊梅花香的味道。

腊梅花开的声音其实是心灵深处的声音，是一种心境或者说是一种只可意会不可言传的感觉，是诠释人生沧桑悲壮的乐曲，是铭刻于心田的记忆和期盼。每个生命都是一朵花，人就是在漫长的岁月长河中不断开放、凋零的花朵。坚守一份幸福、一份牵挂、一份责任，就有了微笑的根基和营养。自然开放的花朵是最美的，轻松的微笑是人生最灿烂的。珍爱生活，守候爱情，宽厚待人，幸福就会在心灵花瓣上恒久飘香。

人的一生，其实就是一个花期。只要生命不停止，就有开花的理由和渴望。花开的瞬间，是一首美妙而无言的小诗；花开的声音，是一段激情的旋律，那轻快明朗的人生音符跳动在心灵的键盘之上。

狗尾巴草戒指

狗尾巴草，一种乡野田间随处可见的普通植物，与象征相思的飞燕草、象征爱情的红玫瑰、象征真情的康乃馨等花草相比，显得那么微不足道。但她时常伴随我美好的回忆不期而至，难以忘怀……

世界是由人和生物构成的，因为有了各式各样的元素才使我们的世界和生活丰富多彩。普通的狗尾巴草，在路旁、山坡、滩地甚至旧墙头、破屋顶，都能生存。它不择水土，只要有能扎根的地方，它就可以活下来，高及腰间，矮掩脚踝，柔弱又坚强。碧绿的叶修长舒展，嫩绿的茎笔直饱满。花是淡淡的白色，缀在纤细的草芒上，像悬挂着的扁长的小铃铛，轻盈，灵巧。籽就躲在花下，在细芒根部，一粒一粒，拥挤在一起，饱满且结实。茎的顶端擎着狗尾巴般的穗子，所有的芒都怒张着，像充了电一般，那穗子就是毛茸茸的一束，斜垂着，在风中摇曳，给荒芜淡然的乡野增添了充满野趣的唯美的风景。狗尾巴草就用这穗子结籽、繁衍后代。

没有人留心狗尾巴草何时萌芽、发绿、结籽，大家都习惯欣赏它的葱茏茂盛，习惯它在秋风中枯黄，春天又悄然无息、肆无忌惮地出现在我们的视野中。狗尾巴草拼命把根扎到寸草不生的沙砾之中，顽强地生存、生长。荒野里，上接雨露，下吸地气，独享阳光， 喜欢与风儿逗乐。知道无人关注，所以不企望追求生命的高度，更重视和珍惜当下身处之地，即便骄阳似火，也不怨恨和急躁，慢慢调整心态，坚守信念，快乐成长，所以人们总是看到狗尾巴草精神抖擞，潇洒恣意地展示生命的旗语。

尤其是花草芳菲的秋日，狗尾巴草在清风中自由摇曳。那纯洁无瑕的草穗，披上几缕金黄的阳光，透明、温顺、柔美，时而被风轻轻吹向一边，像是在跳集体舞。即使是几穗，有深秋的金黄的树草作为背景，也一幅美妙的景色，那是刻在我灵魂深处、抹不掉的金色记忆。

当年我们老家的县城很小，北部是稀疏的民房和新开通的火车站。那是1983年的秋天，新火车站周围的山丘上依然长满了五彩缤纷的树木和片片狗尾巴草。当时我正与妻子处于热恋中。那天下午，我们来到山坡前的草地上，望着那片片高矮不同、疏密不一的狗尾巴草，随手拔一根狗尾巴草茎，慢慢在嘴里咀嚼，品味着草香的味道。她惊奇地指着成片的狗尾巴草说：“你看那草，多美呀！”只见那片狗尾巴草沐浴着一层夕阳的余晖，显得平静而执著、朴素而坚忍，显出平时少有的清纯可爱。我们被黄昏中诗意的狗尾巴草深深感染和感动了。掐下毛茸茸、软软的穗子，扫在脸上柔顺自如、痒痒的，很是舒服。我悄悄用狗尾巴草为妻子编织了一枚草戒指。那戒指插上几片秋风，洒上几缕阳光，金光闪闪，煞是漂亮。我把它当作贵重的礼物，郑重地献给了妻子，表达我的一片真心。

夕阳覆盖的山坡上，坐着两个痴情而真实的身影。

随着年龄增长和家庭条件的改善，先后给妻子买了金戒指和钻石戒指。岁月蹉跎，一直珍藏在心中的却还是那枚无比珍贵的草戒指。有些东西虽然很普通，但一旦进入生命、进入灵魂，就成为了永恒。

狗尾巴草，没有玫瑰的华丽，也没有牡丹的雍容华贵，更没有桂花的扑鼻飘香，不矫揉造作，但它具有朴素自然的品格和顽强不屈的生命力。我们结婚后，妻子从娇弱、高贵的公主变成了传统的贤妻良母，精心经营家庭、孝敬父母、养育儿子。我爷爷在世时曾告诉我，我是因前世修好，才能娶到这么漂亮孝顺、令全家人称心如意的媳妇。我们的诺言像钉子一样嵌入心灵，虽品味了世间风雨，过早地经历了人生寒冬，却依然朴实而善良、真实而幸福地生活着，相敬如宾，恬静安然。

有时候草可以代替真金，有时候真金却代替不了普通的草。草戒指，在经过岁月的打磨和人生磨难以后，反而越来越珍贵。我时常被那份平凡的记忆而感动，被那最初的青春约定而激励。

爱情形态

据史书记载，就爱情与婚姻问题，柏拉图与苏格拉底曾有过非常经典的对话。

柏拉图问他的老师苏格拉底："老师，什么是爱情？"苏格拉底就让柏拉图到麦田走一趟，但要一直往前走，不允许回头，在途中要摘一支最大、最好、自己认为最满意的麦穗，但是只能摘一次。柏拉图觉得这太容易了，就充满信心地走出去了。谁知过了半天他仍没有回来，最后，他竟然垂头丧气地出现在老师面前，诉说起空手而回的原因："我看见一支支麦穗都很不错，但因为只能摘一次，却不知是不是最好的，只好一次次放弃，想再看看有没有更好的，到后来发现已经走到麦田的尽头时，手上却一支麦穗也没有。"这时，苏格拉底告诉柏拉图："这就是爱情。"

柏拉图有一天又问他的老师苏格拉底："请问老师，什么是婚姻？"苏格拉底叫他到前面的杉树林走一趟，要不回头地走，在途中要取一棵最好、最适合作为圣诞树的杉树，但只能取一次。柏拉图有了上回的教训，充满信心地出去。半天之后，他一身疲惫地拖回了一棵看起来直挺、翠绿，但枝叶有些稀疏的杉树。苏格拉底问他："这就是你认为最好的杉树吗？"柏拉图回答老师："因为只能取一棵，好不容易看见一棵看似不错的，但又发现时间和我的体力已不够用了，也不管是不是最好的，就拿回来了。"这时，苏格拉底又告诉柏拉图："这就是婚姻。"

爱情如酒！如同一杯烈性酒，浓烈而醇绵，透出一份执著；又如同一杯红葡萄酒，浪漫而惬意，包含一份神秘。

爱情是一种与审美和情欲甚至与传宗接代、人类繁衍生息都密切相关的情感生活，婚姻却是一场实实在在的现实生活。真正的爱情需要在平凡而残酷的现实生活中经受检验，并变成现实的具体而生动的实践。爱情和婚姻是两回事，当然彼此相互连接。纯粹地说爱情是婚姻的基础，无疑是不全面的，有时会显得偏颇。

爱情是男女二人在互爱的基础上的爱、情、性的统一，是建立在男女二人间的互爱的情感、性情与关怀、责任统一起来的专一、忠诚的情感世界。由此看来，爱情是在爱的基础上，由男女双方因互爱而产生的有情有义的情感世界。

婚姻却是男女二人在具有爱情的基础上，根据国家法律规定，为人类繁衍而组建的一个社会单元。因此，爱情不一定要有婚姻之实，但婚姻一定是在爱情的基础上建立和发展的。即使在刚开始时，二人因其他原因而被迫结婚，但只要夫妻二人能正确地对待婚姻，在天长日久的相互关心、关怀、支持与帮助下日久情深，也是能够产生情真意切的爱情的，从而完善婚姻的基础，使婚姻更加完美和牢固。

所以，爱情是婚姻的基础，婚姻是爱情的升华！

爱情是什么？广义地讲，有爱的情感都可以叫爱情，如父（母）子之情、亲友之情、师生之情等。狭义的爱情通常指男女之间相互的爱慕之情。爱情是指心理成熟到一定程度的个体对异性个体产生的具有浪漫色彩的高级情感。或者说，爱情是男女间基于一定的社会基础和共同的生活理想，在各自内心形成的倾慕，并渴望对方成为自己终身伴侣的一种强烈、纯真、专一的感情。理想的爱情应该像泰戈尔描述的一样，轰轰烈烈地追求，柔肠百转地缠绵，扼腕嘶叹地追悔，心神不宁地痛楚，爱得死去活来，美丽动人，刻骨铭心，惊天动地。真正的爱未必浪漫，但一定是真挚、真诚的。明知对方存有许多缺点和不足，但却自觉不自觉地包容对方，在心目中塑造成绝对完美的形象，甚至把缺点看成了优点或独特之处，真可谓“情人眼里出西施”。文人墨客喜欢背诵《汉乐府·上邪》：“上邪！我欲与君相知，长命无绝衰。山无陵，江水为竭，冬雷震震，夏雨雪，天地合，乃敢与君绝！”平常人也会执著地回答：世界上的人很多，只有一个人爱你，那人肯定是我；如果世界上没有人再爱你了，那肯定是我不在这个世界了……

爱情到底是什么形态？应当是真真切切、实实在在的，但无法用手触摸，只能用心去感受。只要真爱了，幸福会悄然洋溢在脸上，藏不住、掖不住，周身散发着幸福的芳香。滚滚红尘中，两颗心互动磨合，从灵犀一动到浑然一体，是两个灵魂从吸引和排斥到亲近的过程，是个非常艰辛、漫长的过程，甚至是痛苦、艰难的过程。真正的爱情，需要两个人用一生的心血来坚守、来浇灌，最高境界应是如此平淡：“如果我只有一碗稀粥，我会把一半献给母亲，另一半给你。”

青年时代：在没有接受对方的时候，其实就已经知道他（她）有许多缺点，但还是愿意把感情托付给他（她）。在对方取得成绩的时候默默地分享；遇到挫折的时候心甘情愿地帮助；感到失意的时候及时给予鼓励，从不期望任何回报。听别人倾诉恋情基本上属于白费工夫，因为这种题材是不容讨论的；请热恋中的人来聚会纯属浪费时间，因为在他们眼里谁都不存在。渐渐地，开始为对方牵肠挂肚，有时思念会锥心刺肺。为了一个消息、一个电话、一个身影，会废寝忘食地、傻傻地、呆呆地、莫明其妙地等待。明知他像个土老帽，还愿意精心地去打扮他；明明自己爱干净、有洁癖，却甘愿为他洗油腻腻的饭盒、脏兮兮的臭球鞋；明明家人和世人都认为很不般配、不协调，却依然趾高气昂地、手牵着手地从众人面前走过。眼中流露出生生世世的依恋和从容，让人为之怦然心动。幸福与忧伤并存，甜蜜与苦涩相融。真正的爱情是可以让人中邪、着魔的浪漫与海枯石烂的执著，是一幅美妙动人、刻骨铭心的画卷。

中年时代：爱情长成同心树、连理枝，在同一块土地上伸展枝条、开花、结果，爱情扎根于平淡的生活，持续柴米油盐的琐碎生活和波澜不惊的日子。共同经历了几十年的风风雨雨和磕磕碰碰，真正形成了默契，眼神、动作都成了只有对方才能懂的独特语言。开始懂得珍惜，珍惜来之不易的一切。此时，爱情是患难与共、生死相依的生命基石。

晚年时期：生活和蹉跎岁月已脱落青春年华，相互成为生命的一部分，或者对方生存的拐杖，用心，用微弱的呼吸守候属于自已的、并不惊天动地的、单调平凡的爱情，在生命最后的琐碎的生活细节中阐释厮守一生一世的价值和意义。你看，在煦暖的夕阳下，在落满金黄树叶的乡间小路上，一对历尽沧桑和世间风雨的满头银发的老人正手牵手在漫步，缓缓地、满脸幸福地回忆着往事……其实往事早已远逝，只有追忆长存在反应迟缓的脑海里。

爱情也是时代的产物，姑娘的择偶标准自然会打上时代烙印。三十年前，“爱情”只能藏在心里想，不能说出口。三十年后，“爱情”变成了日常用品，三岁小儿都可以将它挂在嘴边：“我爱你，我爱你，就像老鼠爱大米。”有人概括说：“50年代一张床，60年代一包糖，70年代红宝书，80年代三转一响，90年代重文凭讲排场。”六七十年代，是崇拜英雄的年代，穿黄军装的军人是心中的偶像。80年代初期，经历了对银幕“奶油小生”的反思后，日本影星高仓健成为新的女性偶像。在整个80年代，琼瑶的言情小说红遍神州大地，由于文学的复兴，选择对方的标准注重“素质好”“品貌端”，最好是能跟文学攀点“亲戚关系”，作家和诗人也是女性仰慕的对象。90年代，人们开始崇尚文化，戴眼镜的大学生成为白马王子。如今，年轻漂亮的姑娘们更加开放和务实，开始喜欢“钻石王老五”了。

当下经济发展，社会变革，人们生活节奏加快。有人说，这个时代不再流行爱情，这个时代大家顾不上谈爱情。古典的爱情，现代人看来会嗤之以鼻；像梁祝那样的爱情，只能听听音乐；罗密欧与朱丽叶的爱情，只能在电影院上演，这也是20世纪的奇迹，是这对年轻人的专利。现代人的爱情婚姻观是开放的、多元的。

社会进步、科学发展应当为人们追求爱情提供了更多的条件和方便。譬如，为了爱情，可以顽强地活着，等待医疗奇迹；可以远离亲人，更改国籍。前段时间网络上炒得轰轰烈烈的南京某副教授倡导的换妻游戏，令人瞠目结舌，是我们孤陋寡闻，还是人已经返祖，有些人要沦为动物、畜生？

婚姻生活本来就是平淡的，它是由一个个、一组组平淡的爱情细节组成的。只要夫妻双方都能够将每一个生活细节演绎得爱意融融，在每一个生活细节里注入爱的含义，那么，他们所拥有的婚姻就是完美、幸福的婚姻！

婚姻模式

有人对爱情充满着期待，有人对爱情充满了仇恨；有人赞扬爱情的崇高和幸福，有人批判爱情的世俗和束缚；有人享受爱情的甜美和滋养，有人却在爱情的痛苦中挣扎和反叛。有人说婚姻是爱情的坟墓，也有人说婚姻是爱情的围城。

婚姻，如水，无声无息，淡而无味。婚姻的真谛在于酒后的理智，激情后的平静。为了一个共同的家庭，相濡以沫，同甘共苦，默默相守。婚姻是你生病时一碗端到你床头的水，是你口渴时一碗一饮而尽的水，是你大汗淋漓时为你送去清凉的水。

那么婚姻到底是什么？如何下定义？简单地说，婚姻是爱情的最终归宿，是一对男女因共同理想和共同生活所需而走到一起的家庭组合形态。青年男女的爱情一开始如此甜美，是因为彼此并不需要太多的物质基础；而一旦走入婚姻殿堂，就意味着你将失去一半属于自己的世界，甚至是整个世界，这也是为什么结婚后双方的争执和吵闹会成为家常便饭，享受完甜蜜就应该是去偿还为此而付出的代价，去拼命地为生存而奋斗。目前在品行、学历、身高、长相、经济收入、家庭背景等择偶标准要素中，经济收入已不再像建国初期那么重要，不再是核心要素。自古以来，中国男性择偶注重外表，不仅要求其“入得了厨房”，更要求其能“出得厅堂”；而对于女性来说，品德、学识、性格则是择偶的重要标准，这也是贯穿一生、作用一生的根本因素。

事实上，有多少个家庭，就会有多少种婚姻模式。恩恩爱爱、白头偕老也好，吵吵闹闹、伤心落泪也罢，无论什么样的婚姻，只要有存在的可能、维系的可能，无论你认可与否，它都是一种彼此尊重与合作的关系。自然，认不认可并不重要，重要的是在这种关系里，你不但可以往里填充爱心、开心、快乐、激情、浪漫、喜悦、幸福、奢华、相守，还可以填充平淡、烦恼、倦怠、泪水、伤痛、苦难、分离。至于要填充哪一种，全凭婚姻当事人的自我选择，这属于婚姻当事人的一种自选动作，它包含了双方个人的情感、品德、个性、品味、修养、文化、学识、性情、经历以及各自社会地位、生活环境、家庭背景、社会关系等诸多因素的交互作用。

在现实生活中，有些婚姻看似平淡无奇，实则“惊涛骇浪”，吵了一辈子，打了一辈子，却过了一辈子，相守了一辈子，这是另一种爱，它是一种火药味很浓的属于那种“打是亲，骂是爱”的关系，又是一种难以割舍的相依为命的关系。我们不敢说在这种合作关系里究竟有多少爱，抑或没有多少爱，但至少它是相守到老的。而有的婚姻表面看是“夫唱妇随”“恩恩爱爱”的，实则同床异梦、貌合神离，终究是表面的东西掩盖不了深层次的东西。还有一种婚姻那真的就叫作相濡以沫，激情和浪漫可能不会太多，但一定是有爱的，一个眼神、一个动作、一句嘱托、一份牵挂都真实地包含在了每一个已经走掉和即将来临的日子里，这是一种波澜不惊的爱，深邃、博大、质感、充盈、温和、舒畅，犹如一杯清茶，慢慢品一品，竟然满口溢香。

现代婚姻尽管显得越来越脆弱，但在建立婚姻关系的时候，我相信每一个人都是自觉自愿的，都是满怀着同一个“革命”目标，冲着一生幸福而去、一生幸福而来的。无论是在脸上，还是在心里都曾经挂满了灿烂的笑容。甚至，每一句祝福的话语，都是在震天的鞭炮声和觥筹交错的酒杯声中传递而至的。那是一种幸福，更是一种考验。当新婚的喜悦和幸福送走了亲朋好友的祝福，当平淡的岁月冲走金色的香粉，当柴米油盐酱醋茶、生儿育女、养家糊口这些必经的环节和琐碎的事务淹没了那早已褪色的“红喜字”后，一切的一切都将不可避免地回归到合作的关系上。在这一点上，谁都无法也不要高谈阔论，更不敢以婚姻的楷模自居。爱是具有可变性的，是有时间性的，是分阶段的，爱过之后、浪漫之后、激情之后明智地去选择一种融洽的合作方式，就是爱的一种延续和升华，它是一种心与心、情与情，最实惠、最真实、最实用的靠拢。这种合作关系的选择，正如《牵手》中所唱的那样：“因为路过你的路，因为苦过你的苦，所以快乐着你的快乐，追逐着你的追逐。”是的，也许牵了手的手，前生不一定好走，也许有了伴的路，今生还要更忙碌，婚姻可以磕磕绊绊，可以没有誓言和承诺，但不能没有长途跋涉中手与手的搀扶。谈情说爱可能作假，但婚姻一定是不能作假的，也是作不了假的，爱就是爱，不爱就是不爱，在这里没有什么道理、什么理由可讲。同床异梦、貌合神离，不但埋下婚姻隐患，而且对婚姻双方身体和心灵的伤害都很大，这种情况下的婚姻是最脆弱的，往往不堪一击，经不住风雨和诱惑。

无论数字化、网络化、知识经济和后工业时代到来多久，高科技手段多发达，人类还是要繁衍生息，婚姻还要进行下去。若想使婚姻之树常青，就必须适应时代，坚守人类积蓄的文明道德，信守自己的爱情诺言，客观地、理性地苦心经营和自觉守候自己的婚姻。

爱情虽然不是生活的全部内容，却永远是人们向往、追求并歌颂的主题。爱情是婚姻的基础，是婚姻的前奏，从爱情过渡到婚姻，是一个自然而简单的流程，是人心所向的必然。

然而，婚姻却是复杂和琐碎的，它纵横着许多坎坷和荆棘，也潜伏着许多意想不到的矛盾和危机。那么，该怎样经营婚姻呢？

这是个没有固定模式和标准答案的问题，只能根据自己的品行、个性、所好以及与家庭中其他成员了解后的和睦相处、磨合后的默契程度，来展示婚姻的幸福与否。

人类社会从蒙昧、封建走向文明社会之后，又进入了今天的科技信息时代。在这个极力推崇个性的时代里，传统保守的婚姻状态正受到威胁，不断产生出来的新生事物，在冲击人们思想意识的同时，也更新着婚姻观念。于是，许多原本幸福稳定的婚姻发生了动荡和变故。

面对一桩桩崩溃的婚姻，一个个解体的家庭，不能不让人深思、焦虑，拿什么拯救爱情、拯救婚姻？

有了爱情，才有婚姻，如果爱情出现了问题，势必影响到婚姻的稳定，因此，要拯救濒临破碎的婚姻，必须先拯救爱情。那么，怎样才能拯救曾经拥有而如今又面临失去的爱情呢？

没有爱情的婚姻是不可取的，爱情是婚姻的基础。我们每一个人都希望自己拥有爱情，而且我们的爱与父母为你付出的爱一样会让你继续将爱传递给你的子女。我们的一生都伴随着爱，不要为了婚姻放弃自己对爱的追求，与爱同行，将爱传递。

树上童年

记得小时候，房前屋后、村里庄外、田间坡头，那一棵棵或高大、或粗壮、或繁茂、或遒劲的树木，给了我幸福而欢乐的树上童年！

记得我们那个躲藏在沂蒙山区东部的小山村曾拥有很多树，都是些普通的树。什么梧桐、槐树、柳树、楝树、苹果树、桃树、梨树、李树、枣树等，为我的村庄撑起了一片绿荫，构成了一个蓬勃向上、绿意盎然的家园。那些树生长在村庄里，杂乱无章，像水墨大师随意点缀和勾描的。村前村后、倒屋场上、院子里、屋背山上，到处都是树木，可谓一树一世界，一树一风景。

那些树何年何月由何人所栽，已无法考证。我只知道，围绕那些树，我的村庄曾发生过许多有趣的事情。树木伴我度过了开心愉快的童年和少年时代，树木留给孩子们快乐、美好的记忆和幸福的童年时光。春天采花，夏天捕蝉，秋天摘梨、柿子、板栗，冬天捣鸟窝……淡忘了那一串串艰辛、饥饿与苦难。

那个时候，农村日子穷，春天榆树叶、榆树钱和刺槐花都是垫饥的美食。尤其是刺槐花开放的时节，沟底岭旁一片洁白，阵阵香气扑鼻，小村沉浸在清香的槐花里。每当这时候，我们就在长竹竿上绑个小铁钩，钩住一束槐花，用力一拧，那束槐花就掉下来了。还有那时学校搞勤工俭学，盛夏时节同学们三五成群地去撸刺槐叶子，据说能染军装用。有时还会不小心捅了马蜂窝，孩子们被马蜂追着在树林中又喊又叫地奔跑。

盛夏正午是捕蝉的最好时机。可以悄悄地爬上树杈，用细竹竿系上细牛鬃去套，也可以用新小麦粒嚼出黏乎乎的面筋去粘。举着长竹竿的手不能抖，要眼力好，盯得准，循声搜寻鸣蝉的位置，出手还要快。竹竿稳定而准确地伸向蝉的翅膀，一只只鸣叫不已的蝉，被你套住或粘住了，扑腾了几下，鸣叫了两三声，挣扎无望，便乖乖地成了囊中之物。

如今，已经头发花白的我，走在乡间小路上，凝望房前屋后、沟边路旁成片的树木，眼前再现童年的记忆，心中五味杂陈。那棵柳树是我小时候折柳做笛的那棵吧！高高的杨树枝桠上的鸟巢，是我们曾捉过的一对小喜鹊的旧巢吧！远远的那棵楝树，你的果实还能做儿时小伙伴的子弹吗？还有枝干虬曲的杏树、石榴树、枣树和五颜六色的花朵、水果，给我们的童年抹上了甜蜜的色彩和味道。

童年时，我还亲眼目睹了我家院中那棵老槐树被雷电击中的情景。那颗树算得上是我们村庄里树木家族的元老，粗大、苍老、沧桑、盘根错节，足足有两搂粗。老人说它快百岁了。遭雷电击时，只见一道闪电从天而降，响雷震耳欲聋，眨着间，粗壮的树干被撕得皮一缕、肉一块，散落了满院子，院里飘起一股浓烈的硫磺味。

无论我走到哪，面对陌生的树木，就如同看见我的乡亲和童年伙伴。回忆起自己成长的历程，不知不觉哼起罗大佑那首《童年》："池塘边的榕树上，知了在声声地叫着夏天；操场边的秋千上，只有蝴蝶停在上面……"树上快乐的童年，依然扎根在我们这代人的心窝。

不同年代的人都有打着时代烙印的"童年史"。我庆幸我经历了20世纪六七十年代我们国家那段贫困的岁月，那段经历使我保存了纯真、天然的童年底版，让我时常能感觉到那个时代的纯洁和体温。

真情深邃高尚

真情，是人性中最美的那粒种子，是开在大家心灵深处的美丽花朵，恰如滋润大地的春雨，哺育万物的太阳。人间处处有真情，真情是那股支撑生命的血脉和元气。只要怀揣一颗感恩报恩的心，就会时刻置身于生命中的温馨与感动。

风雨荷塘

那是一个夏季的黎明。雨丝很密、很细、很匀、很柔，轻轻地吻着我的脸、我的手，脆生生、甜润润、凉爽爽的……

我踏着寂静弯曲的石径，不知不觉来到雨幕笼罩的荷塘。远远望去，绿柳丛中躲藏着一幢新房，白墙、红瓦、尖顶，犹如安徒生童话里的风景。白屋，绿浪，粉荷，黄篱……组合得格外协调、自然而柔和。近处，一片片圆圆的荷叶，撑起或深蓝或草绿或嫩黄的伞盖，细雨落上去，如蚕食桑叶，若石击深潭……每一柄荷叶都像一把神奇的乐器，弹奏悠远清脆而让人沉醉的音响。滴翠的荷叶，落上雨丝后若打了蜡一般，油光闪亮的，迎光处明澈，背光处微暗，错错落落地遮住了整个荷塘。一滴滴雨丝刚栖落荷叶尖，瞬间又收缩为小水珠，潺潺滑下叶中央，密密匝匝的，一会儿凝成晶莹的大水珠，滚动着，磨蹭着，嘻闹着。调皮的风把叶子弄翻，水珠或跳上另一片叶子，或一个跟头跌进荷塘里。

荷花更是光亮亮、鲜嫩嫩的，高高矮矮，肥肥瘦瘦，浓浓淡淡，或停或动，或尖或圆，或半开或怒放……有的牙雕般晶莹，有的白玉般剔透，有的玛瑙般绯红。雨中的神态更是各异，如成群的仙女在洗浴，或抿嘴羞涩，或笑脸半藏，或聚首细语……恰似一幅幅巧夺天工的水粉画、一首首意境朦胧的抒情诗。一阵阵微风吹过，田田荷叶推推搡搡，把清香一缕缕送到对岸。绿茸茸的空气飘飘逸逸，空空灵灵。

雨与风，光与影，声与色，互相交错，彼此交融，在细密的波纹上流溢，流溢……

我的脚步惊飞了一只被雨淋湿了翅膀的小鸟，几滴水珠溅在了我的衣衫上。树丛中，荷叶间，几只不知名的鸟虫在轻轻地叫着，不知在觅友交谈，还是在寻找食物？一切生命在这神秘的荷塘，在这绵绵的雨雾里，萌发出一种难以言尽的渴求或是期望。我心净如镜，任雨丝洗濯我的衣衫和我的视野，任微风吹拂我的记忆和我的思绪。不知不觉，我敬仰起荷花来了。雨中的荷花你遮我、我护你，你搀我、我抚你，抓住季节吐叶展蕾，忙活自己的事；虽然屡遭风雨，仍相亲相爱，交臂挽手，盘根错节，紧紧抓住脚下这深深的淤泥，展露同一家族令人销魂的形体。

我仿佛也成了一株荷，在大自然里重塑自己……

雨仍在淅淅沥沥地下着，在神奇而浪漫的荷塘之上溅起一片云，一片烟，一片雾，一片梦。

黎明的荷塘气象万千，朦朦胧胧，虚虚实实，奇奇幻幻……

青石小巷

天又在下雨。眼前又闪动着一幅古朴而虚幻的景色：那是一条青石垒铺的小巷，高低起伏，错错落落。两旁那青石砌的房屋，经过风雨的洗礼和岁月的雕刻，在雨中显得那么悠久、沧桑，甚至有一丝铁青的冷峻、深邃。在石块相交的缝隙中，偶尔长出青苔和没有名字的野草，给这个小巷带来了一丝淡淡的绿意，彰显着生命的顽强，证明春天就在附近。

走进那条古老而幽静的青石小巷，伸手触摸那斑驳黝黑的墙皮，望着远处的街口，一缕畅快敏捷的清风扑面而来，顿感酣畅与惬意。此刻，心灵如同深秋的天空变得澄明与高远起来，灵魂变得轻松而自由，目光自然追寻起逝去的脚步和历史的悠然。

穿行在小巷，游荡在一片童年的领地。缓慢而沉重的脚步，踏在裸露而光滑的青石上，身后传来寂寞的回声。那条十分熟悉的小巷，那条曾经来回走了无数趟的小巷，多少次寒风吹起我的衣角，吹动我青涩的童年和五彩的梦想。此时，第一次感到小巷如此悠长。步伐开始沉重，渐渐地思绪和心情也沉重起来。

站在小巷中央，默默地沐浴于走动的雨丝中。时而依偎在墙角，微阖双眼，静心倾听着，一页页扯撕尘封的记忆。风如佛手，柔柔地摩挲路边的草木，没有声响。叫不出名字的鸟儿栖落在树杈上，伸出尖尖的小嘴巴梳理自己新长出的沾着水珠的羽毛，没有鸣唱。一切都如此安静，好像担心惊扰了一个遥远的梦境。

梦里我找回幸福而无忧的童年。无数个这样的傍晚，太阳渐渐落下，小巷里飘起母亲一声长一声短催我回家的呼唤。那熟知的乡音土语，那终生难忘的土腥味、牛粪味、灶烟味扑面而来。我，还有鸡、鸭、狗、羊，都迈着急匆匆的步子，朝着炊烟笼罩的老屋，踏碎了小巷里的残阳。今天屋顶的炊烟依然飘动，山柴炖的饭菜依然清香。此刻，我真想再像孩提时候那样，迈起轻巧的脚步，踏着青石的小巷，一溜烟地跑进老屋，俏皮地站在娘身旁。

此时，空中飘来一丝幽雅的琴音，那跳动的音符在耳畔萦绕回荡。我倾心聆听，悠扬的旋律中分明有几声轻叹，正如游子归家时热泪沾襟的感伤。

正当我忧郁之时，一群孩童从远处跑来，那脖子上鲜红的红领巾，那童稚的歌声和幸福的笑脸，从小巷中间、从我身边自由穿过。少年时代是人生最幸福的时光，不知何是愁滋味。曾几何时，我也是如此这般无忧无虑的少年，在这小巷中相互追逐，无忧地享受那段稚嫩单纯的美好时光。不知不觉，那个蹦蹦跳跳的少年，已经被岁月的风霜染白鬓发；那个不懂世事的少年，此刻已伤感得泪流两行。

等那群似曾相识的身影，在我眼前渐行渐远，直到那歌声，在小巷的尽处消失……回望那青石的人生小巷，看看自己那一串歪歪扭扭的脚印，我对人生、对生命有了新的感受和体味。

都说世上没有后悔药。当你遭遇挫折或失败时，便开始悔恨和遗憾，但这种时候即使捶胸顿足，一切也都已是过眼云烟，无济于事；生命属于每个人的只有一次，没有循环和往复，千万别等到生病甚至无力回天时，才意识到生命的脆弱，才知道珍爱身体；大家每一次相处和相聚都是唯一，切莫等到分别、分离后，才醒悟，才真正懂得珍惜。只有品味世态炎凉，体味人间风霜雨雪，人生才会趋于完美，也才会着上成熟的颜色。有人说，不经历风雨怎么见彩虹，就是这个意思吧。

人生其实就是在走路。出生在乡村的孩子从小就走在这坚硬的青石小路上。人生的路很漫长，年轻时上学、就业、婚姻这三步必定会决定或影响一生。人到中年以后，更多地是借着惯性往前走。年龄再大点，就会怀旧和感伤，被有些事物触动，被有些歌声感动。

我回眸那青石小巷，捡拾童年的记忆，寻找那勤勉与善良的根基……

我盼拥有一捧土

近日到泰安，我们一行都渴望迅速见到天烛峰上那棵迎客松！

只见利剑般直插蓝天的天烛峰，四周全是悬崖峭壁。远远望去，一侧的石缝中却盘根错节地长着一棵树干粗壮虬劲的古松，枝臂长长地探向蓝天和白云，那便是迎客松了！

那真是一幅绝美的景色，令人仰慕和震撼。

此时一阵狂风吹来，望望身边的悬崖深渊，大家都禁不住打了一个趔趄，只见脚下几粒松子和几片枯叶，被风捡起来吹出去，弹跳几下，便飞身跳下悬崖，有的随即紧紧抓住了石壁。当我再抬头仰望天烛峰上的古松时，耳畔仿佛听到“我盼拥有一捧土”的呼喊。

这神奇壮观的迎客松，她也曾是一粒普通的小小的松子，是疯狂的风婆婆还是飞鸟，把她不经意地送进了天烛峰的岩缝。那里没有土，没有水，没有任何生存的可能。她却珍惜生命，顽强地生存下来了。一年又一年，伴随季节变幻的脚步，历经多少天光地火、多少狂风虐雨、多少严寒酷暑，用比生命更厚重的激情浇灌自信的嫩芽，用比岩石更坚硬的毅力拓展生命之路，天长日久，细细的青筋暴突的根须爬满了山壁，紧紧地抠住石缝，供养着生命的火焰。她用自己的自信和坚强最终成就了一片属于自己的天地，成为凌然于天烛峰的一大景观。

生命的奇迹，让游人一次次感动，一次次肃然起敬！

大千世界，成千上万种植物，平等地享受着阳光雨露，吮吸着富足的水肥，生机盎然地吐芽长叶、开花结果，构成了生机盎然、色彩斑斓的世界。然而，有些生命的命运却迥然不同。那无形无影、无定性、无方向、无目标的风，把那些无人采摘的种子送到了广袤的田野或险山峻岭，给予这类种子不同的故土家园和命运落点。有许多种子像天烛峰上的迎客松一样呼唤：“给我一捧土，我要展示生命的奇迹和信念的力量。”

有人说生命是脆弱的，其实就因为生命的脆弱才彰显出生命的顽强；有人说，生命有时是卑微的，其实卑微的生命里多半蕴涵着一种难以言明的尊贵。我们经常在一片瓦砾或碎石堆里看到这样一种坚强：那些经历了严冬的种子，她们虽然没有伸展筋骨的空间，因为珍惜极少的土壤和水分，她们却伴随春天匆匆的脚步和季节的呼喊，冲出各种困境，顽强地探出头颅，茁壮地成长，最终滋长出一片绿意。

无论是立足于瓦砾中的花草，还是植根于悬崖的松柏，她们顽强的生命启示我们：没有自身的坚强，难以成就属于自己的一片天地。假若一切生命都留恋平整的黑色沃土，那么，世界上就不会有这么多广袤的绿洲和无垠的森林；假若一切生命都不屑于在困苦中鼓起挑战的勇气和寻觅生存的权利，人类版图上必定会出现更多的荒芜，所有奔跑的动物和飞翔的鸟禽也将无处栖身。

各类种子在层林尽染的深秋季节，无论个头大小、外形丑俊，都必须离开母亲庇护的小天地，甚至还没有机会表达自己的愿望和心声，就开始了飘泊的旅程，有的被风吹得满世界飞翔，有的被人随意地埋进土里。许多种子脱离了母体，挣脱了一同成长的伙伴，孤单地躲藏在一个小角落里，有的刚扎出细嫩的根须，就被寒冰冻住了，有的还四处飘荡着没有着落，就被寒雪或飞沙覆盖了。尽管寒冷冻僵身体，阵阵寒气侵蚀着心灵，但种子们牢记父辈的叮嘱，恪守着一个信念：我虽然卑微、弱小，是一粒孤单的种子，没有肥沃的土壤和优越的条件，可我是春天的使者，“只要生命的基因存在，我就要吐芽，就要开花”“只要活着，我就要成长”“我只要咬紧牙关钻出泥土，就有属于自己的天空和阳光，就有自己发展的空间”。

今春天气比较寒冷。此时山冈上正盛开着一簇簇金灿灿的迎春花，染遍山野，流满山涧，恣意蓬勃在青春萌动、激情飞扬的岁月。在我们低头欣赏花朵的笑容时，假若不深入她的内心，不追忆她的成长过程，就体会不到也体会不了她经历的艰辛和绽放前寂寞的等待。

大自然或者人生，大都是不可逆的一次性选择。沙子与金子，只是一字之差，往往也是一步之遥。公平的岁月更是不再生，不重复。好多时候，错过一时，就会错过一生。留下的只有惆怅、惋惜，甚至是后悔。

每个人一生下来就自然拥有生命，总认为这习以为常，感悟不到这是父母的赐予、大自然的恩泽，真正认识生命、理解生命、珍爱生命却是一个沉重而深邃的话题。大都在经历了磨难、风险或者生死别离的痛苦之后，才逐渐读懂生命的价值和意义。

我一直在想象，天烛峰的迎客松是如何历经风雪，扎根发芽，坚守着，抗争着，开拓着自己的家园，一天天、一步步地长大。

拥有一捧土，是纯正的种子就会开拓出属于自己一片新天地。

经历逆境与挫折，有时会让你拥有意想不到的美丽和独特的姿势。

正如冰心先生所言：“成功的花朵，人们只惊羡她现时的明艳，却不知当初她的芽，经历了奋斗的泪泉，洒遍了牺牲的血雨。”艰难与困苦是成功的基石，无论自然界还是人类，都遵循了这条规律。

泰山天烛峰上的那棵迎客松，再一次验证着这条神圣法则！

“蒙山特产”

蒙山水有三大特点——清、纯、凉，是天然的矿泉水。有人说，那水是蒙山的特产，可以健身，可以治病，要多神就多神！

我们常常羡慕文人墨客踏青赏春、吟诗作赋的风骚和儒雅，也曾吟咏“踏春归来马蹄香”“处处闻啼鸟”的绝妙佳句，幻想着有一天择个吉日，也到偏僻山乡潇洒一回。2006年初秋的清晨，我陪北京的客人到蒙山山套里的一个叫不上名字的地方散步。这里山清水秀，连绵的群山青翠欲滴。阵阵潺潺的水流声从远处传来，我们禁不住拨开灌木寻找，突然一条弯弯曲曲的山溪呈现眼前。河岸逶迤，岸边长满苹柳、荆条和杂草。溪水清澈见底，个头或大或小、颜色或深或浅的石头，白嘴黑脊梁、游动敏捷的小鱼，依稀可见。大家不顾水温已经变凉，纷纷脱去鞋袜踏进这溪流，感觉凉飕飕，心里却乐悠悠。我们无拘无束地放松自己，毫无顾忌地对着四面的山峦大喊、大叫、大笑，把那份率真、自然、快乐挥洒山间。

“沂蒙特产！沂蒙特产……”一阵清脆的叫卖声自远而近飘来。我抬头一看，竟是一位扎着朝天小辫、脸庞红里透紫、年龄约十二三岁的小姑娘。她站在河岸上，挎着一只很大的竹篮，脸上挂着憨厚的微笑，时而用衣袖擦着脸上的汗珠。那双黑黑的会说话的大眼睛，分明透着一股山溪般的灵气，明亮、清澈、无瑕。“叔叔、阿姨，请你们买点沂蒙特产吧！纯天然，又新鲜，质量好。我决不会骗你们！”

我们围过去，只见她的竹篮子真是万宝囊，盛满了灵芝、何首乌等中药材和山核桃、大红枣。这些年，到蒙山旅游的人越来越多，开发也越来越深透，这样的天然药材必定在深山野林里才能找到，不知要到多么险要的地方才能挖到。我友好地问她："丫头，这么小的年纪就开始做买卖，为什么不念书？"小姑娘忧伤地低下头，搓了搓脚，一会儿又抬起头，突然问我："大叔，您定是从临沂城来的？"我没有点破我们来自济南，只是默默点了点头。小姑娘的双眼直盯着我，羞答答地问我："大叔，大城市好吗？"我点了点头，又摇了摇头，但心里猜测着或许每个山里的孩子都向往城里的繁华、漂亮和多姿多彩。正如钱钟书先生《围城》里的一句话："城里的人想出去，而城外的人想进来。"小姑娘又低下了头，似乎很不满意我的回答。我想安慰她："丫头，你想去大城市吗……""想！当然想了！"没等我说完，她就抢过了话茬，双眼放射着渴望的光芒，"大叔，我想去大城市，我要挣好多好多的钱，满满的几箱子，很沉很沉的几箱子！有了钱，我就能给爷爷治好风湿病，能给俺爹买头最有劲儿的老黄牛，能给俺娘买件最漂亮的衣服，能给俺在县城读书的哥哥寄上足足的生活费和零花钱！我还要从一年级开始上学，一直念到大学！"小姑娘满脸洋溢着幸福和憧憬，可眼眶里分明闪动着晶莹的泪花……

刚才，我们一行几个人还有好奇甚至调侃的心情，但听了小姑娘这一番话，脸上的笑容被同情、忧伤掠走了。面对孩子的坦诚和向往，我感到十分惭愧。这小姑娘虽然出生在山区贫困家庭，小小年纪就承担起家庭责任，就盼望给家人带来幸福，她目光中的那份执著、自信令人吃惊，令人敬佩。我掏出100元钱买了一块何首乌。小姑娘执意不肯，说这何首乌不值这么多钱。同伴们也掏钱买这买那，小姑娘分明看出来大家都多给了钱，泪水从眼眶里滑了下来。"你们都是好人，我长大了一定报答你们，一定报答你们。"突然她抓过篮子里的"沂蒙特产"，一把一把地往我们的手中、背包里塞，不停地塞……最后，她实在没地方塞了，就傻傻地站在那儿，笑了，突然又哭了，用带着泥土的手背抹着泪，不知所措。那一刻，我们记住了小姑娘的微笑与泪水，同样也记住了这份在现代都市中难以留存的纯朴与自然！

回来的路上，夕阳西下，大地被涂成了血红色，炊烟已从村庄上空袅袅升起。大家悄然无声，只有司机在喋喋不休地告诉我们，像这种家境的小姑娘，在蒙山深处还有一些……

这次游历，我们脑海中刻下了雄壮奇特的蒙山和那透凉清澈的沂水，也记下了那双透着蒙山骨气、沂水灵气、明亮、清澈的黑色大眼睛和那不懂掩饰、不藏一点心事的小姑娘，记着她的微笑与眼泪，记着那份纯朴与自然，还记着和她一样遭遇的所有孩子。

沂蒙山小调

我是土生土长的沂蒙人，从小就爱听爱唱《沂蒙山小调》这首歌。2006年8月，我夜宿西藏海拔4 400多米的昂仁县，竟然有歌手纵情高唱这首具有地域特色的民歌，让我激动万分。山东举办全运会时，在主题歌《相亲相爱一家人》中，增加了沂蒙山小调这个元素，把传统与现代融合在一起，产生了意想不到的效果。在我的印象中，它像争相开放、满山遍野叫不上名字的山花，又像九曲八弯、潺潺流淌的山涧小溪，带着浓烈的山野风采，带着馥郁的乡土气息，从连绵起伏的沂蒙大山深处走来，那样深邃、庄重，又那样清澈、辽远。那是天籁之音、天堂之乐，从远处传来，沁人心脾。

听着这悠扬的歌声，总会让人想起蒙山沂水间那“风吹草低见牛羊”的美丽景象；从父辈们的讲述中，我感受到了那片用鲜血浸透的沂蒙热土上的淳朴民风和博大的胸襟，崇拜那些无私奉献的人民。读著名的长篇报告文学《沂蒙九章》，你会从字里行间感受到这块古老而神奇的土地那“纳蒙山之灵气，汲沂水之膏泽”的文化底蕴、历史沉淀、博大胸怀和浩然正气。就是这片贫瘠的土地，在那腥风血雨的战争年代，用鲜血和生命孕育了中国革命的火苗。像妇救会、识字班、独轮小车、支前模范这一个个带有沂蒙山特色的字眼和一串串震古烁今的动人故事吸引着我，感召着我。怀着对革命老区的无限敬意和对沂蒙山歌的挚爱钟情，一走近沂河，踏上沂蒙这片热土，我就急切地寻找那舀沂河水的水瓢，那烙煎饼的铁鏊。在蒙山脚下，在沂河两岸，我找寻着当年识字班的大姐和抬担架支前的大哥，寻找着红嫂的身影。我仿佛看到当年的红嫂在看到子弟兵还剩一口气的时候，没有犹豫，没有羞赧，让那温馨洁白的乳汁缓缓流入子弟兵那孱弱的躯体里。当年的红嫂啊，在人类战争史上，你第一个用乳汁为正义淬火！

如果说古希腊神话中力大无穷的英雄安泰是因为有大地这样一位赐予他力量的母亲，那么，中国共产党之所以能顶天立地、所向无敌，也是因为有始终与他血肉相连、赐予他智慧和力量的母亲，那就是人民。我想，鲜红的党旗正是有了铁锤和镰刀的组合，才有了它从胜利走向胜利，猎猎招展的雄姿和风采。

歌是文化的索引，是历史的佐证。当沂蒙人民感悟到贫穷才是他们最凶恶的敌人时，那一颗颗被泪水浸透的心，越过曲折动荡的时空，开始绘制“让青葱从荒野里萌发，让高楼在泥淖中分娩”的宏伟蓝图。原来，沂蒙人这个称谓既意味着光荣，也让人联想到贫穷；今天，沂蒙山区的临沂市已成为长江以北最大的商品贸易集散中心。市场经济的大潮终于撞开了沂蒙山门，这里的人民开始向贫困宣战，迎接现代工业文明。

蒙山绿了，沂河清了。我眼前的沂蒙车水马龙，流光溢彩，楼台亭榭，机器轰鸣。从蒙山脚下、沂河岸边走过，登上壮观的孟良崮，掬一捧被鲜血染红的热土，喝一口哺育过革命志士的沂河水，我感到，改革开放的春风正滋润着沂蒙大地，幸福这个字眼已实实在在地在沂蒙山区、在老百姓的居所里落地生根了。

感受着沂蒙山区的巨大变化，我仿佛又看到1996年9月26日在北京召开国际消除贫困年纪念大会上那一振奋人心的一幕。中国政府向世界庄严宣告，我国农村贫困人口由占世界贫困人口1/4降低到1/20。同时，山东省沂蒙山区实现整体脱贫，从此告别贫困，成为革命老区中第一个率先脱贫的地区。八百里沂蒙山用热血和苦难谱写的历史，终于在残酷的洗礼和庄严的涅槃中实现了伟大的觉醒和神奇的再生！今天，新的时代，新的生活，八百里沂蒙八百里歌，八百里沂蒙都是歌。

忘不了啊忘不了，忘不了的歌谣总在心头缠绕。

当我离开沂蒙山的时候，耳畔再次响起这首悠扬的《沂蒙山小调》。是啊，歌是文化的索引，也是历史的伴唱。我想这优美的歌声伴随着沂蒙人民走过昨天和今天，明天它将一直回响在八百里沂蒙的山山水水之间，引来群峰吐翠，歌声更加清越辽远。

《沂蒙山小调》

生命深处腾起的旋律，
在谁的领唱下，
回应焦土裸岩八百里，
深深激动过这片根据地。
穿草鞋的子弟兵，
轻轻叩击每扇低矮的柴门。
乡亲们掏心窝子的话，
白天是粮，晚上是被。

唱唱这首悠扬的歌，
思绪渗泡草香的山风，
心灵流淌清冽的山溪。
真不愿，真不愿与那硝烟与苦难
联结在一起。

围着火焰起舞的炉火，

喝几杯烈性酒，

轻轻哼起这首歌，

房东蠕动漏风的嘴，

一口口嚼痛往事。

梦里惊醒，衣衫已湿。

走近孟良崮

中国人常讲，不到长城非好汉。身为沂蒙山人，不到孟良崮战役遗址看一看，也会滋生出枉为沂蒙人的念头。

我从记事起，就听老人们讲沂蒙山多么神奇，从东往西数是八百里，从南往北量也是八百里。在这片土地上打过很多大仗，出过很多的大人物。后来，才听说孟良崮这个地方。崮可能是沂蒙山系一大特色，那山的尖端有一个平形的帽顶，蒙山套里有名的崮就有七十二座。孟良崮是名气最大的一座，它位于蒙阴县和沂南县交界处，相传杨家将杨六郎手下的名将孟良曾居此地，因此得名孟良崮。当时我就想，孟良这个人可真够厉害，这么个有名的一个崮竟然就叫了他的名字。第一次见到孟良崮，那还是在《南征北战》这部电影里，留在记忆里模模糊糊的只有张灵甫自毙的那个幽黑的山洞。

那年我在《临沂大众报》报社工作，正巧地委、行署组织纪念孟良崮战役胜利49周年活动，我有幸成为随行记者。沿着蜿蜒的山路，汽车喘着粗气盘旋着往上爬。车窗外的风景变幻着，如一幅幅流动的画卷。往山上看，峭壁如刀劈斧削，长满绿色的树冠；俯望山下，层层梯田长满茂盛的庄稼。当年震天的呐喊和漫飞的硝烟早已散尽，横飞的弹片也已落土为泥，只有苍松翠柏蓬勃在大小山头，仿佛当年坚守在阵地上的士兵；满山遍野的洋槐花、苦菜花、石鸡花、杜鹃花和没有名字的山花，探着绿脑袋、比赛似的生长的野草，就像一群群当年支前的民夫和纳鞋垫、摊煎饼的妇女，满山遍野，应接不暇。

汽车九曲八折，十分吃力地爬到了山顶——孟良崮的主峰：大崮顶。我们沿着一条松柏掩映的石阶小路一步步向山上攀登。即将到达峰顶时，一块巨大的石壁如屏风般拔地而起，上凿：击毙张灵甫之地。石壁下有一狭而扁的洞穴，横行一世的张灵甫曾横尸在此。我立在快被泥沙淤平的当年曾是国民党七十四师指挥部的山洞前，想象着当年攻进沂蒙的气势。张灵甫作为腰悬中正剑的国民党中将，曾何等骄横威风，曾狂妄地叫嚣“只要有七十四师，就有国民党”。八年抗战期间，张灵甫也曾骁勇善战，还在前线负伤瘸腿，然而后来他与人民为敌，就走了死路。两军交火，三昼夜的雨战，他那三万弟兄和他的灵魂就永久留在了这潮湿的山洞里。

大崮顶二百见方，坦平如砥。站在崮顶远眺，景色蔚为壮观：东为雕窝岩，状如鹰嘴，与孟良崮遥相呼应；北、西两面为平原，一马平川；南面的山脚下是孟良崮烈士陵园，也是粟裕大将的骨灰撒放处。大崮顶中央有一巨塔直插云霄，那就是孟良崮战役纪念碑。碑高30米，塔基呈三足鼎立之势，由三块状如刺刀的灰色花岗石筑成，象征着孟良崮战役取得胜利依靠的是三种武装力量：解放军主力部队即野战军，地方部队，民兵。底座为边长20米、高1.6米的正三棱体，组成一个枪托，象征着枪杆子里面出政权。碑中部正面镌刻着胡耀邦同志亲笔题写的“孟良崮战役纪念碑”八个镏金大字，碑东面镌刻着陈毅元帅《蒋军必败》诗词和粟裕将军的题词，碑西镌刻着刘少奇、朱德、叶剑英等老一辈无产阶级革命家的题词。昂首望着那三把刺刀造型象征着我主力部队、地方武装和人民群众三结合的纪念碑，我体会着血肉长城凝铸的含义。

中午，在孟良崮纪念碑前举行仪式。当年的老战士、民夫来了很多。石阶两旁摆满了摊点，曾经只在电影中看到过的绣花鞋垫，山里产的野蘑菇干，刚摘下的红艳艳的樱桃……善良的老区人民热情地兜售着他们的淳朴和真诚。我们与一名卖矿泉水的老人攀谈起来。老人就住在山脚下的村子里，一辈子也没有离开过家半步。孟良崮战役打响的时候，他还是个小伙子。“解放军在山上打仗，没水喝，俺不能眼睁睁地看着自己的队伍渴死呀，俺就跟庄子上的几个年轻人一起挑水往山上送。”老人仿佛重新回到当年，昏黄的眼里似有硝烟漫起。“国民党兵在山顶上用机枪狠扫，不让俺送水到坡上，解放军就派一个连的兵力来掩护俺。前两天上去，连长还跟俺说，小伙子啊，等仗打完了，我得给你请个三等功感谢你啊。俺还跟他说，连长，哪用啊。可第三天上去，他就……就没了……”老人涕泪纵横，泣不成声，无法再说下去。看他这样，我的心里也很难过，想安慰他，却又不知说什么好，只能看着他不停地用又脏又破的衣襟擦拭眼泪。过了一会儿，老人情绪稳定了些，指着不远处山崖下的一堆乱石继续说：“就在那儿，解放军劝俺吃饭，可俺哪吃得下啊，一个排长跟俺开玩笑：打仗哪有不死人的？小伙子，说不准，明天我就喝不上你送上来的水呢，要这样，你还不得饿死？听他这么一说，俺就更难过了，连长，排长，还有那些兵，他们都是多好的人啊……”老人的眼睛再一次湿润了……

沉默不语的孟良崮，你听见了这个老人悲伤的诉说了吗？你能否告诉我，那个让老人一生也放心不下的战士，在你的怀抱中可否安宁？

返程的时间到了，警车呼啸，几辆豪华的轿车排着队，恋恋不舍地往山下开去。望着前呼后拥地上车的将军、地方领导，我忽然再一次想起那个牺牲的连长，生死未卜的排长，还有山顶上的那个饱经沧桑、悲痛欲绝的沂蒙老人。走在这片山地上，无论你是什么身份、什么级别，都没有资格气宇轩昂。

这几年，蒙阴县政府在孟良崮烈士陵园内重修了孟良崮战役纪念馆。

纪念馆坐北朝南，分为门厅、战役厅、支前厅、英烈厅、双拥厅5个展厅。门厅正面悬挂着中共中央三代领导集体核心毛泽东、邓小平、江泽民的题词，还有孟良崮战役大型沙盘。那战役厅，以时间先后为序，展示了战役经过及华东野战军战斗序列表和参战部队的进攻、阻援情况。支前厅展示了沂蒙人民踊跃支前的情况。英烈厅展示了部分英模人物、战斗英雄的事迹情况。双拥厅介绍了蒙阴县走出山门，开展异地拥军，获得全国拥军优属模范县的情况。在战役纪念馆里，陈列着先烈们当年用的步枪、卡宾枪、轻机枪、高射炮弹、望远镜盒、独轮车等历史见证物，看了这些，我对先烈们的敬仰之情又加重了一层。纪念馆前面是陈毅元帅、粟裕将军侍马而立的大型花岗石塑雕，雕像高7.75米，其中底座高2.75米，红色花岗岩上镌刻着陈毅元帅的《孟良崮战役》长诗，两位将帅雕像栩栩如生，再现了当年作为孟良崮战役主要指挥者的光辉形象。纪念馆后面是烈士墓地，墓地正中是粟裕将军骨灰撒放处，其后是烈士英名塔，塔身镌刻着在孟良崮战役中牺牲的2 800多名烈士的姓名，墓区内掩埋着2 800多名烈士的遗骨。

回来数日，我一直难以忘怀那情那景，在笔记本上记下了后来《诗刊》刊登的诗歌《孟良崮纪念碑》：宝贵的东西/不会被掩埋或腐烂/天长日久/总得憋出芽来！这不，烈士的血滴/在崮顶破土而出/蹿出三把削风斩月的剑//响当当的孟良崮/既不高大也不威严/似一朵千年古莲/在战火中悄然绽放/民心攥起铁拳/捅碎王牌军的谎言/那种气势/凝结五岳威严/笼罩崮顶几百年不散//敲敲这岩石/碰响一声呐喊/凝视山下的古战场/掂量昨天沉甸甸的誓言。怀念先辈和先烈，目的就是不忘历史，让我们的言行不愧历史。

沂蒙红嫂

回顾党的光辉历史，人们自然想起著名的革命老根据地——沂蒙山，就情不自禁地哼起《沂蒙山小调》《谁不说俺家乡好》这优美的歌曲，就回忆起“续一把蒙山柴炉火更旺，添一瓢沂河水情深意长”的战争岁月，就会追忆起成千上万名“沂蒙红嫂”那感人肺腑、可歌可泣的动人事迹……

我们看过的电影或戏剧等文艺作品中的“红嫂”，大都是以沂南县的明德英大娘为原型的。那还是1941年冬，穷凶极恶的日寇进行大扫荡，山东纵队司令部所在地马牧池村被日军包围，突围的战斗一直打到第二天上午。一位八路军战士掩护首长们和机关撤退后，穿着被战火烧焦的衣服冲出包围圈，跌跌撞撞地跑到村西的王家河岸上，不料被两位日军发现。这位战士的右臂、左肩先后中弹，他强忍着伤痛在坟茔、石碑和树木中间机智地与敌人周旋。这时又聋又哑的明德英大娘，正抱着不满周岁的孩子在团瓢屋（沂蒙山区一种圆形的抵风防雨的房子）前晒太阳。她从战士那穿着、气喘吁吁的表情和满身的血渍上明白了一切，赶忙抱着孩子迎上去，抓住战士的胳膊就往屋里拉，拼命把他按倒在床上，蒙上一床破烂不堪的被子。这时两个日本兵已经来到矮得低下头也难以进来的屋门前。明德英沉着地让日本兵坐下。鬼子发现她是哑巴，就比划着战士的身高、打扮，问跑到哪里去了？明德英毫不犹豫地朝西山指了指，骗走了敌人。她掩死门，揭开被子一看，大吃一惊，这位嘴唇干裂的战士由于流血太多已昏过去了。生命垂危，怎么办？找人来不及！烧水来不及！于是，她轻轻解开衣襟……挤出那喂养孩子的乳汁，那世间最甘甜、最珍贵、最圣洁的乳汁，饱蘸着浓浓的深情，一滴，一滴，流进战士干涸的喉咙。战士走出死亡线，慢慢睁开了眼睛，泪水不知不觉涌出了眼眶……

这就是一位母亲，一位最普通又最伟大的母亲；这就是沂蒙红嫂，千千万万沂蒙妇女的杰出代表。是她们用圣洁的乳汁抢救了战士的生命，用她们的血和泪、爱与恨弹奏出憾人心魄的最强音……

沂蒙山区是山东建党最早的地区之一，这里有大小山头七千多座，山峦起伏，地形复杂，交通不便，内外封闭，是反动统治比较薄弱的地方。抗日战争时期这里就是著名的革命根据地，是当时山东以及华东地区党、政、军机关和主力部队的所在地，刘少奇、罗荣桓、陈毅、徐向前等老一辈无产阶级革命家都在这里战斗过，曾经号称“小延安”。因而，沂蒙山区也一度成为日寇的眼中钉、肉中刺，遭受着残酷的镇压和屠杀。共产党救百姓于水火，人民对党一往情深，不惜牺牲自己的一切。饱受封建压迫和日寇奴役的沂蒙姐妹，像明德英大娘这样，与亲人一道，英勇顽强，坚持斗争，谱写了动人的篇章，创造了不朽的功勋。

一位位大嫂用生命掩护烈士的子女、革命的后代，有的甚至不惜献出了自己孩子的生命。王换于大娘，在日寇疯狂扫荡的年代里，在她的精心安排和照料下，安全掩护了27位首长和烈士的孩子，被尊称为“沂蒙母亲”。当年，她把烈士刘仁铁的遗子抱给了孩子刚几个月的二儿媳妇，嘱咐说：“你上心把这个孩子拉扯着吧。这是烈士的后代，让他吃怀里的奶，让咱的孩子吃些粗的。咱的孩子磕打死了，你还能再生，烈士的孩子有个三长两短，那可就断了根啦。”二儿媳妇没辜负娘和沂蒙人民的厚望，精心照料烈士的孩子，自己亲生的两个孩子却先后去世。王换于大娘和二儿媳妇抚摸着面黄肌瘦已经死去的自己的孩子，痛苦不已，心如刀扎，泪水落在孩子冰冷的脸上，打湿了衣襟，打湿了脚下的土地……但是看看长得壮壮实实的烈士遗子，心里又宽慰了许多……

1942年5月，小麦刚刚抽穗扬花，鬼子又发动了大扫荡。一天，县妇救会会长王炎同志匆匆来到了沂水县宅棵子村张志桂大嫂的家，进门就说："大嫂，咱八路军有个团长，女儿刚三个月。孩子的母亲在八路军医院工作，身体不好，没有奶水。最近，鬼子又大扫荡，部队打游击，医院天天转移，如果再找不到奶水喂养，孩子生命就危险了。我考虑再三，送给你收养最合适。"婆母听后忧虑地望着儿媳，丈夫心里也犯犹豫，都担心有个三长两短不好交待。可张志桂却说："人家八路军是给咱穷人打天下才出生入死的，咱帮着奶个孩子，应该！再苦再累我不怕，只要孩子的父母放心就行。"第二天，王炎送来了那个叫鲁生的孩子。张志桂一看，那孩子面黄肌瘦，小胳膊像干细的木柴棒，只有两只小眼睛无神地看着陌生人。把奶头送进她嘴里，她眼不睁，却拼命地吮吸着，噎得直打呛。两个孩子都很小，都需要喂奶，常常因为都吃不饱双双啼哭。张志桂就跟丈夫商量说："鲁生身子弱，既然咱答应了人家，就一定给喂养好。咱的孩子虽说刚满月，可是很壮实，就委屈委屈咱的孩子，让她跟大人吃点粗粮吧。"秋天，小鲁生快满周岁了，不但会叫爹、娘了，还开始蹒跚学步了。但是自己的孩子却因断奶过早，体弱消瘦，抵抗力差，来到这个世上刚刚七个月时就不幸夭折了。孩子早已经停止了呼吸，可是，张志桂还是长时间地、紧紧地抱在怀里。她小心地把奶头放进那紧闭着、永远也不能再吸奶的小嘴里，泣不成声地说："孩子，我的好孩子，再看娘一眼，再喝最后一口奶吧，是娘对不住你呀！"四年的艰苦岁月熬过来了，壮壮实实的小鲁生终于回到了亲爹亲娘的身旁。1963年，年仅51岁的张志桂竟一病不起。在离开人世前，她还自言自语地说："鲁生那孩子今年22了，她要是来了，让她无论如何到我的坟前看看，娘想她呀……"

"母送子、妻送郎，识字班送兄上战场，保国家、保家乡，穷人饭碗有保障……"这歌词，是沂蒙妇女蘸着炮火和血泪，用自己的实际行动谱写创作的。

王步荣大娘34岁时丈夫不幸病故，她含辛茹苦抚养着五个未成年的孩子。这位苦大仇深、历经磨难的普通妇女，深知穷人只有起来革命才能翻身得解放的道理，1938年，她光荣地加入共产党，从此她的家就成了党的秘密联络点。在战争最艰苦的时期，她毅然把三个儿子和唯一的女儿送上前线。1944年，她成了妇救会会长。由于部队伤亡大，部队又开展了大规模的征兵运动。王步荣大娘辗转反侧，一夜未眠，天刚亮，就把平日里从不舍得吃的鸡蛋荷包了几个，一言未发，轻轻端到小儿子面前。小儿子一看就猜到了一切，含着眼泪说："娘，你是让我参军吧？你这么大年纪了，并且只有我在身边，我要是去了，你要有个三长两短怎么办？"王步荣大娘理解儿子的心情，拍了拍他的肩膀说："孩子，部队更需要你，娘……你就放心吧。谁没有老人，谁没有妻子，在这个节骨眼上，咱不能当孬包，不能后退。你报了名，咱村的工作就好做了。"

俗话说："儿是娘的心头肉""十指连心，咬咬哪个都一样疼"。她嘴里说不难过，可眼泪却哗哗地流出来。就这样，她做通儿子、儿媳的工作，又和姑娘们扭着秧歌，唱着自己编的歌词，动员青壮年参军参战。在她的鼓励和影响下，这个才300来人的小村，一次就有40多名青壮年参了军。

那个年代，敌我力量悬殊很大。沂蒙妇女有的按照党的指示担任伪村长，或以其他身份作掩护，秘密传递情报；有的乔装打扮，深入日军巢穴，摸敌情，施间计，巧夺敌人的枪支弹药。平邑县的裴兰贞大娘是我党地下情报联络员。当时，日本鬼子五里一个炮楼，十里一条封锁线，岗哨暗探密布，盘查非常严，做联络工作特别危险。裴大娘有时扮成讨饭的，有时扮成走亲戚的，有时扮成卖针线的，活动于方圆十几个村之间，把敌人的情况摸得一清二楚。1942年一天夜里，裴大娘刚刚睡下，忽然听到“咚咚”的敲门声，原来是邻区的联络员送来了一封信，要求天亮前送到县大队。裴大娘一看，这封信插着三根火柴和一根鸡毛，那意思是“十万火急”。要走15里山路，还必须经过敌人的一个炮楼。可她二话没说，就把信缝在了裹脚布里，提上一个破篮子，放上几块碎煎饼，手拿一根木棍上路了。天黑得伸手不见五指，根本看不清路，她深一脚浅一脚、磕磕绊绊地来到炮楼前。“站住，干什么的？”两个汉奸端着枪盘问起来。“要饭的。”“为什么这么晚才回来？我看你是骗人！”“哎呀，俺娘几天没吃东西啦，再晚了就饿死了，我那能骗老总呀。”裴大娘一边说一边哭。刚要走，突然一个家伙转过身说：“是不是八路的交通员？搜！”说完，他们又翻篮子，又搜身。裴大娘机智地把鞋一脱，举到一个汉奸的脸上。那个汉奸赶忙用手捂着鼻子，骂道：“臭娘们，快滚。”就这样，裴大娘终于在拂晓前把鸡毛信送到了目的地。原来，日寇纠集了几千人进行大扫荡，由于这封信送得及时，县大队按区委指示安全撤出了敌人的包围圈。

凶残的日军经常丧心病狂地逮捕和杀害我抗日军民和地下共产党员。在这种十分恶劣和残酷的条件下，一大批沂蒙妇女巧妙地与敌人周旋、斗争，保护了大批党的干部和战士，掩护了很多机械设备、弹药粮食和秘密文件。有的不幸被捕，在敌人的严刑拷打下，视死如归，坚贞不屈，甚至献出了自己的生命。1944年，沂源县董粗河沟村的妇救会会长李树兰和儿媳郑树英、赵树兰同时在鲜红的党旗下举手宣誓，光荣地加入了共产党，并组成了一个党小组。从此，李树兰家的“亲戚”多了，“表叔”“表大爷”多了，区上的干部、区中队的战士时常在这里落脚。她家就在村头，门前有个盛糠的圆仓，屋后是一条沟，直通后山，她们娘仨就轮流在圆仓上放哨，一有什么动静，拍打一下鞋底，或打一声唿哨，自己的同志就从后山安全转移了。那一年，她们家收养了3位伤病员，为了安全，就藏在了屋后的山洞里，两个儿媳妇以剜菜、打柴掩护，每天轮流进山给伤病员送水、送饭、送药。一天黄昏，汉奸头子带领一部分人把她们婆媳仨人抓到了场园的土坑前。“老东西，你儿子是共产党，你是共产党，你两个儿媳妇是共产党，你一家全是共产党，快把伤员交出来……要不把你们活埋了”。李树兰大娘说：“俺这一家子，都是老老实实的庄稼人，虽说和共产党沾不上边，与汉奸却不一条道。还是那句话，要老命有一条，伤员没见过。”敌人气极了，“哗啦”推上了子弹，枪口顶向了她娘仨的额头，“快说，不说就开枪了！”她们娘仨谁也不看谁，都一声不吭。敌人又把李树兰架进了土坑里，开始用铁锨填土……最后，敌人无可奈何，只好把她们放了。她们娘仨回到家，为了躲避敌人的眼睛，秘密安排乡亲们去照看伤员，一个月后，这三位伤病员伤愈归队了。

随着抗日形势的好转，我抗日军民逐步转入了战略反攻。广大沂蒙妇女都动员起来了，有的推磨压碾、烙煎饼、做军鞋，有的抬担架、送军粮，有的站岗放哨、当向导、埋地雷……涌现出了一大批英雄的群体。有一年5月，地处孟良崮北麓汶河岸边的东坡池村一片寂静，唯独妇救会会长李桂芳领着一群妇女在就地待命。下午，上级突然派联络员传达了任务：“天黑之后，咱们的队伍要从大崔家庄和万粮庄之间过河。为了节约时间，让你们预先在那里架一座桥。”李桂芳曾经冒过枪林弹雨，也曾入过虎穴探险，但对这架桥的任务却不知所措。她在反复琢磨，齐腰深的河水，一二十米宽的河面，5个小时之内，又没有建桥材料，只有这些妇救会员，怎么才能架一座让队伍顺利通过的桥呢？但她深知，时间就是生命，就是胜利，容不得半点迟疑。她用焦急的目光环视姊妹们：“大伙说，怎么办？”大家你一言，我一语，商量哪儿来那么多桥板？桥墩怎么办？最后终于诞生了一个独出心裁的计划：没有木板摘门板，没有桥墩人肩扛。然后分头准备，并事先进行了试验。大约晚9点，一支队伍朝河边走来。李桂芳转身对妇女们喊道：“架桥！”话音未落，妇女们就按照顺序抬起门板朝河里走去。刹那间，桥！一座人桥！神速而奇迹般地出现在战士面前。看到这突兀而现的桥，战士们推辞说：“不，同志，不行！让我们涉水过河吧。”李桂芳站在凉气袭人的河水中，大声喊到：“同志们，时间就是胜利，快过桥……”部队首长眼含热泪，对水中的妇女们说：“谢谢，谢谢啊！”然后，又对身后的战士们大声喊道：“前边，是妇女们用身体为我们搭起的桥，一定要轻踩，慢走，走中间。”战士们犹豫片刻，终于走上了这座人桥。夜色中，虽然互相看不清面容，但战士们心中都明白，桥下是自己的姐妹，他们是踏着亲人的肩膀走向战场的，没有一个人说话，只是默默地、轻轻地、匆匆地从桥上走过……一分钟、二分钟……整整一个小时。一名战士、两名战士……整整一个部队。战士们的脚步声已经消失在炮声隆隆的前方，她们这32名妇女却被河水冻得周身麻木，牙齿直打颤，累得瘫倒在河岸边……

在抗日战争年代，不仅大娘、大嫂、大姑娘和小媳妇，就连刚懂事的小姑娘也投入了战斗。

1941年，侍振玉才刚刚11岁，就当上村儿童团团长，带领小伙伴们站岗、放哨、查路条。一个滴水成冰的早晨，她和几个儿童团团员扛着梭标、棍子在村西岔路口放哨。不一会，有一位成年人背着粪筐四处张望着朝这边走来，不像个地道的庄稼人。她们就突然挡住了他的去路，“你到那里去？”那人一睖睁，一看是一群孩子，就点头哈腰地说：“我到这村里看看，不……去走亲戚。”侍振玉虽然年纪很小，但看见对方说话支支吾吾，再说走亲戚怎么能背着粪筐，就产生了怀疑，接着又问：“你的亲戚是谁？”那人慌慌张张答不出来，就被押到了村团部。经过盘问，这人原来是鬼子派来的奸细。经过反复教育，这人认了错，回去向日本鬼子报告了假情报。我八路军将计就计，趁鬼子出来抢粮抓夫的时机，打了一个痛快的伏击战，打死鬼子几十人。

沂蒙山区地处齐鲁故地，沂蒙妇女长期受孔孟文化的熏陶，自古就有勤劳、淳朴、善良、贤慧的传统美德。党领导穷人闹革命的火种，在20年代初就在这片土地上点燃。抗日战争爆发后，她们怀着反封建压迫、争取妇女解放的朴素感情，用诚挚纯洁的心灵、勇敢聪慧的胆识、勤劳灵巧的双手，甚至鲜血与生命，谱写了执著而深沉的爱党、爱军队、爱家乡的“红嫂精神”。据统计，从抗日战争到后来的解放战争，沂蒙妇女共做军鞋315万双，做军衣122万件，碾米碾面11 716万斤，动员参军39万人，救护伤病员6万人，掩护革命同志9.4万人。在那残酷的战争年代，有3.1万名沂蒙藉的战士献出了生命，这就意味着3万多位母亲失去了亲爱的儿女……

岁月沧桑，天荒地老。当年的沂蒙红嫂，这些不在经传的普通而又伟大的沂蒙妇女，有的在战争年代就已经献出了宝贵的生命；有的建国后还没来得及充分享受平安而幸福的生活，就因年事已高而谢世；有的已步入暮年，仍然默默无闻，保持革命晚节，关注着沂蒙山区的改革和建设事业，在为家乡脱贫致富贡献着微薄之力……

沂蒙红嫂，沂蒙母亲，吮吸过您的乳汁、穿过您做的布鞋、吃过您碾的小米、受过您掩护的将士惦念您、崇拜您，享受着和平和幸福生活的每一位中国人民佩服您、怀念您，那页艰难而又辉煌的历史将永远铭记着您！您的功绩与长眠的烈士一样永垂于天地之间；您的精神与日月一样普照后代建设祖国，守卫家园。

沂蒙红嫂，革命的母亲，中国的母亲！

“偷菜”，都市人的庄园情结

过去中国人见了面总会问：“吃了吗？”

如今见了面却都在问：“今天偷菜了吗？”

当下，网络上有一种“偷菜”的游戏，玩的人越来越多，炒得也越来越热，无论走进办公室，回到家，进入商店、医院、饭店、图书馆、体育场，还是坐公交车，总能听到人们谈论关于偷菜的话题。眼下，上至80岁高龄的老太太，下至七八岁的孩童，都不乏趴在QQ农场、开心农场上种菜偷菜的；为了偷菜，可以废寝忘食，可以半夜鸡叫，可以蹲点守候。在现实中让人最不齿、被道德谴责的行为，在网上变得明目张胆，甚至理直气壮：“不偷白不偷，偷了也白偷，白偷谁不偷？”

我夫人也在别人的劝说下玩起这个游戏，我偶尔跟着进农场看看，那农场还真名副其实：有美丽的乡村风景、小木屋、栅栏、狗窝等，可谓设施、装备齐全。可以自由地种菜种瓜、忙活农事，选购种子、播种、锄草、施肥……还可给好友的“农场”帮忙，顺手偷取成熟的果实，这种行为不仅不受指责，而且还可以获取“经验”，卖得“金币”，并可以升级买地，以赚得更多的金币用于盖房、装饰、买宠物等。摘菜的时候更是热闹，你家的辣椒我家的茄子，张家的白菜李家的萝卜，可以互通有无。彼时呼朋唤友，走地串园，参观交流，好一派热闹景象。在虚拟世界握蔬菜瓜果在手的感觉，也让人兴奋。

一时间，人人成了菜地的拥有者、守望者，开农场、当农民、种菜、偷菜风靡神州大地。有人偷菜偷上了瘾，还有人偷出了“病”。与此同时，关于偷菜的段子、短信、漫画也大行其道，俨然漫延成一种文化现象；此游戏参与程度之高、社会影响之大，让人不可小觑。真可谓“稻花香里去偷菜，听取笑声一片”。各种蔬菜、作物成熟收获时，人们被偷得最多只剩下六成的果实。有时想种点档次高一些的蔬菜水果，系统却提示：对不起，你等级不足。逼着你必须加一批等级高的好友，在自己的园子里劳作一番后，再挨个窥视他人的农场，遇着可摘的，敲敲摘除键，那肥肥的块茎或鲜艳的花就一跃而起直奔自家的仓库。有时遇到友人家的农场杂草丛生、蚊蠓纷飞、青虫蠕动、田地干裂，也可帮助锄草、打药、抗旱，增加增加自己的魅力值。很多人为了获得一套新的装备，掐准了时间，等待收获自己的果实，或熬更守夜盘算着窃取他人成果。有的在作案现场竟然不客气地留言：你家怎么老种萝卜啊，咋不来点经济效益高的？有些“好友”菜园门看得很紧，很难有机会下手。为了保证菜手们的休息，前不久，QQ农场已启用了“健康模式”，即农场主可以自主设置任意八个小时的健康模式，这期间农场停止摘取操作，好友和本人均不能摘取该农场的作物。这样自己也不能摘取好友的果实，可好好安心睡眠。

菜农们在种菜时可以体会耕种和收获的酸甜苦辣，于是这小小的游戏便堂而皇之地进入了每个人的心灵深处，在偷菜中寻求难得的刺激和快感，在属于自己的那块地里忙着耕种，如刨地、买种、栽培、灌溉、施肥、灭虫，期待收获，然后静候一季成熟，丰收之后再考虑销售，再买种子、化肥，其余用来买地，扩大自己的疆土和领地。在等待的同时，谨慎地不让任何人轻易地敲门、打扰，保护自己的胜利果实。

金融危机折腾了一年多，股市低迷了，楼市坍塌了，婚姻疲软了，事业迷茫了，都市人不知该干嘛了，这是“甲流”之后在都市广泛流行的“无聊症”“无奈症”。谁也没有想到，恐怕“偷菜”游戏的设计者也没有想到，“偷菜”游戏竟然成为了医治“白领焦虑症”的一剂“药方”。现代都市中，白领阶层不愁吃不愁花，生活虽然富足、悠闲，可压力越来越大，借助网络“偷菜”游戏，可以将现实生活中的压力、焦虑、攀比、气愤等情绪安全地减轻或发泄。事实上，喜欢“偷菜”的并非只有白领。据说有些大学生和失业女工凌晨两三点也起床去“偷菜”。可见当前中国人的焦虑情绪已弥漫到社会的各个阶层，“偷菜”狂热所反映的正是一种社会性的焦虑。许多人公开说，我开农场，种的不是菜，而是快乐；偷菜人打出这句最流行的旗号：“我们偷的不是菜，而是寂寞。”在生活、工作压力大的背景下，庄园情结无疑成为了城市脑力劳动者内心最柔软、最敏感的地方，同时，好友之间的互相偷菜、帮忙也不失为一种简单有效的沟通、互助方式。因此，满城尽是“偷菜人”。偷菜游戏这么火，除了游戏本身带有的趣味性、竞争性和不重复性之外，恐怕跟国人缺乏精神支柱、无处打发多余的休闲时间有关系。

偷菜游戏也告诉我们，在利益面前，亲情和道义也会逊色，任何人包括父子、爷爷、奶奶和孙子、孙女都可能在你背后甚至当面下手。惹得孙子嚎啕大哭着向妈妈告状：“妈妈，我的菜被奶奶偷了。”朋友来菜园子帮你除草、杀虫、施肥，你千万别谈友情，真实目的可能是看你的菜园里有没有可偷的东西。很多级别高、土地多的人在种白萝卜，不是他们不精明，也不是他们缺乏金币，而是他们希望少花钱，让别人偷不到他的贵重东西罢了。按说，都知道玩偷菜游戏会影响健康，甚至可能贻误工作，可一旦进入偷菜的队伍，往往就很难控制自己兴奋的情绪和无底的欲望。有的人在工作时间去偷菜，有的下班不回家忙着去偷菜，有的出差在外还打电话嘱咐朋友、家人帮助偷菜。听说有一对夫妻网上偷菜不过瘾，竟然合伙一夜之间把邻居家菜地里的大白菜偷得干干净净。因为太痴迷这个游戏，有的白领被单位辞退了。前不久报纸上讲某医院的医生因痴迷于偷菜，竟然延误了患者的诊治，造成患者不幸死亡。由此看来，许多中国人的骨子里还都藏着一颗偷的“坏”种子。“偷菜游戏”让人们掌握了一些种菜的基本生产技能，熟悉了一些蔬菜的名称，表明了对农耕文明的留恋和怀念，是一种对原始农业文明的复垦和追忆，也是对现代都市文明的一种逃避和背叛。

事实上网络游戏品种繁多，譬如打麻将、够级、玩桥牌、魔兽世界、极品飞车、仙剑奇侠传等，可谓琳琅满目。为何只有“开心农场”让千万男女废寝忘食、欲罢不能，许多人虽然眼睛越来越近视，颈椎压迫症越来越明显，身体越来越瘦削，连精神也越来越萎靡，但还是欲罢不能。除了偷菜游戏简单易玩且给人收获的满足感外，还因为它能激励人们日不出而作、日落而不息、日夜奋战在偷菜工作的最前线，并不断调整完善自己的偷菜计划，扎扎实实地干好每次偷菜行动，给人以成功感和自豪感。怪不得陶渊明写下“采菊东篱下，悠然见南山”的佳句。有网友说，上班族工作太枯燥、劳累，而“农场”环境多姿多彩、清新宜人，“种菜”“偷菜”亦真亦幻、其乐无穷。这说法也有一定道理，古人陶渊明、王维、辛弃疾等达官贵人官场失意时都跑到乡野去种稻采菊、游山玩水，远离名利场的田园生活可能让他们找到、享受到了另一种人生乐趣和生活情趣。

乡下老家的菜园子

我的家乡在沂蒙山区东部，坐落在三山相倚的丘陵之上，西靠绵延八百里的泰沂山脉，东临波涛汹涌的黄海。古老的村庄，地处莒南县、日照岚山区的交界处，这一带是山区，虽山不太高，但位置偏远，交通不便，历史上自然成了逃难避灾、谋求生存的好地方。这里土质不肥沃但也不贫瘠，有山有水，气候适宜，村民们自耕自食、自给自足，过着一种宁静淡泊、无忧无虑的田园生活。

新中国成立后，从走合作化道路开始，就把各家各户的田地收归集体统一耕种，只给各家留下一块菜园地。到后来，实行家庭联产承包责任制，这家家户户有菜园的政策一直没有改变，只是先后对菜园的大小、位置作了些调整。因此，在我老家种得一园子好菜是家景兴旺的象征，也是显示一家老小耕种技术和水平的脸面。

早年家家穷，那菜地就成了保命田、救命地。尤其是20世纪六七十年代，地瓜、大豆、玉米等粮食都是生产队按人口和工分分配。三年自然灾害之后，中国经济还没有得到恢复，“文化大革命”使这种情况更为严重。粮食不够吃时，蔬菜便是重要的补充。春季，家家菜地里种土豆、芸豆，秋季铺天盖地的是萝卜和大白菜，这类蔬菜好管理、产量高且实用。白菜、萝卜是冬季的主打疏菜，家家都要搞储备。入冬后，人们在菜地里挖个地沟，把萝卜、白菜摆平放正，在上面盖上土，就冻不了了，吃时再挖出来。秋天收获以后，菜园里光秃秃的，就剩下些被霜打过的萝卜缨子、白菜帮子。那是喂猪、喂鸡和鸭的好饲料，各家都会主动地捡拾回家。

当时，没有塑料大棚，尤其到了冬季，蔬菜是比较贫乏的，大白菜是当家菜，城里人也是家家储备大白菜。家家户户买上几十棵大白菜，白天在朝阳的地方摆开，还要经常翻动着晾晒，夜里再归拢到一起。等到晾好，白菜已脱了几层外帮。一开始舍不得吃，先到市场上买新鲜的；等到舍得吃了，其实那白菜已经脱水、发干，甚至都萎缩，一层层拨下去，就剩下一个小菜心，炒出的菜还带一股酸味。那时候一进入冬天，各单位就忙着一车一车地拉白菜，一堆又一堆地分白菜。因为单位里分的白菜有补贴，价格便宜，好单位菜拉得多，质量还好，让人眼热。我参加工作后，单位里也是每年冬天分大白菜，有的还因为分得大小不均匀大打出手，伤了同事感情。

农家菜园大都在村头上，主要图个方便，有时锅热了，再跑到菜园里拔葱摘菜也来得及；各种菜都喜大肥大水，因而菜园也会选在水源比较充足的河边。那菜园大小不一，但都平坦方正。仔细地瞅瞅，黄瓜、青椒、韭菜、豆角、香葱、茄子，各种蔬菜应有尽有，青、红、黄、绿、白五颜六色，有嫩有老，有圆有长，或密集地长在地上，或稀疏地挂在藤架上。农家种菜使用的都是沤过的猪粪、牛粪、鸡粪等土杂肥，蔬菜上长了虫子也不打农药，多在清晨用手捉着喂鸡了。因而那菜纯正，无污染，颜色好，味道好，更有营养，称得上是绿色产品。

那时候家家放养牲口，庄稼一收完，牲口就放出去，它们不用人看管，傍晚自然会回家。牲口跟人不一样，不懂得什么该吃什么不该吃，菜园子里鲜绿的蔬菜，在它们看来就是难得的美味。如果没有篱笆，菜就被牲口糟蹋了。菜园都是连成片，最怕被牛和猪给拱了。于是在最外边的菜园子，主人大都用木棍、山枣树枝或玉米秸在外围一圈篱笆墙，有的农户把各种木棒左插一根右插一根，再横着放几根，看似杂乱无章，可是一旦成型，围成一圈，或方或圆，形状各异。仔细观察，你就会发现一个秘密，许多人家的菜园之间没有篱笆和围墙，那菜长得无忧无虑，常常把枝蔓伸到邻居家的菜地里。谁家来了尊贵的客人，或者是菜接济不上了，只要说一声，就可跑到邻居的菜园里去采摘。谁家的菜被别人家要去得多，说明这家种菜的手艺好，人缘也好。

种菜时，先把杂草铲除拔光，用犁或镢头将地深刨，把较坚硬的土块砸碎、疏散、整理，再用铁耙耧平整，调出菜畦子。如果种萝卜等蔬菜还要扶个沟，以便于浇水和管理。太阳照过来，暖洋洋的。把硬坷垃用手狠狠捏碎，土一点点松起来，握在手掌里的感觉真好，可以静心享受与泥土亲近的味道。然后，把精心挑好的蔬菜种子种下去。不可太密，也不可太疏，既要给菜留下足够的生长空间，又不浪费土地。种菜一般都是先浇水，再点种。移菜苗最好在日落后至天黑前这段时间，这样夜间有露水，加上适宜的温度和温柔的空气，菜苗能保持水分、扎根快，存活率自然就高。

浇菜的水大都要到井里、河里挑。挑水是体力活，也是个技术活，多是大人的事。挑着两只木桶或铁桶，桶里的水很满，就放两片桐树叶或者芋头叶在水面上，水就不大晃荡了。扁担在大人的肩上晃悠悠的，从左肩换到右肩，再从右肩换到左肩，远远望去，潇洒自如。

如今农村日子好过了，粮食价格一直不太高，种粮不合算，种粮的人也便少起来了。早年粮食不够吃，千方百计地用些良种、地膜、化肥等新技术增加产量。如今，农村人也讲究起来了，在吃上也小心多了，开始注意保健了。渐渐地开始用祖传的土法子，种土的、笨的庄稼，产量不高，但留着自个儿吃。有的农户地里种了两样庄稼，一样卖给城里人吃，一样收了自家吃。地头和菜园里种些时鲜的蔬菜。过去讲吃个饱，现在讲吃个鲜。为了提高菜的产量，如今城郊和许多农村拱出片片的大棚来。那菜成色好，价格高，但口感不如从前。真要吃健康的菜，还是到农村小菜园里去淘换。如今农村人吃东西都兴买，懒散的人种菜也不上心了。逢集日，窜到市场上，随便买上几捆菜，带回家将就一阵子。过日子讲究的，坚持自己种菜吃。自家种的菜不用化肥、农药，无污染，吃着放心，也就越来越显得金贵。

我父母一直居住在沂蒙山区老家，因年龄逐渐大了，前几年干脆想办法把菜园子调到了自家房子前边。土质不是很好，但种菜浇水方便，菜地里种了许多蔬菜，萝卜、白菜、芸豆、辣椒、香菜、大葱，除了自个儿吃，主要是供应我们兄妹几家。逢年过节，我们回老家，走时，父母总是到菜地里采摘部分新鲜蔬菜，让我们带走。因为父母的辛劳，我们才有这个口福，才经常吃上地道、稀罕的土菜。这样的菜放心只是一个方面，更重要的是享受着父母的关心和疼爱。

让我们再共同读一遍陶渊明的《桃花源记》：“芳草鲜美，落英缤纷”“不足为外人道也”“遂迷，不复得路”。“日出而作，日落而息”的农耕生活是古代社会人们最理想的生活，也是陶渊明采菊东篱下的悠然生活的渴求。土地是农民的命根子。我们都是乡村的孩子，我们的血是从乡村流出来的，不论我们的现在和将来离乡村多么遥远，我们都无法逃脱它对于我们生命本源的那种牵连和吸引。这方土地，这片菜园，经历数代人汗水的浇灌，泥土里包含着朴素的养分，支撑着幼苗茁壮成长，菜蔬肥硕，为我们源源不断地提供生命的营养和成长的缘由。

那些不起眼的穷乡僻壤，绿荫丛中的乡村小菜园，那里有人们梦中塑造的“人间天堂”。城市与乡村正各行其道，各显其长，为人类拓展出不同的思想领地和生存空间。

无论是城市还是乡村，都值得我们尊重和留恋。

当我们匆匆行走在城市，可以聆听历史的前行的滚滚车轮，享受繁华，见证着人类的进步。当阅尽城市的浮华与奢靡之后，回归乡土的思想秧苗会突然在心灵的荒漠蔓延、蓬勃。

当我们漫步在乡村，欣赏自然之景，会转动起人类沉睡已久的扎根于田园的情感魔方。城市化是乡村走向成熟的必经阶段和模式。乡村文明是城市文明的渊薮，乡村的泥土里埋藏着城市的梦想。乡村正忍受着城市对它的改造和辐射，忍受着大家对它的不屑一顾和嫌弃，仍禁不住用胆怯的手捋一把城市的头发。其实乡村是位含蓄沉稳的老人，它在目睹和见证城市的繁荣与颓废。

无名山北坡那片菜园地

最近这次搬家搬到了济南高新区，宿舍西侧有座不大的乱石头山，人们都叫它无名山。由于这里搞新区开发，土地早已被开发商买断，山上的好石头也都被开采盖高楼用了。平坦的地方都建设成了写字楼和高级花园公寓，什么黄金时代、雅居园等，只有无名山北侧仍是一片乱石冈，杂草丛生，成为城乡接合部一块暂时闲置的山地。居民们好像有某种共识和默契，悄悄买上工具，把每一寸土地都自主开发出来，就连溪水沟也没放过，旮旮旯旯、角角落落都种上了菜。从山顶往下一看，可谓大大小小、五花八门、错落有致、菜园成片。

所有裸露的闲地都被开垦、绿化和装饰了，成为东部城市夹缝中一片独特的风景。

每年的清明节前后，山坡上到处是劳作的人群，许多家庭，扶老携幼，有的扛上铁镐、钢锹、锄头等工具，有的用轿车拉上水桶和铁铲，纷纷在早已圈好的山坡上翻地，经过深刨、挖沟、筑堤、夯实，把碎石块捡出来垒成石头墙，围起一片菜园地来，有的还留出排水沟、调出沟垄、打成菜畦子。沐浴着温暖的阳光，踩着松软的泥土，呼吸着泥土的芳香，一边干活一边说笑，那可真是其乐融融，令人羡慕。自己种的韭菜、香菜、薹菜，不施任何农药和化肥，堪称真正的绿色蔬菜。就是必须施农药，也会等过了危险期才采摘，食用起来肯定安全，比起市场上某些“头天打药第二天摘”的菜来，不知要好多少倍。

清明前后正是播种的好季节。由于山上干燥，为了保留水分，许多家庭种芸豆也用地膜覆盖技术。先把种子点在地垄上，再用地膜盖好，约一星期后，芸豆便探出嫩黄色的小脑袋。这时就需要及时小心地把地膜撕开一个小洞，把芸豆苗一墩墩放出来，然后用木棍、竹竿搭架，等待它们攀爬。再过上十天半个月，小芸豆便比赛似的绕着竹竿往上爬，快的时候一天可以长几公分。只要及时施肥浇水、松土灭虫，五月底就能摘到又长又鲜的芸豆了。西红柿、茄子、辣椒的种植比较麻烦一些，需要在惊蛰前后先育苗，清明前后再移栽到地里。

西山坡上由于缺水，菜都矮矮地趴在地上，长得特别壮实，墨绿墨绿的。菜园地中间纵横交错的是小径和水沟，四周是荆棘墙排列出的哨兵，还增添了几分神秘和威严。有的还在菜园地用木棍搭起天棚，大热天或者傍晚坐在里边抽烟、闲谈。

有一对退休的夫妇，因为孩子们都上班，实在没事做，也开了一块菜园，应当说是大大小小七八块。因原来是种地的老把式，有经验，去年种了五六种蔬菜。菜园里的作物长势喜人，青青的辣椒压弯枝头，豆角的藤蔓爬满架棚，羞涩的茄子躲在茂密的叶子下疯长，地边的南瓜藤在山坡上使劲地攀缘，让人羡慕。夕阳快下山了，两位老人还披着余晖坐在菜地边上，轻声述说着什么，像一幅温馨而感人的剪影。今年春天，又在附近垦出两块小地来，种上了一些平常的青菜……伺弄蔬菜也让人有所悟：生命终究要老去，父母在儿女成长的历程中体会的是培育的过程，在几十年的岁月里，有苦有甜，有愁肠也有幸福，重要的是付出后享受的快乐。就像园中的蔬菜，用它最亮丽的绿色、茁壮成长的势头，报答了汗滴入土的那份付出。

雨季，菜园换装最快。正如生命的蜕变与新生，展现出生命葱茏的无穷魅力。可谓一天一个样，赛跑似的拔节、蹿高。青翠的韭菜割了又长，茄子、西红柿、辣椒争着开花，细细碎碎地像满天的星星眨着眼，丝瓜、豆苗兴高采烈地攀缘到新的高度，眺望远处的风景，到处蔓延，不消几天工夫，就把原先光秃秃的园地爬满绿色，像夏日里矫情的模特一样。菜园里的风景也是因时而异，但不管是春夏还是秋冬，勤劳的人们总能智慧地描画一幅幅生动、活泼、朴实的农家田园图谱，把日子过得甜甜美美、和和睦睦……

我多次思索大家乐此不疲、辛苦劳作的原因。茶余饭后，到别人花巨资买下所有权、经自己随意整理获得暂时耕种权的菜园里走走，仿佛置身于世外桃源。哼着得意的、熟悉的小曲，松松土，除除草，打打杈，顺手还能摘一篮红红绿绿的蔬菜，那感觉真是太爽，太有田园风味了！

各家各户把相对复杂和重要的活，譬如播种、浇水等，一般放在周末干。从居民楼到菜园中间是一道墙，墙上有铁栅栏，有人为了少走路，干脆在栅栏当中开个洞，可以提着水从洞里钻到外边来。许多家庭有了分工，有在里边往外递水桶的，有在外边负责接的。周末干活有许多好处，可以驱除一周来脑力劳动带来的困倦，还可以消除呆在家里的无聊和沉闷，同时锻炼了身体，是一种一举数得的消遣方式。抽空走在这片菜园地上，欣赏着大自然的景色和田园风光，聆听人生的牧歌和亲情的呼唤，心情顿时晴朗、豁达、透明。

其实种菜就是种生活，必须经常施肥、浇水、除草，才能有茂盛的作物长出来，否则就杂草丛生。收获与付出是成正比例的。每个人的心灵，每个人的一生，其实都是一片菜园地，只有辛勤耕作，才会种瓜得瓜、种豆得豆，收获就在于经常对内心的杂草进行割刈和清除，对希望和梦想之苗进行精心管理。

家有半分菜园

我作为地道的农家子弟，也许是受父母的长期影响，也许是受陶渊明先生的文化熏陶，在我心目中，即使生活在大都市，房前或屋后有个小菜园，那才算是真正的家园。最近这次搬家，我家选住在一楼，最最重要的是楼前有块空地。其实就是山脚下、房前准备绿化的一细当子地。由于是新房子，地层下全是碎石头和建筑废弃物，经过数次翻刨、数次填沙改造，竟然成了一块平整的菜园地，精心丈量下来，竟有半分地。就房前这一小块菜园，一方面可供锻炼身体、调养心情，一方面也可方便我们随时吃到新鲜的、放心的蔬菜。

乍暖还寒，春天刚露头，人们还没脱去厚棉衣，路边的树木刚萌发出小小的绿芽，正在酝酿着吐绿，小菜园就春意盎然了，过冬的大蒜、菠菜、香菜已挨挨挤挤地萌绿放叶了。

小小的菜园成了我和夫人的一方乐土，清晨起床和下午下班回家，径直走到小菜园，总能发现一份欣喜：譬如辣椒枝上又探出了几朵小白花，已干枯的小花下面露出了尖尖的小辣椒；昨日还青青的西红柿今天泛出了淡淡的粉红色；顶着小花的黄瓜在一天天地变得粗壮，欣喜中，情不自禁地拿起水勺给它们浇水，把菜棵旁边新长出来的小草轻轻拔去……春夏季节，我很多的早晚时间都要在小园里忙碌，像精心照顾孩子。浇水、施肥、起垄、除草、掐尖、打杈、压蔓、上架……虽然忙碌，可心情愉快，很充实，很自在。

种菜看起来很简单，真要亲手种就不那么容易了。它需要懂点气象、水文、土壤、化学、植物等知识，也要讲究科学。首先要考虑气候和季节，园子里这批菜刚收摘，那批菜又栽上了，见缝插针，成沟成畦地煞是可爱。自有了这菜园子，每天茶余饭后，我便到园子里或浇浇水，或松松土，或捉捉虫，隔三差五地还施施肥。每天清晨起来，即使没什么可干的，我也要来到菜地里走走，看勤劳的蜜蜂飞在花间采蜜，听不知名的昆虫清幽的鸣声。新鲜的泥土气息，素淡的蔬菜清香，一阵阵地扑面而来，沁人心脾。一切都使人感受到一种真正的田园乐趣，那的确是一种美的享受，真有点“采菊东篱下，悠然见南山”的禅味。

自从有了这个小菜园，年迈的父母偶尔来到城里，在菜地里帮助松松土、拔拔草，介绍各种蔬菜应该怎么种、怎么管理，充分展示他们精湛的种菜技术，在城市、在子孙面前找回自信，让我也仿佛回到了孩童时代。全家人收获了更多的亲情与期待。

一家人在闲暇之余能够亲身体验农家生活。青山绿水间有一片属于自己的田园，做一回农夫，自己动手尝试成功的乐趣，感悟劳动的辛苦。吃菜有味，种菜更有味，看着它一天天长大，心里很舒服，不信的话你也来试试。在菜园里散散步，看看菜苗一天天长大了，看阳光和月光洒在菜园，一切都使人感到满足和幸福，品味一种真正的田园乐趣。

这种乐趣不仅仅体现在吃菜的时候，种菜的整个过程随时都有乐趣。种子种下去，也种下了希望；小苗出来了，得到的是快慰；观察它的生长，得到的是欣喜；收获的时候，得到的更是满足和欢乐。种子下了地，就等着它冒芽。芫荽出得最慢，半个月的工夫，才一棵棵拱破泥土的封锁，冒出一丝小芽儿，芝麻大的两片小叶齐刷刷地排着队，虽然长得慢，但长得自信。小菜园里先后种了黄瓜、西红柿、辣椒、茄子、小白菜，收获最好的是西红柿。经过适时的整理土壤、浇水、除草、掐尖、打杈、搭支架，西红柿结得很多，透出一点点的红，这时候吃酸酸甜甜的。等到全红了，那种甜才是纯天然的，带着阳光和春风的味道。当你看到青头的萝卜、紫色的茄子、又嫩又长的绿黄瓜、红里透亮的西红柿和辣椒、又细又长的豆角、郁郁葱葱的韭菜、香葱和小白菜，什么疲劳和烦恼都烟消云散了。

种菜，其实也在种自己，种一种心情，种自己与土地亲近的缘由。俯首间，闻到那一缕淡淡的菜香，穿透悠悠岁月，复活沉睡的乡土情结和淡泊的灵性，顿觉累积的疲惫和些许的不顺心甚至挫折荡然无存，享受惬意自在的生活和空灵豁达的境界。

中国春节

春节，一个在中国传承了几千年，备受中国人重视的传统节日，在中国人心目中神圣而高贵，其地位和影响完全可与西方的圣诞节相媲美。

春节，源于殷商时期年头岁尾的祭神、祭祖活动。传说在远古时代，“年”是一种非常凶残的动物，长期生活在海底，每到除夕夜就成群出来觅食，所到之处，人畜无一幸免。所以，每到除夕夜前，在外打猎的亲人都争相回家与亲人团聚，躲避这场灾难。人们发现“年”虽很凶残，但有“三怕”，即怕火、怕红色、怕响声。于是每到除夕夜，人们就穿起红衣裳，家家贴上红对联，燃放爆竹。“年”看到红色和火把，听到竹子炸响的声音，便逃之夭夭。这办法、这风俗越传越广，就成了中国民间最隆重的传统节日。春节期间，我国的汉族和大多数少数民族都要举行各种庆祝活动，内容大都是祭祀神佛、祭奠祖先、迎禧接福、祈求丰年，形式也带有浓郁的民族特征和地域特色。

春节作为中华文明的重要象征，经过年代的更替和岁月的洗礼，顽强地生存保留下来。它记录着前辈与自然抗争的历史足迹，象征着勤劳、智慧、勇敢的中国人不屈不挠的精神，这是流淌在中国人血管里、刻在中国人灵魂深处的东西，是全体中国人乃至全球华人的共同精神殿堂！

春节到了，意味着春天将要来临，草木萌动复苏，新一轮播种和收获季节又要开始。人们刚刚度过冰天雪地、草木凋零的漫漫寒冬，早就盼望着春暖花开、万物葱茏。当新春来临，必然载歌载舞地迎接这个节日。春节将至，家家都有期待，人人怀揣心愿，以看似雷同的形式和方式，迎接各自心目中的新年。中国是个农业大国，人们记忆中乡村的年才最值得留恋，才最有味道。

季节推开腊月的大门，春节就像一位婀娜多姿的古典女子，插一枝大红的灯绒花，迎着飘舞的瑞雪，走进五谷丰登的农历和乡村古老纯朴的风俗，在庄稼人的心坎上做窝筑巢。闪光的镐头和弯把犁，大汗淋漓的农事，躲在粉刷一新的墙角憩息。裸露金黄牙齿的玉米棒、鲜红的辣椒串和粗犷沙哑的播种谣挂在屋檐下，打探春耕的消息。辛勤劳作一年的庄稼人忙着赶集上店、置办年货。精明强悍的小伙子和花枝招展的姑娘系上红绫绿缎的长腰带，风风火火地练习踩高跷、耍旱船。孩童们高举五颜六色的灯笼，等待火爆爆的鞭炮爬上竹竿梢……腊月，是山乡一年中最兴奋、最劳神的日子，也是庄稼人一年中最闲暇、最疲倦的日子。

春节，是中国最盛大、最隆重的节日。春节临近，无论旅途多么遥远，人们总能把颠簸和疲倦捆进鼓囊囊的背包，在年夜钟声敲响之前，走进一副火红耀眼的春联，走进亲人特别是父母那殷切期盼的眼神。除夕夜又叫团圆夜，在这新旧交替的时候，守岁是最重要的年俗活动，全家老小都一起熬年守岁，欢聚酣饮，共享家庭温暖、天伦之乐。北方地区在除夕有吃饺子的习俗，饺子的做法是先和面，和字就是合，饺子的饺和交谐音，合和交有相聚之意，又取更岁交子之意。在南方有过年吃年糕的习惯，甜甜的、黏黏的年糕象征新一年生活甜蜜蜜、步步高。除夕是一年中最使人留恋的一晚。天一抹黑，孩子们或者半大小子，早已拿着香火或烟卷，东一声、西一响地放起鞭炮来了，胆大的放大炮仗，胆小的一只手捂着耳朵，远远地探着身子点，其他小孩两手捂着耳朵，紧张而又焦急地等待着那响声……转瞬，伴随清脆的钟声和辞岁的仪式，旧年历已翻完最后一页，春天一步踏入新的年历，大家翘望岁月的金锤迈着急促而坚定的步子跨越二十四节气，敲响老老少少添寿增岁的庄严时刻。争相点燃鞭炮，挑旺炉火，温热老酒，守住勤劳善良的美德和五彩斑斓的希冀，渴望一年望不到头的好收成、好运气。

庄稼人与土地生死相依，自古是一对孪生的亲兄弟。如今农家的日子恰似见风就长的紫色豌豆花，互相憋着劲，攀比长势和高低。因为劳动，才有平凡而壮美的生命和享受快乐的权利，才有甜润脆亮的歌声和甜蜜温馨的节日。

一年奔波，端午节你可以不回家，中秋节也可以不回家，但到了春节，无论天南海北、老人孩童，不分年龄、性别、地域，人们都千里迢迢地奔回家，停靠在温馨的家庭港湾。春节期间，在神州大地，在全球所有华人聚居地，大家共同欢聚和兴奋。这就是年的魅力，彰显出一种神奇的魔力。

许多朋友说，现在过年越来越没意思了。的确，春节在中国人尤其是年轻人心目中正逐渐失去它的吸引力。过年，对于大多数年轻人来说，已经不再是穿新衣服、吃可口美味那么具有诱惑力了。再加上经济社会发展、生活水平提高、个性化彰显，且春节的过法也往往形式单一，缺乏洋节的刺激、新鲜、时尚和娱乐性，因而一些人将其淡化为平常而普通的日子。

网络化与地球村的时代，“人远天涯近”。社会更需要有一个情感交流与亲情汇聚的节日，调适心情，丰富生活。春节给我们提供了回归传统和与祖先对话的机缘。随着我国对外开放的扩大、交流的增加，春节的影响渐渐大起来了。由于春节倡导和谐、和美、团结、愉快、欢乐的主旨，与当今世界人民期盼和平发展、和谐共生的美好愿望相契合。可以说不管在世界什么地方，只要有中国人的足迹，就有春节存在，跳中国秧歌，赏欢快锣鼓，看彩灯闪烁，观龙狮狂舞，听爆竹惊天，品礼花绽放，书迎春桃符，吟诗唱歌，吃团圆饭，看春晚联欢……到处洋溢着春节的味道。

中国春节已愈来愈全球化和国际化，它是全世界珍存下来不可多得的古老而传统的民俗。这一文化遗产的独特光芒，正让人类共享着亲情的温暖、团聚的欢乐与和平的幸福。

村庄的灵光

山岭，梯田，山路，小桥，溪水，庄稼，秋草，牛羊，房屋，太阳，月光，炊烟，村民……

锣鼓，唢呐，乡戏，嫁妆，高跷，秧歌，对联，窗花，鞋垫，赶牛调，舞龙狮，土地庙……

这些村庄里熟悉而亲切的事物，散发出纯正缠绵的自然与文化光泽。村庄像一位老人，悠闲地咀嚼着满口的幸福，让你我在不经意间捡拾到仿佛唐诗宋词中那般婉约清纯、恬静舒适的意境，散发着温暖人心的魅力与灵光。

我的故乡是个小山村，坐落在沂蒙山区东部的岭膀上，东、西、北部三面环山。在我小的时候，村庄四周那茂密的树林既是树木和生畜饲料的生长地，又是百鸟和孩子们的天然乐园。村庄的夜幕蓝得透明，点缀着一轮圆圆的皓月和一片贼亮的眨着眼睛的星星。家家透出昏黄的灯光，飘散着淡淡的酒香和菜香。脚步声，说笑声，叫喊声，狗吠声，碰杯声，婴儿啼哭声，集体上演着温馨优美的村庄协奏曲……

田埂蜿蜒缠绵，篱笆疏疏斜斜，草垛圆满敦厚。

记忆中，村头的大槐树下，几位驼背的老人吧嗒着长长的旱烟袋，坐成夕阳下一道苍凉古老的黑色剪影。他们的身后是整齐却高矮不等的柴草堆，上面披挂着破旧的蓑衣和苇笠。身旁搁着生锈的犁耙，还有带有斑斑点点泥迹的锄头。

在村庄，随时可以听见清脆的溪流声，播种、收获时唱的歌谣，和夜幕时分母亲急切地呼唤孩童的声音；偶尔还能看见吹吹打打的娶亲队伍和悲天恸地的送葬行列，看见农夫的微笑、泪花和无奈。

留恋村庄，不是因为我生长在农村，我的亲人都是农民，而是因为我拥有充实欢乐的童年，那个曾经满身泥巴和草屑，在土地上摸爬滚打、学会面对风雨的我的童年。想起这些，胸口便涌动着幸福与感动。大自然和村庄恩赐我很多，我却把村庄暖心的关怀与眷恋带进了喧嚣的城市。

我坚信，在亘古不变的传统耕作方式面前，任何语言都苍白，任何描述都无力。我的脑海里时常闪现出这样一个画面：皮肤黝黑的农夫，佝偻着腰，迎着正在升起的朝阳开始耕作，在空旷的山地上步履蹒跚着。刚刚翻过的黑黝黝的土地上，留下一行沉重的深脚印。

当扁担压得肩膀生痛，当插秧累得腰酸背痛，当劳作的双手磨出血泡时，你往往难以陶醉于陶渊明“采菊东篱下，悠然见南山”那脱离尘俗的悠闲中，而对“锄禾日当午，汗滴禾下土。谁知盘中餐，粒粒皆辛苦”的诗句却有了真切感受，会觉得繁重的劳动其实不浪漫，细皮嫩肉的手掌在磨砺中长出老茧是痛苦的。我们凝望无垠的田野，领略绿油油的麦浪，观赏海一般金黄的油菜花，的确能感受到一份诗意，那是自然的力量，是生命的奇迹，也是人类的杰作。但经营这份美丽靠的是艰辛的付出。秋收季节，场院上机器在脱粒，山道在运输沉甸甸的丰收果实，整个村庄都在喜悦地抖动，深夜响起甜美的鼾睡声。

土地和家园是乡亲们灵魂的永久住所。站在村头向远处眺望，在沟壑纵横的山套里，住着许多炊烟袅袅的人家。朴实勤劳的乡亲们，在这熟悉的村庄里生活几十年，留下生命的遗传和互为亲人的缘分。土地与农民生死不离，庄稼在一茬茬地播种收割，农民在一茬茬地轮回。有人站起来，有人倒下，墓地已挤满，不小心就会碰到谁的院墙和饭桌。站在山顶喊一声“爷爷奶奶”，山谷里会响起久久的回声。一直以来，农民的生活来源主要靠土地，在这广袤而干瘦的土地上，农民们一辈辈过着日出而做、日落而息的生活，他们辛劳地耕作，用执著与沉重，支撑着城市膨胀的浮华与欲望。

村庄是人类生命的图腾，简陋却更具内涵和质感，原始却更加自然真实，贫瘠却更加纯粹安谧，承载和创造着农业文明史。现代工业文明正在更新农耕文明和传统道德的栅栏，更替田园牧歌的传统生产、生活方式。村庄里的路，有宽，有窄，有牛羊吃草行走的羊肠小路，有拉运庄稼粮食的沙土路，有通向集镇的柏油路，还有许多看不见、摸不着的心路。你每天想什么、到哪里去、干一件什么事、先迈左脚还是先迈右脚、何时返回……这都是自己的事，尽是安稳的平凡生活。

村庄是人生的坐标系，就像埋藏在记忆深处的一幅水墨长卷，一次次被季节摊开，甚至被无数次描摹；就像刻在灵魂深处的经书，一次次被亲情和愿望反复翻阅。一缕风、一朵云、一滴露，都闪动灵光，蕴含淡然的乡愁。心有千结，情有万缕。唯独乡情人人理不清，代代剪不断。宽厚和仁慈的土地，凝结和承载着厚重的历史，即使被踩在脚下，依然坚韧博爱。这就是土地的秉性和品格。

一个人最幸福、最感人的时刻，就是思故乡、忆村庄和忆童年的时刻，对游子来说，这种想念更真切、更深刻、更幸福。唇齿相依的城乡血肉交融，城市人享受富贵华丽的现代生活，思绪却时常萦绕农村那难以割舍的精神家园。蓦然回首，发现一棵树、一条狗、一眼井、一座破庙，包括挂不上嘴的遗闻趣事原来都那么珍贵，青山绿水涵养着刻骨的乡愁，拴系着生命的根脉。

乡村情结依然盘扎在我的心坎上，像开春的白杨树蓬勃向上。建筑、服饰、饮食、传统习俗这些与泥土血脉相连、气息相通的乡村文化符号，放射出生命与命运的灵光。静心俯首这朴素原始的村庄，耳际传来报春鸟轻轻的鸣唱，养心暖人，亲切悠长……

跋——

阅读，因你而精彩

方　圆

只要是经常关注高考、中考信息的人，就会发现，在近几年全国各地中考试卷的阅读理解题目中，经常出现一个作家的名字——厉彦林。他的文章以纯情飘逸见长，越来越多的读者感觉到，读厉彦林的文章，心灵会在真善美中筑巢，生命会走进圣洁的殿堂。近几年来，他发表了大量的乡土散文随笔。他的《乡情如酒》《布鞋》《煤油灯》《享受春雨》等近二十篇散文随笔入选到各地中高考试卷，成为人们争相传颂的名篇。中国教育学会主编的、承载着提升中小学生综合人文素质任务的《中华人文阅读》丛书，仅他的情感力作就选入了13篇。他的作品先后获得“冰心散文奖”等多项大奖。家长、教师在想方设法搜寻他的文章，学生在纷纷传抄下载他的新作。厉彦林的名字正被越来越多的读者关注、喜欢。

厉彦林是沂蒙山人，他是沐浴着沭河水长大的沂蒙山之子。

山的厚重、倔强与水的灵性、激情和谐地统一在他的身上。他敦厚、纯朴，是山中灵气孕育而成的一个精魂，是在文学园地中默默无语、辛勤耕耘的一头黄牛、一位智者。

知道厉彦林老师的名字是20世纪80年代中期。当时，我和家乡的几个高考落榜青年成立了一个“崮乡文学社”，不定期编写《崮乡》社刊。杂志是油印的，每期油印百十来份吧，免费发到各村团支部、学校，供大家交流学习。内容有我们自己写的小说、散文、诗歌，还有供农民田间地头哼唱的小剧本。第一个栏目则是“名家名作欣赏”，每一期都要从报刊上选编几篇名人大家的作品供读者学习借鉴。几乎每期都选编厉彦林写的散文诗。

《崮乡》成了四村八乡很受欢迎的刊物。那时农村没有电视，文艺生活极其匮乏。《崮乡》的出现，如同一缕春风，吹进了山村青年干枯的心田，对推动农村两个文明建设起了比较重要的作用。以至于多少年后，还有很多人提起那份不正规的刊物。

文学是人生的脉搏，是直接触及人们心灵的艺术；阅读更是一种幸福、一种智慧，是读者与厉彦林心灵的对话。

如何在短时间内有效地提高青少年读者的阅读能力和写作能力，如何通过经典阅读达到提升中小学生综合素质的目的，是语文教学中亟待解决的问题。

千百年来，古今中外的大家写出了很多脍炙人口的优秀作品，这是人类智慧的精华，其高超的语言艺术以及深刻的内涵，无不给人以美的享受和思想的启迪。其中蕴涵的永生的活力和不灭的精神，价值早已超越国界、时空的概念。

读懂它们，生命的价值、生活的品味，便会了然于胸；感受精品的奥妙，与厉彦林产生共鸣，阅读就可以收到意想不到的效果。

厉彦林的文章既有文学性，又有思想性。纵观其作品，内容涉及了理想、关爱、自信、爱国、勇气、合作、宽容、尊重、教育、诚实、毅力、勤劳、环保、挫折、智慧、故乡，友情、亲情、童心、童趣、春夏秋冬、花草树木、鸟兽虫鱼、山山水水、风风雨雨。文章的主题几乎涵盖了生活的方方面面。这些内容对于丰富学生的学识，陶冶情操，开扩视野，提高综合素质，特别是人文素质，很有好处。

在厉彦林的文章里，学生既可以欣赏到祖国的大好河山，又可以让思绪伴随文字到厉彦林的家乡去采风；既可以感受童真童趣，又可以咀嚼生命的意义；既可以体验尊严的高贵，又可以体会宽容的博大；既可以为作品中感人的故事落泪，又可以被作品中善良的人格所感染。

阅读这些他的文章，实际上就是在与灵魂高尚的智者倾心交流。每读一篇，思想将得到一次熏陶，感情将得到一次升华。

厉彦林的作品都避开了说教的方式来传达教育的核心理念，让读者在潜移默化中去品读感悟，达到知善、爱善、行善的目的。

厉彦林著作颇丰，尤以散文诗见长。厉彦林的文章都得力于自幼就获得的乡土生活的“基因”，字里行间充溢着对故乡的眷恋和热爱。他的文章在很大程度上打上了属于他的、不可替代的印记。

平淡、静美、如诗如画的家乡山水

我们常常听到教师抱怨，现在思想教育难搞，串皮不入内。比如：我们教育孩子爱祖国、爱人民，幼儿园、小学、初中、高中、大学，十几年下来，为什么还是收效甚微？由于学生年龄小，“祖国”对他们来说是一个很抽象的概念。什么是祖国？孩子们还不懂其内涵，我们教育孩子热爱自己的家乡，这实际就是进行了最具体的爱国主义教育。

可以断言：一个连家乡也不爱的人，爱祖国也不是真的。要教育学生从热爱自己的家乡入手，热爱祖国也就落到了实处。

厉彦林的散文处处流露出对家乡山水的情、对家乡山水的爱。

厉彦林散文的境界韵味，是一种平和淡泊、自然率真，是心与自然融为一体的人生境界的自然流露。如《夏雨中的山村》通过对屋前屋后的树木、树上的鸟窝、树脚下的水牛、放羊的山娃、劳作的老农等的描写，流露出对田园风物的由衷喜爱和深切依恋，同时还真实地描写了自己的感受：“在这样的天气里，独步山野，欣赏不尽山村千姿百态的风光，滋长着无数穿越时空的遐想。”

厉彦林的散文，不追求强烈的刺激，没有浓重的色彩，没有曲折的结构，纯是自然流露。但因其生活体验真切深刻，所以只要原原本本地写出来就很有感染力。他的散文最为明显的审美取向之一就是他对乡村那种温和、轻微、朴实、润畅景物的感知及描写，他让人感到一种大自然的天籁、地籁与人籁和谐之韵。比如：“我的脚步惊飞了一只被雨淋湿了翅膀的小鸟，几滴水珠溅在了我的衣衫上。树丛中，荷叶间，几只不知名的鸟虫在轻轻地叫着，不知在觅友交谈，还是在寻找食物？一切生命在这神秘的荷塘，在这绵绵的雨雾里，萌发出一种难以言尽的渴求或是期希。”（《风雨荷塘》）“无论是花草树木，还是动物昆虫，只要奉献了什么，只要与人和平相处，彼此有了感情，就永远不会从记忆中抹除。”（《院中那棵老槐树》）“‘忽如一夜春风来，千树万树槐花开’，这是乡村五月生动的写照。你看，房舍旁、道路边、山岗上、水沟边、荒地里……高低粗细的刺槐树，绿叶间挂满白色花冠，晶莹、粉嘟嘟的槐花一穗穗地垂在枝头。房舍、田地、道路和庄稼人，全都沉浸在槐花的清香里，一丝丝，甜甜的，淡淡的。”（《清淡的槐花香》）

乡村本来就是平淡无味的，可厉彦林笔下的小村美得如诗如画，而诗画中的父老乡亲淳厚朴实，热情善良，读者不知不觉来到了厉彦林笔下的世外桃源。小桥流水，鸡鸣犬吠，乡音绕梁，民风纯朴，这一切都通过厉彦林那美如甘醇般的语言焕发出无穷的魅力，把对父老乡亲的真情挚爱描写得如花绽放，浓烈的思乡之情顿时涌上读者心头。

厉彦林的文字美啊，美得如同串串珍珠闪闪发亮。这文字，能勾起每一个人童年的记忆，那南瓜花里的萤火虫，那池塘边的声声蛙鼓，那麦秸垛后面的藏猫猫，那村头热乎乎“狗子你娘叫你回家吃饭”的呼喊……

厉彦林的乡情散文，可贵处不仅仅是表现了思乡怀旧之情，而是将过去、现在乃至对未来的希望很自然地融为一体，使人读后，感觉是丰厚的，情致是明丽的。他固然有对过去的追忆，却并非是一味咀嚼往昔的苦楚与酸辛，而是将自己的思路与笔触始终置于农村发展变革的历史进程中。他的追忆似乎很遥远，但我们读起来总感觉近在眼前。

厉彦林现在虽身居都市，但爱的根基仍在哺育他的沂蒙山区。他挚爱那里的一山一水一草一木，他关注那里一点一滴的变化。可以这么说，“追忆与希望，挚爱与真情”是厉彦林乡土散文的强劲的主线，构成了他的散文特有的灵魂。

多少年来，他虽然离开了生他养他的小村，但他的灵魂深处始终在咀嚼汲取着那个年代小村给予自己灵魂的滋养与润泽，始终在咀嚼着故乡山水对他性情的陶冶和磨炼。这些年来，无论工作多忙，他的思绪总不知不觉回到那个洒下童年无拘无束笑声的山村，回到那些淳朴善良的父老乡亲身上。节假日，星期天，只要能抽出哪怕一天的时间，他几乎都要回到这里。在他的灵魂深处，这里是他舒缓精神压力、吸取精神养分的最好的绿草坪。每次在小村住一夜，就像注满了油的发动机，身心都有了前行的激情和力量。“树多了，就自然遮住了村庄。有的树老了，筋骨苍虬，枝干上爬满岁月的伤痕和鸟巢。刚栽的小树纤细柔弱，就躲在大树谦让出的空隙间，努力伸展自己细长娇嫩的枝叶。大树、小树和和睦睦，互映成趣。”（《春天住在我的村庄》）“那些曾看着我长大的邻居长辈，那些与我一起打打闹闹、顽皮长大的同学伙伴，在接过我双手递上的香烟时，也会仔细地打量我一番，亲切地与我交谈，问我夏天济南那个火炉子能受得了？听说如今在城里就喘气还不要钱？你抓紧捣鼓点钱把咱村这条路修了吧……听到这些话，我胸口涌起一股暖流，甚至泪水在眼眶里打转，那纯朴的乡情、乡音，蕴涵着多少真切的关心和期待呀。”（《乡村情结》）“夜已经很深了。一轮皎月蹒跚地爬上窗前，一缕缕皎洁的月光透进屋里，好像飘舞的雪花，恰如娘那满头的白发。我的记忆，我的思绪，我的情感，我的惦念，都浸进这圣洁宁静的月光里，溜回了那个我至亲至爱的小山庄。”（《凝望娘的满头白发》）

读到这些优美、流畅的语句，即便是再浮躁的读者也会感觉到厉彦林内心的宁静，感受到他的心的节拍与大自然是那样和谐，继而被他的宁静、和谐影响，内心也会安静下来，不知不觉远离了尘世的喧嚣，走进天人合一的境界。

很多老师给孩子上课，讲风景秀丽的桂林山水，讲雄伟壮观的万里长城，讲流碧滴翠的林海，讲一碧千里的茫茫大草原，同学们都为“云横秦岭”的壮丽景色而骄傲，为“桂林山水甲天下”而自豪，更羡慕在那里生长的小朋友有个美丽、可爱的家乡。有的同学就这样感慨：“要是我们生活在那里就好了。”“咱们这里没有公园，没有游乐场，也不在城市里，咱这里要是有名胜古迹该多好啊！”

其实，我们每个人的家乡，不一定有名胜古迹，但也处处充满了美。有自然美，风情美，建筑美，人物美。不说别的，光自然风光的美就有很多很多内容。城市有城市的优势，高楼林立，现代化的通讯、交通，学生知识面宽，视野开阔。农村也有农村的优势，这儿五光十色，绚丽多彩。我们生活在纯净如画的大自然中，这儿有江河溪流、堰塘沟坝、林木果树、鸡鸭牛羊。学生在直接或间接的生产劳动、实践中，增见识，得启发，受教育。丰富的生活，情感的波澜，生活的苦乐，都是我们取之不尽、用之不竭的写作素材。

让学生读一读厉彦林的山水美文，孩子们会惊叹祖国山河的秀美壮丽，会不知不觉中发自内心地爱上我们的家乡、我们的祖国。

父亲的叮咛，母亲的白发，孩子那永远的牵挂

为国尽忠，对父母尽孝，是中华民族的传统美德，孝敬父母包括子女对父母的亲爱之情、顺从之意、敬爱之心和侍奉供养之行。这几年，我国经济得到迅猛发展，人们生活得到了根本的改善。目前我国已有5 000多万独生子女，这一特殊历史条件产生的特殊群体，受到来自家庭的过分爱护与保护。越来越多的长辈把孩子捧为“小太阳”“小公主”，过多地讲究孩子的营养、打扮、排场。

这些“过度”的爱，使大部分孩子变得骄奢任性，缺乏自理能力，缺少理解心、孝敬心和责任心，他们不知父母工作之艰辛，不知父母的养育之恩，有时父母的行为稍不合孩子之意，就遭到孩子的斥责，甚至是漫骂。一些孩子还认为父母为自己服务是应该的，饭来张口、衣来伸手也是顺理成章的。孩子的这些言行，使我们惊呼：现在该是猛醒的时候了！

弘扬中华民族优秀的文化传统如果还不提到议事日程，那么，我们培养出来的学生将会在素质方面大打折扣，难以接受21世纪的挑战。

孝敬父母的道德教育是中小学德育建设和家庭教育的一项重要内容。今天，我们倡导的“孝”是摒弃了封建主义糟粕之后并与社会主义精神文明和现代道德观念相适应的“孝敬父母”的道德观念，它具有传统美德的健康内核。我们提倡的孝敬父母强调亲爱父母之情、敬重父母之心、顺承父母之意、侍奉父母之行。

父恩母爱，是一个永远的话题。千百年来，描写父母情的美文可谓浩如烟海。母亲经历十月怀胎之苦，哺养之累，仅仅这点，也足够儿女感恩一生。厉彦林笔下的父母的形象更是令人刻骨铭心。有个编辑在选编他的《回家吃顿娘做的饭》时，感动得泪眼朦胧，擦罢眼泪才记起已经有几个月不给老家的母亲打电话了。为了生存，我们总习惯了步履匆匆。其实，你有多忙，忙得竟然连给父母打个电话的几分钟的时间也抽不出？“我在外工作近30年，每次回老家，爹总是早早跑到集市上买回各种各样的还沾着泥土、露水的蔬菜、水果等，娘总会做上满满一桌子饭菜，还反复地劝说：‘外边的饭不如家里的香，多吃点，多吃点！’岁月沧桑，地老天荒。一年年走过来，我和几个妹妹都长大了，爹娘也被岁月催老了。我深深地感到，只要献给爹娘一句温馨的问候，一个甜美的微笑，冷清的院子会立刻温暖起来，平淡的日子会顿感五彩缤纷。”（《回家吃顿娘做的饭》）

当下，人们常谈论幸福，什么是幸福？在厉彦林看来，其实幸福很简单，回到老家是最大的幸福。这些年，清明、端午、五一、中秋、国庆节，法定的节假日多了，充足的时间也有了，避开人满为患的风景区，回到老家，守着年迈的爹娘，听一听母亲的唠叨，和孩子们跟着父亲到地里打理一下菜园，帮着娘洗洗菜、淘淘米，放心地品尝、慢慢地咀嚼、尽情地回味娘做的饭。“在家的日子，娘总会把积攒了一年的好东西纷纷拿出来，变着花样做给我们吃，顿顿都是七个碟子八个碗，像招待远方尊贵的客人。吃饱了，娘还逼着再多吃几口，恨不得把所有好吃的东西都塞进我们的肚子里。娘看着我们吃得打饱嗝或者满头大汗，便会开心地笑了。说实话，我这些年在外工作，也吃过一些山珍海味，有些娘肯定没见过、没听说过，更没吃过。可娘还是执拗地为我做她认为世上最好吃、我应该最爱吃的东西。多少次，我凝望着娘满头的银丝、满脸的坎坷与风霜，泪水相伴着感激与感动在眼眶里打转。情真意切的母爱刻骨铭心、魂牵梦萦。随着年龄的增长和生活阅历的增加，我更加牵挂和依赖亲人，更加珍惜与爹娘团聚的日子。”“节假日，回家吃顿娘做的饭，是一次幸福而快乐的旅行，是对逝去岁月的追溯和留恋，源自对父母的牵挂和对浓浓亲情的期盼；偶尔为娘做顿饭，那是对父母养育之恩的一种纯朴、实在的报答，还可享受报恩的快乐，消除城市生活的烦恼和浮躁。”（《回家吃顿娘做的饭》）

厉彦林在很多散文中，浓墨重彩歌颂父母的养育之恩，字里行间倾注了对父母无限的感激怀念，精彩感人，催人泪下，每每读后都会有不尽的感慨。“我知道，娘这缕缕白发，是无情的岁月风霜染白的，是不尽的操劳染白的。我从故乡沂蒙山区那个偏僻的小山村，一步步走进省城。离老家越远，思念愈重；离故乡越久，眷恋愈深。常常扪心自问，娘含辛茹苦，青丝变成白发，我作为儿子到底应该为娘做些什么？怎样才能对得起娘的养育之恩和一生的辛苦与操劳？在山野乡村，在都市大街上，我看见满头银发的老人，油然产生一种亲近的情感。每当望见头顶的明月或满天白雪，就会吟咏起高适‘故乡今夜思千里，霜鬓明朝又一年’的诗句，心中滋生诸多况味和难以言明的思绪。”（《凝望娘的满头白发》）

厉彦林的父亲，一向沉默寡言，但对厉彦林很疼爱，也很严厉。那年代贫瘠的山地，稀疏的庄稼，远远填不饱肚皮。厉彦林难忘的是在一个锅里，老人做的两种饭菜。后来，厉彦林到县城上学。学校放了麦假，就赶回家帮着老人收小麦。“当空的烈日，就像粘在背上一样，割不上几垄小麦，就感到那镰迟钝了，全身被汗水浇透了，腰也要断了……父亲割八行，我割五行，我拼命地挥舞镰刀往前赶，手心也被镰把磨出了血泡……我很快赶上了父亲。这时，我陡然发现，实际上我只割了三行，那几行父亲早已替我割了。”（《父爱》）此时此刻，有什么语言能够表达厉彦林的感情呢？父辈以这种默默无闻，宁愿自己吃苦，做千万件好事也不吭一声的行动，在厉彦林心里垒砌和树立起人生的标杆！

有年冬天，厉彦林正坐在学校宿舍被窝里读书，父亲来看他。“提着一包煎饼和煮熟的鸡蛋，脸冻得发紫，穿着一件黑厚棉大衣，帽子和衣服上挂满了雪花，呼出的热气在胡子上结了一层霜……摸摸我的被子，伸手摸出了散发着体温的五十元钱。”（《父爱》）父亲告诉他，是跟着村里那台12马力的拖拉机来县城的。那种拖拉机是没有顶篷的。在那样寒冷的天气里，迎着飘舞的雪花和凛冽的寒风，在蜿蜒崎岖的山路上奔波了四五个小时，寒冷程度可想而知。

最让读者动容的是厉彦林拿到第一次工资后，他先给母亲买了一块布，又给爷爷和父亲买了一塑料桶烈性的瓜干酒。母亲异常高兴和忙活，专门做了几个好菜，厉彦林给爷爷和父亲各倒上了一杯，父亲端起酒杯，向地下奠了几滴，然后细心品了几口，哦，好，这酒味道纯正。厉彦林发现父亲说话时手竟然有些颤抖。“‘终于喝上孩子买的酒了，来，干！’……我放下杯子，发现父亲的眼圈有些红润。父亲忙说：‘这酒还真辣。’我知道，父亲是有些酒量的，度数再高的酒也不会嫌辣，那分明是难以掩藏内心的激动。我赶忙再给父亲倒上一杯，沙哑着嗓子哽咽地说：‘来，爸，咱再干一杯。’”（《父爱》）

每每读到这里，我都呜咽地读不下去。孩子参加工作领到工资后，父母一般都到了知天命之年，岁月的风霜染白头发，脸上刻满沧桑。虽然很多人已经走出那遥远的小山村，可永远走不出故乡的真情和父母那期待的目光。正如厉彦林所言，父爱正如沂蒙山的清茶一般，不很清澈却也透明，虽含苦涩却清香，虽淡然却深刻。今日是人子，明朝为人父。其实父爱的深沉与厚重就蕴涵在平淡如水的现实生活中，我们只有用心去品味才能感受到，并由此真正读懂人生。

一本名著可能改变学生的思维，一篇美文也许会改变学生一生。教育的所有问题，几乎都可以从阅读中找到答案。教师如果在让学生阅读感恩父母的文章的同时，引导学生自觉地在日常生活中规范自己孝敬父母的行为，使孝敬父母的道德教育有序化，同时结合学生的年龄特征和道德品质实际，挖掘文章中孝敬父母教育的内容，运用具体联想、展开想象，就能引起学生情感共鸣，唤起学生对父母真挚而强烈的爱心，教育就会收到事半功倍的效果。

责任、正直，一曲曲人性美的颂歌

厉彦林的文章中，教人向善、为善充盈字里行间。这与他接受的良好的家庭教育分不开。细细琢磨起来，我国这个古老而宠大的血缘宗法式农业社会，更有着生长家训的丰厚土壤。哪个家庭不是老、中、青三结合的梯次年龄结构，这就像一根长长的链条，一辈就是一个链环，一辈一辈地传宗接代、繁衍生息。由于血缘亲情的维系，老者、长者、尊者自然具有了潜在的威严，他们坎坷的人生阅历和丰富的实践经验，经历风风雨雨之后的大彻大悟，往往以血泪为代价凝聚成深刻的警言，然后用舔犊之情教育、告诫子女，这便是非常自然的事了。厉彦林的爷爷对他的成长以及世界观、人生观的形成，起了很重要的作用。很小的时候，爷爷就教育他："人一辈子不容易，但无论如何要活得正，站得直，人活就是活一口气。咱家里祖祖辈辈没有识文解字的，你在外边，要好好给公家干活；见了公家的东西，千万别眼热，人家的稻草咱一根也不要拿；娶了媳妇好好过日子，别这山望着那山高。这后两条，可最坏人的名声啦。"（《家训》）

厉彦林的爷爷是大队保管，有一年秋天，队里的场里晒着满地的花生，厉彦林披着月光给爷爷送晚饭时，顺手抓了一把就吃，不料被爷爷制止了，还严厉批评了他："这是咱大队里的花生，每家每户都有一份，咱不能让叔叔大爷戳脊梁骨。人生在世创个好名声不容易呀。"（《家训》）

长辈的训导和爱造就了厉彦林正直善良的秉性。所以厉彦林"崇拜和欣赏庄户人那艰苦勤劳、百折不挠、顽强拼搏的精神和质朴诚实、与人为善、宽宏大度的高贵品德，这就是民族精神的重要组成部分，是民族的根。一个人从小吃点苦，经受经受艰苦环境的磨炼，接受点传统的教育和熏陶，对于走好人生道路大有益处。困苦是坚强之母，正直是道德之本"（《家训》）。厉彦林对艰苦勤劳、百折不挠、顽强拼搏的崇拜和欣赏在很多文章中都有所体现。

"山冈上正盛开着一簇簇金灿灿的迎春花，染遍山野，流满山涧，恣意蓬勃着青春萌动、激情飞扬的岁月。在我们低头欣赏花朵笑容时，假若不深入她的内心，不追忆她的成长过程，就体会不到也体味不了她经历的艰辛和绽放前寂寞的等待。"（《我盼拥有一捧土》）"我一直在想象，天烛峰的迎客松是如何历经风雪，扎根发芽，坚守着，抗争着，开拓着自己的家园，一天天、一步步地长大。"（《我盼拥有一捧土》）

这是厉彦林对顽强生命的礼赞，对身处逆境而不垮的生命的歌颂。他告诉每一个人，面对挫折，要有信心，有毅力。"大都在经历了磨难、风险或者生死别离的痛苦之后，才逐渐读懂了生命的价值和意义。"（《我盼拥有一捧土》）在《春燕归来》《怀念我家那条老黄狗》《腊梅花开的声音》等文章中无不都渗透着他对生命的歌颂，对人性美和人情美的歌颂。

责任意识、忧患意识是中华民族传统文化中一个特有的价值概念，是一种社会责任感和对人间忧患的悲悯情怀。这种意识应从小就对学生进行培养。厉彦林的很多作品都有着强烈的忧患意识。

"如今农村发生了巨大变化，可我那魂牵梦萦的小河也消失得无影无踪。伫立村头，望着已经光秃秃的河滩，一股酸涩和无奈的感觉涌上心头，顿时模糊了视线。”（《故乡那条弯弯的小河》）这是彦林对当前环境日益恶化的忧患。“我友好地问她：‘丫头，这么小的年纪就开始做买卖，为什么不念书？’小姑娘忧伤地低下头，搓了搓脚。”（《“蒙山特产”》）这是他对当前农村教育的忧患。“这些年改革开放了，经济发展了，人们生活富裕了，这个社会也显得越来越浮躁和世俗，人间真性在枯萎，民族文化在流失。很多人不但不管他人瓦上霜，而且自家的雪也懒得扫了。连最最重要的做人立身这一条也抛到了九霄云外，人鬼、美丑、善恶、是非都分不清了。元代脱脱说过：‘人虽至愚，责人则明；虽有聪明，恕己则昏。苟能以责人之心责己，恕己之心恕人，不患不至圣贤地位。’时下，这种人是不是太多了呢？”（《家训》）正是厉彦林这种深深的忧患意识、责任意识，使得他的文章有了教人思索的厚重感和教人思考的哲理意义。

质朴、清新，独具诗质内韵的文笔

厉彦林参加工作初期是一位优秀的语文教师，这是厉彦林作品中几乎都蕴涵着丰富的教育元素的重要原因之一。

厉彦林散文的语言非常凝练，这与他当教师的经历不无关系，这种语言风格，正好与他所表现的生活内容相和谐。这就是在畅达中又富含韵味，在娓娓道来中又不失庄重，在看似随意中又峰峦迭起，在不刻意谋篇中又善于统筹把握，读起来十分舒展，却又很抓人。这在很大程度上得益于厉彦林语言的锤炼功力。

厉彦林是一位风格独具、颇有创作力的作家。他的文学语言本来就富含诗质的韵致。他的这种诗质美始终又与生活的本真紧紧融合，读起来觉得非常自然、自如，毫无硬性灌注之感。我曾经不止一次地想象着厉彦林创作时的情景，写到激情的诗句，性格沉稳老练的他会不会被自己的文字感染得慷慨激昂、身心澎湃起来，继而高声朗诵、手舞足蹈呢！

厉彦林又是一位风格独具、颇有创造力的诗人。他的文学语言本来就富含诗质的韵致，这来源于他多年来对散文诗及诗歌创作的追求。在20世纪80年代中后期，他的散文诗在全国就很有影响，而且他的散文诗作品还入选江苏省一大学的语文教材。他的这种诗质美始终又与生活的本真紧紧融合，读起来倍感亲切、自如。

应该说，这样的散文语言用来表现乡村生活，可谓水乳相融、正得其所。他的抒情与评论文字也具个性特色，与叙事相生、浑然一体，很少单独“跳出来”去大段抒情，却又能使读者领会到这是厉彦林思想的闪光和升华。这类文字往往是十分简练而沉挚，表现出厉彦林的思想深度与从容不迫的心态。

作家厉彦林是古今中外千万文学大家中的一个。集中研究某位文学大家作品的教育功能、德育功能，其意义无疑是深远的。

厉彦林书写的是自己熟悉并挚爱的农村生活，开创出鲜明风格，在乡土散文这个领域做出了可喜的成绩，其思想、其性情、其文笔、其为人，已超然出群，虽居深林，总现以鸿鹄之羽，读其片言只字足让人仰首以视。笔者在此也不过是抛砖引玉，以期更多关注他的有识之士，将他文笔的精美之处剖露出来，以助鉴赏，让这清泉流水之音传送到山河内外。亦希望厉彦林先生不避劳烦，倾情笔耕，进一步运用具有诗质内韵的文笔，写出更多优秀的作品，给这个浮躁的社会带来越来越多的质朴、清纯。

当我们用欣赏的目光看待厉彦林每篇文章中的真、善、美，当我们在厉彦林笔下美妙的文字间穿行，感觉如蝴蝶飞过花丛，我们的心灵也会变得芳香、洁净，我们的生命也会变得圣洁、从容。合上他的作品，我们会用热情拥抱生活，用激情点燃希望，我们会感恩着古今中外那千百万个像厉彦林先生那样写出一篇篇散发着墨香的精彩篇章的人。

后记

长期以来，文人墨客既循“文有定法”，亦不拘“文无定则”，但无不把自己对人生、对社会、对历史的感悟，凝聚于笔端之下，留下了一笔笔丰厚的精神食粮。这几年，我的多篇散文被作为中考试题，有些老师和学生也在网上搜索我的散文，于是我在2010年金秋时节，整理出《春天住在我的村庄》这本散文集，也算是对自己散文创作的一个小结。悠悠岁月，无垠的田野，终要迎来播种、收获、贮藏的程式。整理过程中，我也时常被感动，感慨颇多，同时又体验到我的父辈在收获庄稼时的那份兴奋与快乐。

高度发达与繁荣的时代，往往钝化人们的生命感知。有时个性的感悟，会唤醒群体的共鸣。我有幸亲身经历改革开放的起始，享受着改革开放的成果，青年时代虽是困苦曲折，却异常珍贵。许多事情想起来，心里酸溜溜、甜滋滋的。因而业余时间就情不自禁地提笔写下那些原始记忆的碎片与真情实感，字里行间包含着人生的辛酸和对生活与生命的感恩情怀，流淌着对自然山水和家乡亲人的诗意感知，对这个冷暖世界的深切感悟、体验与生命的滋味。力求通过亲历的真实生活，折射出时代的身影以及对现实的观照、对人生的启迪。

苦难可以幻化为阳光，泪水可以凝聚成珍珠。所有人的生命历程在人类历史的长河中都仅仅是一个小小的段落。感恩是激扬人生、穿越时空的灵丹妙药。真情是滋养文学梦想的甘洌乳汁。我唯一能欣慰的是，我继承了父辈的品德，把艰辛的劳作看作是生命的必要、不可推卸的责任；即使没有收获，也心平气和地耕种、忙活。

文字是感情和人生岁月的另一种排列形式，她记录着我对故乡、对亲人的真切感受。现在读起来，分明还能感觉到胸膛上那一缕灼烫。在物欲横流、诱惑丛生、人心浮躁的当今社会，我在坚守一份传统的纯朴与宁静，坚守心灵净土上那如荷花瓣上欲滴的率真。

昨夜秋风乍起，秋雨淅沥，中秋节快到了。于是披衣出门，沿着曾经撒满月光碎片的弯曲石径散步，恰如走在人生的琴键上，脚步就是美妙的乐谱，密密的灌木丛中无数蟋蟀弹奏着声调高低不一的啁鸣声，记忆纷至沓来，见证我感悟人生、享受生活的过程……

文章千古事，得失寸心知。瞬间的感动，让我终生铭记。写文章是件苦差事，像我这五十开外的人，能在繁忙的工作之余坚持业余写作，靠得是生活的兴趣和乐趣，力量源于那颗感恩的心。

在本书出版之际，我衷心感谢关心、支持我的领导和同事；感谢沂蒙山这片古老而神奇的土地，感谢养育我的那个贫瘠、起伏的小山村；感谢真心疼我、爱我的父母和所有的亲人；感谢为本书作序的著名作家、中国散文学会副会长石英先生和山东教育出版社的慨然应允……

还要感谢我的夫人朱晓梅。她是我的第一位读者，也是最忠实的读者。她花费大量心血和时间，整理、编排和校对了这本散文集。

感谢时代，感谢生活，感谢一切，当然也感谢正在翻阅这本散文集的你……

2010年9月